遠田潤子

Toda Junko

邂逅《わくらば》の滝

光文社

邂逅《わくらば》の滝

目次

装幀　鈴木久美
写真　TETSUO WADA/SEBUN PHOTO /amanaimages

ファウストの苔玉《こけだま》

ごうっと山が鳴って窓からひやりと湿った夕風が流れ込んできた。雨が続いてこのところ夏とは思えない寒さが続いている。窓の向こうを流れる川は水嵩《みずかさ》を増して何日も渦を巻いていた。問題集を終えると瀧口奔《たきぐちほん》は褪《あ》せた畳に転がった。しばらくの間ごうごうと響く川の音だけを聞いている。

やがて瀧口美鳩《みはと》がノートを閉じて一つ伸びをした。二の腕から続く顎から首へのラインの柔らかさに奔はどきりとした。もう何百何千何万回見たはずなのに、ときどき不意打ちで胸が高鳴る。きっと見飽きることはない。俺は一生どきりとする。そんな確信が奔にはある。

美鳩は同い年のいとこで子供の頃からずっと一緒にいる。あと半年を切った大学入学共通テストに向けて夏期講習の後はいつも奔の部屋で勉強しているが、二人の仲を疑う者はいない。それは下世話な心配ではなく二人の将来を疑う者はいない、という意味だ。

「奔。SNSの話、知ってる?」

「いや。なんのことや」

「紅姫《くれひめ》は祟《たた》る、って言うてる。祭りに行くと祟られる、って」

そんな馬鹿な書き込みがあるのか。奔は起き上がって慌ててスマホを開いた。

――紅姫の祟りはマジでヤバイ。最凶心霊スポット。

――普通に祭り行っただけでヤバイの?　去年行ったんだけど。

――それはじめて聞いた。詳しく教えて。

奔はむっとした。くだらない連中だ。なにも知らずに勝手なことを言う。言われたほうがどんな気持ちになるのか想像もしない。

「美鳩、こんなん気にすんな。全部嘘《うそ》やってこと俺たちが証明してみせようや」

美鳩がうなずいて奔をじっと見た。それから自分に言い聞かせるように言う。

「うん。こんなん気にしてもしゃあないよね。スルー決定」

「そうそう。気にしたら負けや。……じゃ、そろそろ行こか」

祠《ほこら》までは五分ほどだが急な石段やら狭い杉小道やらが続いている。雨が降ると足許《あしもと》が悪くて滑りやすい。もうすぐ陽《ひ》が堕《お》ちて山は暗くなる。明るいうちにお灯明《とうみょう》を上げに行かなければならない。

二人で階下に下りる。父も母も宿のほうにいるので母屋《おもや》は静かだった。奔は仏壇横の小箪笥《こだんす》から蠟燭《ろうそく》とライターを取り出し外に出た。母屋の隣には「瀧口屋」がある。がたがた軋《きし》む木製の玄関戸を開けて帳場にいた父に声を掛けた。

「父さん、今から美鳩とお灯明上げてくる」

「伯父さん、行って来ます」

奔の後ろから美鳩も明るく言う。

「そうか、二人とも気を付けるんやで」

顔を上げた父が真顔で言う。父自身も気付いていないだろうが、どこか懇願するような眼差しにすこし胸が痛くなる。だが、顔には出さずわざと元気よく言った。

「うん。じゃ、行って来ます」

紅《あか》い蠟燭を手に、二人で川沿いの滝道《たきみち》を歩き出した。

瀧口屋は大阪、奈良、和歌山にまたがる深い山の中、紅滝町《くれたきちょう》にある小さな旅館だ。もともとは茶屋で古くから滝の祠へお参りする人のために茶と草餅を出していた。いつからか宿を兼ねるようになったが江戸の終わり頃に一度火事で焼けて途絶《とだ》えてしまったそうだ。だが、やはり祠参りの人のための休み処は必要で、村の人に頼まれて遠い縁者が再び店をはじめたという。

今の瀧口屋は一階が茶屋、ロビー、宴会場で二階が客室だ。茶屋は外にも席があって川沿いに縁台を並べて葦簀《よしず》を立ててある。一年を通して売れるのは草餅だ。さらに、夏場なら冷やし素麺《そうめん》とかき氷。冬場ならおでん、甘酒、ぜんざいがよく出た。

宿は全六室でこぢんまりとした部屋ばかりだが鄙《ひな》びた風情《ふぜい》が好まれ、いつもそれなりに埋まっている。夕食はアマゴ、鮎《あゆ》などの川魚と摘草《つみくさ》料理が評判で、テレビの旅番組でも何度か紹介されてタレントが泊まりに来た。ロビーにはサイン色紙が何枚も飾ってある。「関西の老舗《しにせ》旅館」という特集で雑誌に載ったときは「大阪から近い秘境の大人宿」という扱いだった。

建物は明治の頃の木造二階建てで、二階の窓の下にはぐるりと木製の高欄《こうらん》が巡り、窓ガラスはすべて手吹きの時代物だ。一度、登録有形文化財指定の話があったが立ち消えになったそうだ。かえってよかった、と両親は話している。下手《へた》に指定などされたらちょっとした修繕もできない、と。

「受験勉強ばっかりで飽きてきた感じ。これやったらいつもみたいに瀧口屋でバイトしてるほうが楽やわ」

「たしかに。身体《からだ》動かしてるほうがええ」

高校生になってからは二人とも長期休みには瀧口屋で働いている。奔は掃除や力仕事、美鳩は茶屋や配膳の手伝いをした。だが、今年は高三だからと働かせてもらえない。バイト代がなくなって地味に辛《つら》い。

奔の父が現在の瀧口屋の主人で母は女将《おかみ》だ。奔の叔父にあたる美鳩の父は普通のサラリーマンだが、美鳩の母は瀧口屋で仲居として働いている。町では両家とも「瀧口屋の一族」と見なされていた。

川に沿ってすこし遡《さかのぼ》るとやがて石段が見えてくる。両脇には石楠花《しゃくなげ》が並んで春には白と桃色の花が咲いてとても綺麗だ。今は七月なので剣のように尖《とが》った葉が青々と茂っているだけだった。

「美鳩、気を付けろよ」

「うん」

昔、石段から落ちて大怪我《おおけが》をした人がいるそうで、気を付けるよう奔や姉は子供の頃から繰り返し注意されていた。そのせいか、雨が降るたび美鳩にも同じことを言ってしまう。美鳩だっていい加減うんざりしているはずだが毎回大真面目《おおまじめ》に返事をしてくれた。こんな些細《ささい》なことが嬉《うれ》しい。

滑らないように気を付けながら石段を上った。四十九段を上り切ると、そこからはもう暗い山の中だ。またごうっと風が吹いて足許の笹が鳴る。遠くから響く滝の音がどんどん大きくなってくる。笹原と杉木立《こだち》を抜けると突然あたりが開けて滝の真上に出る。ここが紅姫の祠だ。

奔は足を止めた。祠の前に男が一人立っている。奔たちの足音を聞いて驚いて振り返った。夕闇の中、はっきりとはわからないが三、四十代といったところか。近所の人ではない。もしかしたら瀧口屋に泊まっている客だろうか。

「驚かせてすみません。この祠にお灯明を上げに来たんです。あの、うちに……瀧口屋に泊まってるんですか」

「いや、違う。すこし前に越してきたんだ。そうか、君は瀧口屋の人か。祠の管理を任されてるんだな。……あれ、後ろは妹さん？」

男が美鳩を見て怪訝《けげん》な顔をした。

「いえ、いとこです」

「ああ、いとこか。そうか。仲がいいんだな」

男がすこし困ったふうに笑って、それから祠の先に眼を遣《や》った。

「しかし、いい滝だな。高さがあって水量も多い。途中でカーブしてるのも珍しい」

祠の先は断崖ですぐ眼の前にどうどうと落ちる滝が見える。紅滝《くれたき》は落差が三十メートルほどで、まるで真白い反物《たんもの》が風になびくようにごく緩やかな弧を描いていた。息を呑《の》むほど美しい滝だが、下からは近づけず祠まで上ってこないと見えない。だから、余計に「秘められた滝」という神秘的なイメージがある。

「この祠もすごく風情があるな。さぞかし秋には綺麗だろう」

祠の傍らには楓《かえで》の古木が枝を広げ、苔《こけ》のついた屋根に覆いかぶさっている。新緑の頃はいかにも涼しげだが、紅葉の盛りにはあまり凄《すさ》まじいので祠が燃えてしまわないか不安になるほどだ。

「……ああ、悪い。お参りの邪魔をしてしまったな。じゃあ、俺は帰るよ」

男はまたすこし困ったふうに笑うと、軽く頭を下げてから行ってしまった。

二人きりになると途端に静寂が落ちる。聞こえるのは滝の音だけだ。奔と美鳩は祠に近づいた。

祠の格子《こうし》扉は普段は閉じていて滝祭りの夜だけ開く。中には黒ずんだ石が一つあるだけで、仏様やお地蔵様が祀《まつ》られているわけではない。だが、昔から町の人たちは大切にしていて、紅姫を慰める蠟燭を絶やしたことはない。

ふと見ると、祠には見慣れない供え物が残されていた。馬に乗って剣を振りかざした騎士が描かれている瓶だ。奔は苦労して横文字を読んだ。

「……ホル……ステン・プレミアム？」

美鳩と顔を見合わせた。日本酒が供えられることはあってもビール、しかも外国のビールははじめてだ。

「さっきの男の人かな」

「ああ、なんかそんな気がする」

気を取り直し、蠟燭を上げて手を合わせた。美鳩はいつもよりもずっと長く祈っている。うつむいてわずかに前かがみになって、髪の間から角度の付いた白い首筋がのぞいていた。

「なんか今から緊張してきた」

顔を上げ美鳩が呟《つぶや》いた。風にあおられ蠟燭の光がちらちらと揺れるせいで美鳩の眼差しも揺れて見えた。

「大丈夫、たいしたことない。あんなん綺麗な着物着て座ってるだけや。あっという間に終わるから」

思い切りいい加減な口調で言うと、美鳩もほっとした顔で笑った。

「うん、そうやね」

「あー、楽しみやな。美鳩が衣装つけたらメチャクチャ綺麗やろうなあ。テレビにも映るやろし。なあ、スカウト来たらどうする？」

「もー、そんなん来るわけないやん。夢、見させんといて」

奔のわざとらしいノリに美鳩も応えてくれた。奔は美鳩の手を強く握った。

「美鳩、心配いらん。絶対なんもない」

「うん。ありがとう」美鳩が泣きそうな顔でうなずいた。

美鳩は今年の滝祭りの「紅姫」に選ばれた。最初から決まっていた、と言ったほうが正しい。

実際、美鳩の他に頼む相手がいなかったのだ。

「でも、さっきの人、誰やろ。この近くに引っ越してきた人の話は聞かへんから紅風台《こうふうだい》の人かな」

美鳩が祠の台座に落ちた葉を拾って綺麗にした。

「やろうな。平日休みのサラリーマンってとこか」

川を下った国道の先にバブル時代に造成された紅風台という小さな住宅地がある。紅という字を勝手に使われたので、紅滝町の人たちはあまりよく思っていない。最寄り駅までバスで五十分というアクセスの悪さのせいで当初から売れ行きが悪かった。開発会社はバブル崩壊後に倒産。区画の半分ほどが売れ残って空き地のまま放置されている。いわゆる限界ニュータウンとしてネットでは有名だ。

数日後、騎士のビールはＤＡＢという緑の瓶に替わり、そのまた数日後にはドイツ語と白い鹿の描かれた瓶に替わった。どれも外国のビールだ。奔と美鳩は疑問に思った。なぜ、頻繁に祠に来るのだろうか。仕事はなにをやっているのだろうか。なぜ、変わったビールばかり供えるのだろうか、と。

「よっぽど滝が気に入ったんかな。それとも願掛けでもしてるんか、どっちかな」

美鳩が白い鹿を眺めながら首を傾《かし》げた。

「両方やないか？　こんな山奥に日参して御供《おそなえ》までしてくれるんや。どっちにしても嬉しいな。なんか応援したくなる」

「応援?」

「うん。なんか一所懸命な感じがする」

応援という言葉は大げさかもしれない。でも、一度会っただけの人なのに妙に印象に残っている。自分でも不思議だ。

「願掛けやとしたら、一体なにをお願いしてはるんやろね」

美鳩はビールと滝を見比べ、やっぱり不思議そうな顔をしていた。

＊

奔が男と再会したのは、二学期がはじまって半月ほどした頃だった。

一日降り続いた雨が止《や》んで真夏を思わせる蒸し暑い夕《ゆうべ》になった。美鳩が友人と買物に行ったので一人で祠へお灯明を上げに行こうとすると、茶屋の縁台に男が座っていた。のんびりとビールを飲んでいる。横には草餅の皿があった。

「いらっしゃいませ」

声を掛けると、男がはっと顔を上げた。

「ああ、この前はすまん。また、滝を見に来た帰りだ」

はっきりと顔を見るのは今日がはじめてだ。輪郭は鋭いが、すこし目尻が下がっているせいか、印象は柔らかい。歳《とし》は三十代半ばぐらいで、ブランドものの紺のポロシャツ、デニムに白のスニーカー。髪がすこし伸びている他は、こざっぱりと品のいい恰好だ。

「よっぽど滝が好きなんですね。滝巡りとかしてはるんですか」

「マニアってわけじゃないけど、なんだかこの滝には惹《ひ》きつけられるんだよなあ。紅葉の頃は最高なんだろ？」

「一応そういうことになってるけど、ほんまは違います。一番綺麗なんは二月です」

「ああ、氷瀑《ひょうばく》だな」

「そうです。知ってはるんですか」

「昔、聞いたことがある。二月の一番寒い頃、滝が凍りつくことがある。神々《こうごう》しいくらい美しい、ってな」

「そうなんです。完全に凍りついたらメチャクチャ綺麗なんです。そこに朝陽《あさひ》が射したら薔薇《ばら》色になってすごいらしいです。でも、残念やけど最近は温暖化の影響で中途半端にしか凍らへんから……。見られたら儲《もう》けもんです」

「そうか。どこでも環境問題だな」男がビールを飲み干し笑った。「ああ、草餅だけ食べるつもりだったんだけどなあ」

「お代わりいかがですか」

「若いのに商売上手だな。さすが瀧口屋の若主人だ。でも、ありがとう。陽が落ちる前から飲む癖を付けると依存症になる」

　男が縁台から立ち上がった。

「あ、俺が勘定してきますよ」

「そうか。じゃ、頼む」

男がデニムのポケットを探った。あれ、という顔になる。右、左、尻、と順番に探し、決まり悪げに笑った。

「すまん。財布がない。忘れたみたいだ」男はスマホを示した。「これ、使える？」

「すみません。電子マネーの類《たぐ》いはちょっと。クレジットカードなら使えるんやけど」

「だよな」

男が途方に暮れた顔をしたので、奔は慌てて言った。

「いいですよ、お代はまた今度で。どうせ、しょっちゅう祠に来はるんやから」

奔が言うと、男はほっとした顔になった。

「すまん。代金は明日《あした》持ってくる。一応、連絡先を置いておくよ」

「いいですよ、そんなん」

「そういうわけにはいかんよ。お金のことはきっちりしなきゃ。客を甘やかしたら君が経営者になったとき困るぞ」

「たしかに」

男の言葉はすこしも説教臭くなくて素直《すなお》に聞けた。男は伝票の裏に住所と名を書き、じゃあな、と言いながら滝道を下っていった。

男の書き残した連絡先を見た。名は望月《もちづき》志郎《しろう》とある。住所を見て奔は息を呑んだ。紅風台の一番外れ、あの野原に面した区画だった。

かわいそうに、なにも知らずに。奔は深呼吸をして心を落ち着け、グラスと皿を片付けた。

紅姫の祠にお灯明を上げ帰ろうとしたとき、下草の上に鈍く光る物を見つけた。拾い上げると、革製のキーホルダーで使い込んで飴《あめ》色になっている。古いタイプの鍵がひとつ付いていて、見たところ家の鍵のようだった。

望月さんが落としたのかもしれない。だとしたら、家に入れなくて困っているだろう。

奔はキャップをかぶって店を出て、自転車で川沿いの滝道を下った。

紅滝町は紅という華やかな意味の字とは正反対の町だ。日が暮れたように寂《さび》しく、途方に暮れたように哀しい。春も夏も秋も雨が降って、冬には雨の代わりに雪が降る。

奔はゆっくりと自転車を走らせた。昔ながらの煤《すす》けた家が並んでいる。雨戸もしくはシャッターが閉まったきりの店も多い。まともに営業しているのは酒屋、米屋、あと数軒だ。「暮れた」どころか完全に陽が沈んでいるように見える。

小さな橋を通り過ぎて後藤《ごとう》燃料店の前にさしかかると、六十過ぎの青黒い顔をした店主がいた。プロパンのボンベを軽トラに積んでいる。奔を見ると、止まるように手を上げた。

「奔ちゃん。祭りのこと聞いたか？　紅姫様は美鳩ちゃんで本決まりなんやて？」

「ええ、決まりました。本人は頑張る、て言うてます」

「そうか。でも、奔ちゃんとしては複雑やな」

後藤店主が顔を曇らせた。言いたくはない。でも、言わずにはおれないと言ったふうだった。

「はは、そんなん大丈夫ですよ。みんな心配しすぎッス」

無理して笑うとなんだか変な語尾になった。奔は軽く頭を下げて再び自転車を漕《こ》いだ。

下りきると国道に出た。コンビニの角を曲がって紅風台に向かう。ここからしばらく緩やかな上りだ。汗をしたたらせながら奔はペダルを踏んだ。九月といっても西陽《にしび》の強さは殺人的だった。

紅風台の一番外れに着くと、奔は自転車を降りてあたりを眺めた。行き止まり道路の向こうはもう手付かずの野原と山だ。さあっと風で草が揺れるのを見た途端、心臓がどきんと跳ね上がって血の気が引いた。足が震えて自転車のスタンドを立てようとして何度か失敗した。

望月さんの家は古い平屋で、クリーム色の外壁にオレンジの瓦を載せてある。焼煉瓦《やきれんが》の門柱の横のかまぼこ形のポストには、「望月」と間に合わせのカードが貼り付けられていた。ガレージにはボロいバンがある。車を持っているのに滝までわざわざ歩いてくるのか？　変わった人だと思いながら、インターホンが見当たらないので声を掛けた。

「すみません」

すこし間があって、裏庭のほうからのっそり望月さんが現れた。

「もう取り立てか？　早いな」

「これ、祠に落ちてたんやけど、もしかしたらと思て」奔はキーホルダーを見せた。

「ああ、あんなところで落としてたのか。わざわざ届けてくれたんだな。ありがとう。助かった。それ、家の鍵なんだ。滝から戻って家に入ろうとしたら鍵がなくて焦ったよ」縁側の雨戸を外して無理やり入ってさ、と苦笑しながら門を開けてくれた。「……汗だくだな。入れよ。お礼にコーラくらいおごるから」

すこし迷ったが、瀧口屋からずっと自転車を漕ぎ続けてきたので冷えたコーラを断ることができなかった。

望月さんの案内で前栽《せんざい》を通り抜け裏庭に回った。

庭はひどい荒れようで、どこもかしこも雑草だらけ、庭木は伸び放題だ。あじさいは枯れた花がそのままだし、剪定《せんてい》していない松はすっかり樹形が崩れている。以前の住人の作ったらしい花壇はもう痕跡だけだ。その真ん中にまるで海辺にあるような青と白のストライプの生地を張ったデッキチェアが置いてあった。

庭の向こうは草の生い茂る野原が広がり山へと続いている。萩やらススキやらの茂みが所々にあるだけで、荒涼とした風景だ。奥のほうに山桃の木が一本立っていて、まるで野の主のような顔をしている。庭との境に一応柵はあるが、どちらも草ぼうぼうだから一続きに見えた。

ずっと見ていると胸が絞り上げられるように痛んで息が苦しくなってきた。汗だくのはずの身体が冷たく感じられる。キーホルダーを渡してさっさと帰ればよかった。今さらながらにコーラに釣られたことを後悔した。でも、もう遅い。今帰ったらなにも知らない望月さんに失礼だ。

知らぬふりをしろ、平気でいろ、と奔は自分に言い聞かせた。望月さんはなにも知らずに家を買ったのだろう。わざわざ教える必要はない。

縁側は庇《ひさし》が深いので陽が当たらず陰になっていた。腰を下ろして汗で濡《ぬ》れて貼り付いたTシャツに風を入れる。深呼吸を繰り返すと次第に落ち着いてきた。

縁側の向こうは畳敷きの和室で真ん中に丸い卓袱台《ちゃぶだい》が置いてある。家の中は静まりかえって望月さん以外に人の気配はない。

「一人暮らしなんですか」

「そうだよ。侘《わび》しい男一人暮らしさ」

「なんでこんな寂しいところに？」

「静かでいいだろ？」

涼しい顔で言うと、缶と瓶、それに緑のオリーブの実の載った皿を並べた。奔には瓶を手渡す。見たことのないコーラだった。

「それはアフリ・コーラ。ドイツのコーラで、カフェインの量が世界一って触れ込みだ。これはオリーブの実を塩水に漬けたもの。種ありだから気を付けて」

アフリ・コーラは一口飲むと変わった味がした。美味《うま》いとも不味《まず》いとも言えない微妙な味だ。

「なんとも言えない味やけど、ドイツ人ってこういうのが好きなんですか」

「あっちでもマイナーな存在だよ。ま、普通のヤツはこんなの飲まない」

「なんなんすか、それ」

思わず呆《あき》れて望月さんの顔を見た。だが、望月さんは面白そうな顔をしている。それ以上は文句を言えず、黙って二口目を飲んだ。今度は印象が違う。そんなに悪くなかった。

「意外といけるかも」

「だろ？」

望月さんはさらりと言って缶を開けた。ラベルを見たが中世の古文書みたいな装飾文字でまるで読めない。

「それ、ビールですか」

「シュレンケルラ・ラオホビア・ドゥンケル。燻製《くんせい》モルトを使って造るんだ」

祭りの後の宴会でビールくらい飲んだことはあるが、いつも国産大手メーカーの物だった。燻製モルトとは一体どんな味がするのだろう。味の想像がつかない。奔がじっと見ていると、望月さんが立ち上がった。台所から新しいグラスを持って戻ってきた。

「一口だけ飲んでみるか」

「いいんですか」

「未成年に酒を勧める悪い大人だな。頼むからツイッターとかに書かないでくれよ」

望月さんがグラスに数センチほど、ビールを注《そそ》いでくれた。

「いただきます」

奔は一口飲んでみた。ねっとりと苦くて、いがらっぽい煙の味がする。美味《おい》しいとは思えず奔はグラスを置いた。口直しにアフリ・コーラを飲む。結局どっちもどっちだ。

「残念だな。君が成人なら、一緒にガンガン飲むのに」

望月さんはオリーブの実を口に放り込んだ。種を手の平に吐き出すと丁寧に皿に置いた。

「ビールマニアなんですか」

奔もオリーブを食べた。すこししょっぱい。種を吐き出して同じように皿に置いた。

「仕事だよ。ヨーロッパ、主にドイツやベルギービールの輸入販売をやってるんだ。ネットショップだけどな」

「ドイツいうたらサッカーのイメージしかないです。FCバイエルン・ミュンヘンとか。しょっちゅうヨーロッパに行きはるんですか」

「年に二、三度はな。でも、買い付け担当が向こうにいるからほとんど任せてる。うちは温度管理が徹底してなおかつ早いのが売りなんだ。鮮度が違う」

「缶とか瓶に鮮度なんて関係あるんですか」

「あるんだよ。ビールは生き物なんだ。ちょっとした温度変化で酵母は死んでしまう。だからできたてのビールを冷蔵コンテナで丁寧に運ぶんだ。それを現地でヘル・シュミットってやつが手配してくれるってわけだ。金は掛かるけど味は比べものにならないからな」

「あの、ビールだけでやっていけるんですか」

「ま、男一人食ってくくらいにはな。いつも珍しい銘柄を探してるし、いろいろと年間コースだってやってる。企画ものの評判もいいんだ。マニアには受けてるよ」

「へえ、マニア向けのネットショップか。なんでも工夫次第なんやなあ。でも、うちは川魚と摘草料理やからドイツとかベルギーのビールはちょっと合わへんかも……」

「海外にこだわる必要はない。国産地ビールだって美味しいものがいっぱいある。最近は個性的なクラフトビールが流行《はや》りだ。山椒《さんしょう》風味なんか和食にも合うよ」

「山椒？　へえ。じゃあ、今度、料理長に言うてみよかな」

そんなマイナーなビールは酒屋が手配を嫌がるかもしれない。大手メーカーしか納めたことないからな、といろいろ考えていると、望月さんが妙に感心してくれた。

「君みたいな跡継ぎがいるとお父さんも安心だろうな」

「親父《おやじ》は好きにしろって言うてるけど、俺の代で潰すのはなんか申し訳ないし。由緒正しいだけでジリ貧の宿なんです。せめて温泉でもあればいいんやけど……今から頭が痛いです」

瀧口屋の弱点は湯だ。秘境の宿だが秘湯ではない。父は思い切って掘ってみようか、と言っているが、出るかどうかもわからないものに投資する余裕はない。

「なるほど、そりゃ大変だ」

「よかったら一度、泊まりに来てくださいよ。この時期、アマゴとイワナ、ヤマメが美味しいです。山菜ならイワタバコ、ウワバミソウ、フキです」

「ウワバミソウか、そりゃいいな。喜んでそうさせてもらうよ。俺だって瀧口屋が気に入っている」

望月さんが眼を細めて穏やかに笑った。社交辞令には聞こえなかった。

なんでだろう。さっきからこの望月さんの言葉はやたらと気持ちがいい。なんだか照れくさくなって顔を背けると、縁側の隅におかしなものを見つけた。小さな木の生えた、拳ほどの緑の玉だ。巨大なまりもだろうか。じっと見ていると、望月さんが嬉しそうな顔をした。

「結構かわいいだろ？　苔玉《こけだま》っていうんだ」

白砂を敷いた素焼きの皿の上に、ごろんと緑の玉が載っている。表面はすっかり苔で覆われ、てっぺんから小さな木が突き出していた。野から吹く風で、小さな葉がひらひら揺れている。

「この木、本物ですか」

「それは南天《なんてん》。難を転ずってな」

望月さんは傍らの霧吹きを手に取った。水を入れる部分は緑のガラス、持ち手は真鍮《しんちゅう》、皺《しわ》くちゃのリボンが巻いてある。身をかがめると、そっと苔玉に水を吹いた。途端に苔の色が濃くなり、ぱっと光った。奔はどきりとした。まるで笑ったようだった。

望月さんも満足げに微笑《ほほえ》むと、庭の向こうの野に眼を移した。

「美しい眺めだよ」

ビールを飲みながら、野を渡る風に心地よさそうに眼を細めている。その視線の先に山桃の木があった。

奔はふいに叫び出しそうになって慌てて悲鳴を呑み込んだ。今さらながらに気付いた。何年経《た》っても傷は癒えていない。いや、自分だけではない。町中が傷ついている。ただ、傷ついていないふりをしているだけだ。

「すみません。もう一口だけ、ビールもらえますか」

「不良だな」

望月さんはグラスに半分ほどビールを注いでくれた。今度は一息に飲んだ。鼻に煙の匂いが抜けた。続いてオリーブを一粒つまんだ。燻製ビールには合うような気がした。

「なあ、早く滝が凍ればいいな。そう思わないか」

「望月さん、祭りもまだやのに気が早いですよ」

「祭りか。もちろん祭りも楽しみだよ。でも、やっぱり氷瀑が見たいな」

「まさかそのために引っ越してきはったんですか」

「かもな」

冗談じみた口調だったが、その表情は驚くほどに真面目だった。そこではっと気付いた。

「もしかしたら、祠にしょっちゅうお参りに来るのはそのせいですか？　氷瀑が見たいから紅姫様に願掛けしてるとか」

「ああ、そうかもしれんな。滝のことなら紅姫様に頼むのが一番だろ？」

「ええ。そりゃもちろん。見られたらいいですね、氷瀑」

応援してます、と言うと、望月さんはありがとう、とちょっと困ったふうに笑った。


瀧口屋に帰ると、父が帳場に座ってパソコンに向かっていた。

「ただいま」

「ああ、奔。お帰り」

ちょうど夕食の時間だ。今日は満室だ。厨房《ちゅうぼう》は大忙しだろう。女将の母も一部屋ずつ挨拶に回っている。いずれ美鶴も、と思うとすこし申し訳ないような気がした。

「なんか手伝うことある？」

「いや、今は特にないな」

「じゃあさ、来月の献立決まった？　ホームページ更新せなあかんから」

「ああ、そやな。後で源田《げんだ》さんに訊《き》いとく」

瀧口屋のホームページとSNSの更新は奔の仕事だ。宿の紹介や滝と祠の四季の写真など、最低でも三日に一度は写真をアップするようにしていた。特に食事は瀧口屋の目玉だから気を遣う。料理長の源田さん直筆の「お品書き」と食材の写真を載せるのだが、美味しそうに料理写真を撮るのは難しい。いっそ一眼レフでも買おうかと思っている。

「あとは、そろそろ祭りの告知せな。今年は紅姫が復活するし思い切って宣伝していこうと思うねん」

「奔。あんまり無理せんでええぞ。おまえ、受験もあるやろ。勉強に専念してくれてええんやで」

父が心配げな表情をする。しまった、と思い奔は大げさに軽く言い放った。

「大丈夫。勉強ばっかりしてたら息が詰まる。これが気晴らしになるねん」

「それやったらええけど……」

父はそこで一旦口を閉ざした。しばらく黙っていたが、ロビーに人影がないことを確認し、声をひそめて言った。

「あのな、歴史のある宿とか言うてもたいしたことない。誰にも内緒やけどな、何代か前には女郎屋みたいなもんやったそうやから」

「え、女郎屋？」

想像もしたことのない言葉に奔は面食らった。

「大きい声出すな。子供の頃、祖父《じい》さんから聞いた話やけどな、なんでも祖父さんの祖父さんの代には女と遊べる宿やったそうや」

「じゃあ、遊郭みたいなものなんか」

「そこまで本格的なものやなくて、素人がこっそりやってた程度らしい」

「火事で焼けたことがあるのは知ってたけど、女郎屋は初耳や。うちのご先祖様って堅気《かたぎ》じゃなかったんやな。ちょっとショックや」

奔はなんだか身体がぞわぞわしてきた。いくら昔の話とはいえ店でそんなことが行われていたと思うと落ち着かない。

「うちは大昔から続いてるけどまともな家系図がないんや。遡れるのは明治くらいまでで。たぶん家としては何度も途絶えたけど、よその人間が継いだりして瀧口屋だけが続いてるんやろ」

「まるで人間より店のほうが偉いみたいやな」

「阿呆《あほ》いうな。とにかく無理して継がんでもええんや。こだわる必要はない。おまえは好きなことすればええんや」

「父さん、大丈夫。俺は瀧口屋が好きや。無理なんかしてへん」

「ならええけど……」

弱気な父を見ていると胸が痛くなる。あの事件以来みんな傷ついたままだ。だから、美鳩のことだって心配してくれるのだ。でも、町の外から来る人はなにも知らない。望月さんのように「静かでいい」とあの家を買って暮らす人もいる。

世間からはこうやって忘れられていく。悔しくて寂しい気もするが、いつまでも言われるよりはマシなのだろう。そう、忘れられるほうがいいに決まってる。そう思うしかない。

そっと店を出ようとして、思い出して振り向いた。

「そろそろ、うちも電子マネー導入せなあかんで。お客さんが困ってはったから」

「でも、ＰａｙＰａｙとか全然わからへんしな」

「俺がやるよ」

「ああ、なら頼むわ」

その夜、勉強が終わってからホームページの更新をした。スローシャッターで撮った滝の写真、祠に覆いかぶさる青もみじの写真をアップし、祭りの日程の告知をした。「紅姫復活」についてては祭り実行委員会と足並みを揃《そろ》えることにして見送った。

仕事を終えて布団に入って眼を閉じる。ごうっと風が吹いて母屋が揺れた。どきりと胸が苦しくなる。

ふっとあの野原が脳裏に浮かんだ。きっと、あの野原でも風が吹いて草が揺れているだろう。望月さんはどんな思いで風の音を聞いているのだろうか。

紅滝の祭りがいつはじまったのかは誰もわからない。南北朝の頃か応仁《おうにん》の乱の頃か、世が戦で乱れていた時代だと言われている。とにかくずっと昔から毎年立冬の日、哀れな紅姫を慰めるために祭りが行われてきた。

祭りには絶対に守られなければならない決まりがある。

——必ず一人で参ること。決して口をきかぬこと。

お参りする人は心の中で願い事を唱えながら石段を上り、一人ずつ祠に蠟燭を上げる。そうすれば紅姫が望みを叶《かな》えてくれると言われていた。

昔は瀧口屋で蠟燭を売っていたそうだ。茶屋の前で火を点《つ》け山へと入っていったらしい。だが、今は山火事が怖いので祠のすぐ前の広場で火を点《とも》すことになっていた。

普段は静かな滝の祠も祭りの日だけは賑《にぎ》わう。テレビに取り上げられたこともあって最近はずいぶん訪れる人が増えた。それでも川沿いの小さな店は寂れる一方だ。なんとか保《も》っているのは瀧口屋だけで、あとの店はどれも開店休業のようなものだ。祭りを起爆剤にしてもっともっと人を呼びたい。その旗振り役が父だった。

今から五年前、奔と美鳩が中学校に入った年のことだ。

——例えば祇園祭《ぎおんまつり》やったら稚児《ちご》、葵祭《あおいまつり》やったら斎王代《さいおうだい》を選ぶやろ？　うちも紅姫役を選んで祭りで披露したらどうや？

それを聞いた町の人たちの意見は分かれた。

――それはええ考えや。どうせやったら、えべっさんの福娘を選ぶみたいにミス紅姫を選ぶコンテストにしたらどうやろか。話題になるかもしれん。

――いや、でもそれは祭りの伝統を壊すことになる。そもそも紅姫さまに失礼や。

話し合いの結果、折衷《せっちゅう》案が完成した。祭りでは紅姫役を選んで儀式を行うこととする。だが、ミスコンではなく祠と伝統に理解のある「紅姫様に失礼のない」人から選ぶこととする。

初代紅姫に選ばれたのは奔の十歳年上の姉、暮葉《くれは》だった。暮葉は東京の大学に進み、卒業後は両親に請《こ》われて家に戻り瀧口屋を手伝っていた。毎日の祠の守《もり》、それに瀧口屋の広報活動はすべて姉がやっていた。

――私なんかが紅姫様やるなんて畏《おそ》れ多いわ。紅姫様が気を悪くしはったらどうするん。

姉はあまり気乗りではなかった。だが、町のため、と父に説き伏せられ引き受けることになった。

祭りの日、紅姫の扮装《ふんそう》をした姉は祠に花と酒を捧《ささ》げ、それから一番最初のお灯明を上げた。それから瀧口屋の前に作った舞台から川に下り、赤と白の花を流した。滝道にずらりと並んだ参拝客のフラッシュが一斉に光った。

奔と美鳩は一番前で暮葉を見ていた。奔は美しい姉が誇らしかった。そして、横で美鳩がうっとりしているのもかわいいと思った。その夜はすべてが完璧だった。新しい祭りは大成功で町の人たちも大喜びだった。

暮葉が消えたのはその夜だった。みなが探し回ったが見つからなかった。一週間後、暮葉はニュータウンの外れ、野原の隅で無残な姿で発見された。やがて、国道沿いのコンビニ、ガソリンスタンドの防犯カメラなどから事件が明らかになった。

祭りの夜、もう日付けが変わった頃だった。見物に来た若者グループがコンビニの前で夜遅くまで遊んでいた女子高生に声を掛けた。無理やりに車に連れ込もうとしたところを暮葉が見つけて止めた。若者たちは慌てて逃げようとして車を急発進させた。そして、暮葉を撥《は》ねてしまったのだ。パニックを起こした若者たちは暮葉を車に押し込み、町外れの野原の奥に捨てた。怖くなった女子高生は誰にも言わず黙っていたのだ。

犯人たちはすぐに捕まった。みな、未成年で無免許だった。地元の人間ではなく、ただ「祭りをやっているらしい」と聞いてナンパにやってきただけの連中だった。

＊

祭りが近づき、瀧口屋もすこしずつ忙しくなってきた。行燈《あんどん》やら蠟燭やらの準備の他に、茶屋が賑わうので普段の何倍もの食材を発注しなければならない。

美鳩も「紅姫」役のリハーサルをはじめた。前回のビデオを観《み》ながら何度も練習する。死んだ姉が映っているビデオを観るのは辛かった。現に両親は一度も観ていない。でも、美鳩はそうはいかない。自分をかわいがってくれた従姉《いとこ》の最期の姿を繰り返し観なければならないのだ。美鳩にだけ辛い思いをさせるわけにはいかず、奔も歯を食いしばってビデオを観た。

一番苦しかったのは衣装合わせの日だ。紅姫の衣装は鎌倉から室町時代にかけての装束を元にしている。本当は見栄《みば》えのする十二単《じゅうにひとえ》にしたかったのだが、費用が掛かること、山深い祠での儀式ということを考慮して、小袖に袿《うちかけ》という衣装になった。

長い鬘《かつら》をつけ濃紅《こいくれない》、薄紅《うすくれない》の衣を重ねた美鳩はほんのり上気して本当に美しかった。だが、立ち会った両親が思わず泣き出してしまい、奔はなだめるのに必死だった。すると、美鳩がやってきてこう言った。

「伯父さん、伯母さん。泣かんといてください。あたしが精一杯お参りして紅姫様をお慰めします。暮葉姉ちゃんのぶんもお祈りしますから。紅姫様は絶対わかってくれはります」

その言葉は凛《りん》として青もみじのように清々《すがすが》しかった。両親は泣きながら礼を言い、奔まで泣いてしまいそうになったのだ。

キーホルダーを届けて以来、望月さんは瀧口屋の上客になった。数日おきに滝へ来て、茶屋でビールを飲んで食事をしてくれる。一度、一番いい部屋に直前キャンセルが出たとき望月さんが泊まりに来てくれた。母が言うには「手の掛からない客」だったそうだ。料理を絶賛してくれたので料理長の源田さんに伝えると喜んでいた。

祭りまであと三週間という頃だ。夜遅くまで勉強していた奔は布団に入ったものの眼が冴《さ》えて眠れなかった。窓の外が白んでいくのを眺めていると突然携帯が鳴った。望月さんだった。

「頼みがある。しばらく仕事で家を空けるんだが、さっき、いきなり自動水やり器が故障してな。飛行機の時間があるから、修理する暇がない。だから、苔玉の面倒を見てほしいんだ。厚かましいとはわかってるが、君しか頼める人がいない。すまん、お願いだ」

望月さんがすごい勢いでまくし立てた。普段の落ち着きはどこにもなく怒鳴っているようにすら聞こえる。奔はよく事情が飲み込めなかった。自動水やり器ってなんだ？ 飛行機の時間って？ 苔玉の面倒？

「別にええですけど」わけのわからないまま答えた。

「家の鍵は開けておく。苔玉は卓袱台《ちゃぶだい》の上だ。悪いが頼む」

ぶつん、と乱暴に電話が切れた。

窓から外を見た。山はまだ暗いが川には朝霧がたちこめてぼんやりと白く輝いていた。

奔は身支度をして自転車にまたがった。望月さんの家に着くとバンがなかった。門を開けて中へ入ると玄関は鍵が掛かっていない。望月さんは行ってしまったようで家は無人だった。

茶の間の卓袱台の上には苔玉と霧吹きが置いてある。その横に、家の鍵と現金の入った封筒、走り書きのメモがあった。


苔玉は朝と晩、霧吹きで水をやること。あまり乾燥していたら、五分程度水に浸《つ》けてくれ。直射日光の当たる場所には置くな。蒸れないよう風通しのいい場所に。バイト代を置いていく。家は自由に使ってくれ。冷蔵庫の中の物、なんでも食ってくれ。半月ほどで帰る。よろしく頼む。

追伸　彼女も呼んでくれてかまわない。二人で好きに使ってくれ。

　奔は縁側の戸を開けて風を入れた。朝日の中、苔玉が奇妙な影を落としている。丸っこいフォルムはそれだけで微笑ましい。なんだか急に世話をしたくなって霧吹きですこしだけ水をやった。すると、途端に苔玉の色が変わった。笑っている。喜んでいるのだ。望月さんが苔玉をかわいがる気持ちがわかったような気がした。

「しばらく俺で我慢してな」

　ごうっと野を秋の朝の風が渡っていった。南天の葉が揺れた。嬉しそうだった。

　それから、朝夕、望月さんの家に通うのが日課になった。

　望月さんの冷蔵庫の中には様々な種類のビールがぎっしり入っている。百本近くあるだろう。食べ物はバターとチーズ、ハム、それからピクルスやら、よくわからない瓶詰の類いだ。奔はチーズをかじりながらアフリ・コーラを飲んだ。

　ときどきは美鳩も来てくれた。二人で野原に花を供え手を合わせた。なぜか美鳩はアフリ・コーラが気に入ったようだった。

　望月さんが帰ってきたのは十月の終わり、祭りの一週間ほど前だった。

　土産《みやげ》があるから夕飯がてら彼女と一緒においで、と呼ばれたので早速二人で訪れた。望月さんは髪が伸びてすこし痩せたようだった。

「ありがとう。面倒なことを頼んで悪かった。感謝するよ」

苔玉を見て望月さんが嬉しそうな顔をした。帰国祝いに一杯、と冷蔵庫を開けて顔をしかめた。

「なんだ、減ってないな。二人ともビールは飲まなかったのか」

「一本だけです。でも、アフリ・コーラはいっぱい飲みました」

「真面目だなあ」

望月さんは苦笑しながらビールを取り出し、苔玉と並んで縁側に座った。

トレイの上には大量の土産が並んだ。酢漬けニシン、レバーペースト、ハム、ソーセージ、塩味のプレッツェル、チョコレートなどなどだ。

三人でさんざん飲み食いした。帰りに望月さんは奔にFCバイエルン・ミュンヘンのキャップ、美鳩にハンカチをくれた。

「ベルギーのアンティークレースだ。気に入ってくれたらいいが」

「わあ、綺麗。ありがとうございます」

ごく細い糸で編まれた手の込んだ模様だった。美鳩の顔がぱっと輝いて、望月さんが嬉しそうな顔をした。

望月さんの家を出てゆっくり歩いた。国道を越えて川沿いの道に入った頃だった。通り沿いの商店はみな閉まって自動販売機の灯《あか》りだけが輝いていた。

美鳩がふと足を止めた。暗い川を見ながら呟く。

「あたし、祭りで紅姫やるの、ほんとはずっと怖かってん。でもね、望月さんのところであの野原を眺めて思った。暮葉姉ちゃんはどんだけ寂しくて怖くて苦しかったやろうな、って」

しまった、と思った。自分は望月さんと親しくなって、あの野原に関して鈍感になってしまっていた。美鳩の気持ちを思い遣るべきだった。

「美鳩、大丈夫や。美鳩は姉貴みたいなことには絶対ならへん。祟りなんてない」

「うん。ありがと。でも、今はこう思ってるねん。あたしは小さい頃暮葉姉ちゃんにかわいがってもらった。だから、あの野原で死んだ暮葉姉ちゃんのためにも、精一杯紅姫様を務めようと思うねん。全身全霊で紅姫様をお慰めしよう、って。……生意気《なまいき》かな」

「いや、そんなことない。俺も思ってる。紅姫様のぶんも姉貴のぶんも。そやから美鳩の気持ちはメチャメチャ嬉しい」

奔は美鳩の手を取った。あたりに人影はない。聞こえるのは川の音だけだ。そっと抱き寄せキスをした。


紅滝祭りまであと三日になった。

瀧口家では午前中に姉の法事と墓参りを済ませた。本当の命日は祭りの日なので、毎年日をずらして行っている。奔は姉の墓に手を合わせ真剣に祈った。どうか美鳩を守ってください、と。

両親も叔父も叔母も美鳩も、いつもの年より表情が硬い。口には出さないが考えていることは同じようだ。紅姫復活の今年、二度と悲劇は繰り返したくない、と。

午後からは祭りの準備で忙しかった。

祭りの支度は分担だ。毎年、石段下の広場の大松明《おおたいまつ》とテント張りは酒屋と米屋がやって、行燈は瀧口屋だ。奔は裏の倉庫から露地行燈を出してきて虫干しをした。膝ほどの高さの四角い行燈で真紅の紙が張ってある。ここに蠟燭を入れて石段の両脇に並べるのだ。調べてみると、枠が折れているのが二つ、紙が破れていたり剝《は》がれたりしているものが五つ六つほどあって修繕が必要だった。

瀧口屋の前、川に面して茶屋の縁台が並んでいるところが「花流し」の場所だ。滝道から川に下りる場所があってそこで紅姫が花を流すのだ。花は赤と白の石楠花を模して和紙で作る。これは手先の器用な美鳩の母がすでに用意してくれていた。

奔はひたすら働いた。町には若い人がほとんどいない。酒屋に二十代の息子がいるが、会社勤めなので平日は手伝ってもらえない。結局なにもかも奔がやることになる。

「壮観だな」

ふいに声がして振り向くと、望月さんが立っていた。なんだか顔色が悪くやつれて見える。

「忙しいところ悪いが、今、ちょっといいか」

ここではなんだから、と言うので二人で祠へ向かった。望月さんは祠に着くまで難しい顔をしたきりで一言も口をきかなかった。

このところの寒さで祠の楓はすっかり色づき怖くなるほどの凄まじい紅《くれない》だ。

「話ってなんですか」

「紅姫の祟りについて教えてほしい。このところ野原にバカがやってくる。肝試しとか言って車で乗り付けて騒ぐんだ」

「そんなんデマですよ。祟りなんかあるわけない」

「じゃあ、なぜこんな話が出たんだ？　なにか理由があるんじゃゃないのか」

「知りません」

「でも、いろいろあったんだろ？　なにがあったんだ？」

望月さんが食い下がる。あまりしつこいので次第に腹が立ってきた。

「望月さん、変ですよ。なんでそこまで祟りを知りたがるんですか」

すると、一瞬、望月さんは口ごもった。

「別にたいした理由はない。ただ、どういうことか知りたくて」

「じゃあ、俺から訊きます。今までひっそりとやってきた祭りがあった。でも、町起こしのために祭りに演出を加えることにし、紅姫役を選んで儀式をした。すると、祭りの夜、紅姫役の女性が車に撥ねられて死んだ。これは祟りですか」

「……いや、ただの偶然だ」

「そうです。偶然です。でも、みんなビビったんです。だから、紅姫の儀式はたった一年で中止になった。でも、やっぱり町は寂れてく。だから、今年から復活させることになったんです」

「でも、祟りなんて物騒《ぶっそう》な言葉が出るからにはなにかあるんじゃないのか」

望月さんは諦《あきら》めようとしない。奔はむっとした。

「なんもないって言うてるやないですか」

つい強い口調で言い返したが、望月さんはなにも言わなかった。哀しそうな顔でじっと見ているだけだ。奔はまるで子供のように癇癪《かんしゃく》を起こしたことが恥ずかしくなった。

「すみません。俺、ネットの書き込みにムカついてて、つい……」

「いや、こちらこそ悪かった。不躾《ぶしつけ》なことを言いすぎた」

望月さんが軽く頭を下げた。奔は額に手を当てて一つ深呼吸をした。落ち着いて説明しなければいけない。しっかりしなければ。本当に辛《つら》いのは美鳩なのだから。

「姉貴が殺されてみんな傷ついてるんです。そして、責任を感じてるんです。俺の両親も、俺も、美鳩も、町の人も」

「いや、本当にすまん。なにも知らずに勝手なことを言った」

望月さんが深く頭を下げた。いつものように困った顔で笑うのではなく真剣に詫《わ》びている。奔はなんだか申し訳なくて、いたたまれないような気がした。

「紅姫の伝説って知ってますか」

「たしか美しい紅姫と男の悲恋だ。詳しいことまでは知らんが」

「……南北朝だか応仁の乱だかの頃、紅姫っていう美しい姫がいました。姫は恋人である若武者に連れられ落ち延びる旅をしていたそうです。でも、その途中で若武者は姫が足手まといになって見捨ててしまったんです。置き去りにされた姫は死んでしまいました。その姫を弔《とむら》うために祠が建てられたそうです」

歳の離れた姉に連れられ、毎日祠にお灯明を上げにいった。姉は本当に紅姫の祠を大切にしていたのだ。まるで我がことのように哀しみ姫を悼んで手を合わせていた。

「祭りのしきたりはこうです。……必ず一人で参ること、決して口をきかぬこと、って。それは置き去りにされてたった一人で死んで行った紅姫の哀しみを知って、自分も引き受けるためなんです」

「なるほど。それがあのしきたりの由来か。だが、その若武者はどうなったんだ？　姫を見捨ててそれきりか」

「わかりません。そこまでは伝わってないんです」

「きっと地獄に堕ちてるんだろうな」

望月さんはそれ以上なにも言わなかった。ただ、血の気の失《う》せた顔でじっと滝を見つめていた。

＊

立冬、祭りの日が来た。天気予報では日中は暖かいが、夜は冷えるという。雨の心配はないということでほっとした。

紅姫の控室は瀧口屋の一階奥の宴会場だった。ここで着付けと化粧をして出番まで待機する。美鳩の母と奔の母は美鳩の支度に掛かりきりだ。

奔は石段手前の広場に向かった。昨日のうちに張ったテントが朝露に濡れていた。ここが祭り実行委員の待機場所になる。石段の両側に行燈を並べていると、地区の連中が次々と集まってきた。酒屋が大きな酒樽を飾り、米屋と燃料店が大松明を二本、石段の下に立てた。婦人会の人たちがテーブルにお茶やらお菓子やらを並べる。ひとしきり用意が済むと、みなテントに陣取っておしゃべりをはじめた。

奔にも声を掛けてくる。

「なあ、テレビの取材は何時からや？」

「取材は紅姫が登場する二時からやけど午前中にはセッティングに来るそうです。インタビューはなしで、とにかく『決して口をきかぬこと』の祭りやと強調してもらうことになってます」

「そうか、それがええ」燃料店が大きくうなずいた。

「美鳩ちゃん、さぞかし綺麗やろなあ。話題になってスカウトとか来たら奔ちゃんはどないするねん」

「そうやそうや。東京行ってまうかもしれへんで」

米屋と酒屋がからかってくる。奔もすこしおどけて返した。

「うわ、どないしましょ。俺、捨てられるかも」

みなそれぞれ不安に思っている。だから、こんなふうに無理に冗談にしてくれる。その気持ちが嬉しい。奔は笑いながら祭りの準備をした。

行燈の設置が終わり、今年の地区代表が大松明に火を点けて祠の扉を開けた。

やがて、テレビの撮影クルー、新聞の記者たちも来た。奔は美鳩が気になって一度控室をのぞきに行ったが、化粧の最中だと追い返された。仕方なしにもう一度祠を見に行く。行き道と帰り道を分けるロープを確認しながら気付いた。フラッシュ禁止の立て札が出ていない。慌てて取りに帰ると、瀧口屋の前で警備担当の警官と父がなにか話をしている。話が終わると父がやってきた。

「あの野原のことやけど、肝試しの連中が来て夜中に騒ぐわ花火はするわで紅風台の自治会でも問題になってるそうや」

「うん。近くに住んでる人に聞いたことある。相当、迷惑してるようやった」

「今夜はヤバいかもな。祭り帰りの連中が行くかもしれへん。また嫌なことが起きへんかったらええんやけど」

父が顔を曇らせた。嫌なこと、の意味を想像すると胃のあたりが縮んでなんだか吐きそうになった。しっかりしろ、と自分に言い聞かせる。

「大丈夫やよ、父さん。……あ、そうそう。フラッシュ禁止の立て札が出てへんから持ってくわ。他、なんかある?」

「じゃ、後で茶屋を手伝ってくれ。今年は人の出足が早いようや」

「わかった」

紅姫復活の効果だろうか。大きなカメラを提《さ》げた人がもううろうろしている。時間潰しに茶屋で飲み食いをしている人もいた。

奔はひたすら茶屋で働いた。いつもの何倍も人が訪れるから息をつく暇もない。今日は例年より気温が高くて冷たい飲み物がよく出た。

美鳩の着付けが終わったから、と手の空いた母が茶屋に入ってくれた。奔はテントに向かった。石段の下で待機行列ができている。撮影クルーがその様子を撮っていた。

「間隔を空けて上ってください。一人ずつ上ってください」

米屋が妙に高い声で繰り返していた。奔の顔を見ると、ほっとした顔をした。

「思ったより人が来てるんや。祠の前で整理手伝ってくれ。大人数でいっぺんに行こうとするやつもいてる」

「わかりました」

急いで石段を上った。祠の前の広場にも人が溜《た》まって行列ができていた。奔は一人一人にこう言って、紅い蠟燭を手渡した。

「必ず一人で参ること。決して口をきかぬこと」

参拝客はみな神妙な顔で蠟燭を受け取り、無言で紅姫を拝んだ。

午後になって紅姫の儀式がはじまった。

控室から出てきた美鳩は鮮やかな紅色の衣をまとっていた。長い鬘を付けて唇に紅をひき、完璧な紅姫になっていた。

美鳩は裃の裾を曳《ひ》きながらゆっくりと一人で石段を上っていった。テレビカメラ、スマホをかざす人、大きな望遠レンズで狙う人など、みなが美鳩に注目していた。

祠の前で神職が祝詞《のりと》を唱えながらお祓《はら》いをした。祝詞が終わると美鳩が祠に蠟燭を捧げた。

次は「花流し」だ。美鳩は石段を下りると瀧口屋の前まで戻ってきた。川縁《かわべり》に敷かれた毛氈《もうせん》の上に膝を突いた。そして、紅い紙で作られた花を一つそっと川に浮かべた。花がゆっくりと動き出した。ゆらゆらと上下左右に揺れながら川の中央まで流れ出すと、あとは一気に下っていった。次に白い花を浮かべる。同じように赤い花の後を追っていった。観客が一斉に写真を撮った。美鳩は静かに紅白の花を見送っていた。

儀式が終わると美鳩が控室に戻ってきた。椅子《いす》に腰を下ろすと、ほっと大きな息を吐《つ》く。

「お疲れ」

奔はペットボトルのミルクティーにストローを刺して美鳩に手渡した。ありがと、と言って美鳩が受け取る。手まで白塗りにしているからドキリとした。

美鳩が真《ま》っ赤《か》に塗った口紅で恐る恐るミルクティーを飲む。儀式のときには強張《こわば》っていた顔に表情が戻ってきた。

「あー。やっと人間に戻った気がする」

伸びをしようとした美鳩を美鳩の母が叱った。

「じっとしとき。着物が崩れる。まだ写真撮影があるんやから」

「はーい」

美鳩がまたストローを咥《くわ》えた。奔と眼が合うとそのままでいたずらっぽく笑った。一瞬身体が熱くなるほど魅力的だった。

姉も綺麗だったが美鳩も綺麗だ。どちらかと言うと美鳩のほうが正統派の美人だ。姉はどことなく野性味があった。

ふっと姉が紅姫をやったときのことを思い出した。あのときも儀式を終えた姉はこの控室に戻ってきて椅子に腰掛けた。


――うちら、もう何百年も紅姫様を慰めるお祭りやってるけど、いつになったら紅姫様の哀しみは消えるんやろ。

姉が誰に聞かせるとなく呟いた。奔はなにも考えずに思ったことを口にした。

――いつになっても無理やろ。菅原道真《すがわらのみちざね》とか平将門《たいらのまさかど》とかの祟りを鎮めるお祭りやってるけど、もう祟りは鎮まりましたから祭りは終わりです、なんて聞いたことがない。

――そやよねえ……。

姉が黙り込んだ。奔は姉の好きなコーラにストローを刺して手渡した。姉は眼を伏せストローを咥えた。だが、一口飲んですぐにやめた。

――これ、普通のコーラやん。

それきり飲まなかった。普段から好き嫌いや文句を言ったりしない姉だから不思議に思った。だが、紅姫をやって疲れているのだろう、とそれ以上は追及しなかった。

――これ、普通のコーラやん。

つまり、姉は普通ではないコーラを飲んだことがあったのだ。奔は望月さんとの会話を懸命に思い返した。そう、あれは望月さんが紅姫の祟りについて訊きに来たときだ。

――姉貴が殺されてみんな傷ついてるんです。

あのときはすこし興奮していて気付かなかった。だが、奔は姉貴が殺されて、とはっきり言ったのだ。なのに、望月さんはすこしも驚かなかった。

「奔、どないしたん?」

はっと気を取り直すと美鳩が心配げに見上げていた。

「いや、別に。美鳩はゆっくりしててくれ。俺は外、手伝ってくるから」

奔は祠に向かった。参拝客の列はまだ続いている。祠の手前では酒屋の長男が紅い蠟燭を手渡ししていた。いかにも怠《だる》そうな顔だった。代わるというと露骨に嬉しそうな顔をした。

望月さんが来たのはもう祭りが終わるという頃だった。奔は望月さんに蠟燭を手渡した。

「必ず一人で参ること。決して口をきかぬこと」

望月さんは黙ってうなずいて祠に向かうと、じっと動かず長い間手を合わせていた。ようやく戻ってきたが、奔はその顔を見てぎょっとした。望月さんはまるで無表情だった。苦しすぎて、辛すぎて、感情を失った人間のように見えた。

奔は思わず立ち尽くした。声を掛けられないまま、望月さんは行ってしまった。

午後六時を過ぎると山はもう真っ暗だった。祭りは終わりだ。蠟燭の火の始末をして石段の行燈を集めた。短くなった蠟燭を箱に戻し、行燈を倉庫にしまった。

祭りの後は打ち上げの宴会だ。場所はもちろん瀧口屋でみなが夜明けまで酒を酌み交わす。祭りが成功して町の人たちは上機嫌だった。奔も美鳩も朝からほとんどなにも食べていなかったので、二人で思い切り食べた。酒屋の長男が無理やり飲ませようとしてきたが、父が止めてくれた。

みなへの挨拶も済んで義理は果たした。九時を過ぎた頃、奔は父に友達と会ってくる、と声を掛けた。父が心配そうな顔をしたから大丈夫、と笑って手を振った。

美鳩にも声を掛けた。

「これから望月さんのとこ行ってくる。やっぱちょっと気になるねん」

「待って。あたしも行く」

「やめとけ。美鳩は今夜は絶対外に出たらあかん。家に閉じこもっとくんや」

「嫌や。奔と一緒に行く。暮葉姉ちゃんみたいになったら、って気にしてるんやろ？　それやったら奔と一緒にいるのが一番安心や」

「美鳩、頼むから」

「あたし、今夜は奔と離れたらあかんような気がするねん」

美鳩の顔は真剣そのものだった。奔はふいに気付いた。姉は一人で出かけて死んだ。誰か守る人がいれば死ななかったのかもしれない。じゃあ、美鳩を誰が守る？　俺しかない。たとえ紅姫の祟りがあったとしてもそれは二人で引き受ける。美鳩だけ、なんてことはしない。

「わかった。じゃ、行こか」

だが、今から出かけるというと美鳩の両親が大反対した。すると、美鳩が皆の前で言い放った。

「せっかくの祭りの夜やもん。奔と二人っきりでデートさせてえや」

みな一瞬静まり、それから爆笑になった。酒の入った連中は祭りが無事に終わった解放感と安堵《あんど》からか、手を叩いて喝采《かっさい》した。二人の両親はまだ複雑な顔をしていたが、奔と美鳩は手を繋《つな》いでさっさと宴会場を出た。

自転車で真っ暗な川沿いの道を下った。野原の家に着いたときには、もう十時過ぎだった。

「二人ともこんな時間にどうしたんだ？」

望月さんは驚いた顔をした。そして、美鳩を見て眉を寄せて顔を曇らせた。心配しているのがわかったので、奔はできるだけ軽い調子で言った。

「最近、アホな連中が騒いでるって聞いたから。今日は祭りの後やからヤバそうで」

「おう、すでに二組来たぞ。すぐに追い返してやったけどな」望月さんも大げさな口調で答えた。「とにかく上がってなんか飲んでけよ」

　弁と美鳩がいつものように縁側に腰掛けると、望月さんがビールとコーラ、それにナイフとまな板を運んできた。手伝おうとすると、望月さんが制止した。

「いいからそこで休んどけ。二人とも今日は疲れただろ？　毎度、酒のつまみしかなくて悪いがな。はは、祭りから帰ってからずっと飲んでるんだ。いや、いい祭りだったよ。君たちが誇りに思って大切にしているのがよくわかる」

　弁と美鳩はそっと顔を見合わせた。いつもの困ったような静けさがない。なにか不自然に上機嫌だ。

「上面《じょうめん》発酵ってのは高めの温度で発酵させるんだが、そのときに酵母が浮いてくるタイプでな。濃くて香りが強い。癖がある。下面《かめん》発酵は低温で酵母が沈む。飲みやすいのが特徴で、日本の大手メーカーのはほとんどこのタイプだ。……このフランケンハイム・アルトは上面発酵で伝統的な製法で造られている。デュッセルドルフの名産だ」

　ベルギー土産だというハムを切り、直接まな板から手で食べた。燻《いぶ》した独特の風味があって、香辛料が効いている。ライ麦パンの酸味とよく合って美味い。

「皿がなくて悪いな。面倒だからとにかく物は持たないようにしてる」

　弁は振り返って家の中を眺めた。十畳ほどの部屋にあるのは丸い座卓とパソコン、ファンヒーターと寝袋、それに床に放り出された本と外国の雑誌だけだ。

　美鳩がライ麦パンを頰張りながら訊《たず》ねた。

「望月さんはミニマリストなんですか?」

「そんなたいそうなもんじゃない。でも、世の中の大抵のものはなくても困らないことに気付いた。……これはガッフェル・ケルシュ。硬いくらいの辛口なんだ」

望月さんが笑いながら新しいビールを開けたとき、表で車の音がした。ドアの開閉の音がして、男女数人の話し声がした。

「……バカが、また来たか」

野原の草を掻《か》き分け歩く人影が見えた。望月さんは大型の懐中電灯を掴むと庭に出た。柵のそばから侵入者たちにいきなり強力なライトを向けて怒鳴った。

「おい、なにやってる? 今すぐ出て行かないと通報するぞ」

「やめろや、眩《まぶ》しい」若い男の声だった。

「今日はおまえらで三組目だ。一組目は素直に帰ったが、二組目は警察にお持ち帰りされた。おまえらはどっちだ?」

侵入者たちはどうしようかと相談している。しびれを切らした望月さんが再び怒鳴った。

「そうか。どちらにせよ表に監視カメラがある。お前らも、車のナンバーも全部映ってるからな」

やべ、と言いながら、侵入者たちは慌てて帰っていった。望月さんは鼻息荒く縁側に戻ってきた。

「監視カメラあるんですか」奔は訊ねた。

「あるか、そんなもの」

鼻で笑ってビールを飲み干す。ちらと美鳩がこちらを見た。不安げな顔だ。奔はさりげなく美鳩の手に触れた。一瞬ぎゅっと強く握って安心させる。それから口を開いた。

「望月さん。あの南天苔玉、姉貴からもろたんですか」

「えっ？」

美鳩が眼を丸くして奔を見ている。奔は黙ってうなずいた。美鳩は半開きの口のまま、うなずいた。

望月さんは黙って苔玉を見下ろしていたが、やがて一つ長い息を吐いた。そして、奔と美鳩にグラスを渡すとビールを注いだ。すこし白っぽくて濁っている。よく見るとそこに澱《おり》が溜まっていた。

「なにかあったら、俺が責任取るよ。無理やり飲ませた、ってな」

「責任は自分で取ります」

「あたしも」

奔は一口飲んだ。変わった味だ。生焼けのパンに似た風味がある。美鳩もなんとも言えない顔をしている。

「ヴェルテンブルガー・ヘフェ・ヴァイスビア・ヘル。小麦酵母がたっぷり入った白ビールだ。独特の甘みと酸味があって、この澱が癖になるんだ」

望月さんは澱までひと息に飲み干すと、急に真顔になった。

「ずっと黙ってて悪かった。俺はなにもかも知ってここに来た。そして、この野原の家を買ったんだ」

「姉貴がここで死んだことを知って、ということですか」

「そうだ。君のことも聞いていた。……歳の離れた弟が一人いる、って」

「だからですか？　最初に会うたときあたしを見て変な顔をしたのは」

美鳩が一口飲んだだけのグラスを握りしめたまま、硬い声で訊ねた。

「ああ。暮葉から妹がいるとは聞いていなかったからな」

「望月さんは姉貴とどういう関係だったんですか。付き合ってたんですか」

望月さんは返事をしない。白ビールをグラスに注ぐとぐるぐるといつまでも回していた。

「今から五年前、俺はトレランの大会で暮葉と会った。そこで一目惚《ぼ》れしたんだよ」

＊

俺は学生時代から山歩きが好きだった。のんびりと低山をトレッキングするのが趣味で、休みの日には一人で山に入った。ときどき沢登りをすることもあった。普段は体力作りのために家の近所をジョギングしていた。

ある日、俺は山でトレイルランニングの連中に遭った。険しい山道を駆ける様子に驚き見とれた。韋駄天《いだてん》か、それとも修験道《しゅげんどう》の行者か。なにか人間離れしたものを感じて心を打たれた。

それがトレランをはじめるきっかけだった。

ある秋の日、俺はトレランの大会に参加した。十五キロと二十七キロのコースがある比較的易しい大会だった。

その日、俺はゼッケンベルトを持ってくるのを忘れた。安全ピンも持ってきていない。運営にあるだろうか、とテントのほうに眼を遣ったとき、すこし離れたところでストレッチをしている女性に眼が留まった。二十歳ぐらいの綺麗な女の子だった。俺と同じで一人参加のようだった。緊張した生真面目な表情に衝撃を受けた。思わず息を呑んで立ちすくんでしまうほどだった。彼女から目を離せないまま、長い間呆然《ぼうぜん》としていた。

俺の不躾な視線に気付いたのだろう。彼女がこちらを見た。一瞬で顔色が変わった。頬が上気して見る間に紅くなった。

俺たちは互いに見つめ合ったままじっとしていた。俺は気付いた。今、なにかが起こった。もう取り返しの付かないなにかが。それは自分ではどうすることもできないなにかだ。

俺はふらふらと彼女に近寄った。

「すみません。安全ピン、ありますか。ゼッケンベルトを持ってくるのを忘れて」

彼女は黙って俺に予備の安全ピンを差し出した。

「ありがとうございます」

「いえ」

彼女の声がすこし震えていた。俺はどうしていいかわからなかった。なんだか恐ろしくて逃げ出したいような気がした。

「よく大会に出てるんですか」

「いえ、はじめてです。……突然、山を走りたくなって」

「そうですか。じゃあ、無理をせず気を付けて」

俺は軽く頭を下げ彼女から離れた。スタート前なのに心臓が苦しかった。到底走れる気がしなかった。やはり、その日のレースは散々だった。なんとかゴールしたがタイムは悲惨だった。

俺はゴール地点で彼女の姿を探した。手には安全ピンを握りしめていた。彼女を探すのは安全ピンを返すためだ、とくだらない言い訳を頭の中で繰り返していた。

やがて、彼女の姿を救護テントの前に見つけた。どこか怪我をしたのか。俺は慌てて駆けつけた。

「どうかしたんですか」

自分でも驚いた。こんな焦った余裕のない声が出るとは思わなかった。

「いえ、付き添いで」彼女は一瞬俺を見て驚き、それからまた真顔になった。「私の前を走っていた人がゴール直前で痙攣《けいれん》を起こして」

「そうですか。よかった」

ほっとして思わず大きな息を吐くと、彼女がほんのすこし微笑んだ。

「ありがとうございます」

彼女の笑みを見るのははじめてだった。俺の眼の奥でなにか星のようなものが点滅した。自分で自分が恐ろしかった。一目惚れなどという生易しいものではない。明らかに俺はおかしくなっている。このまま別れることなどできない。

レースの後はいつも温かい物を食べて帰る。俺は思い切って誘ってみた。

「車で来てるんです。近くに美味しいほうとうの店があるんだが」

「……ええ」

彼女はすこしも迷わなかった。ただ、声がかすれていた。

俺たちは国道沿いの小さな食堂で熱いほうとうを食べた。俺と彼女は猪肉とたっぷりのカボチャの入ったほうとうを食べた。二人とも無言だった。

店を出て車に乗った。俺が黙って国道沿いのホテルに乗り入れても彼女はなにも言わなかった。

ほうとうで火照《ほて》った身体のまま抱き合った。レースの後、シャワーも浴びていないのでお互い獣の汗のにおいがした。彼女ははじめてだった。だが、俺もはじめてのような気がした。

彼女は固く眼を閉じている。そうすることで残された感覚を極限まで貪《むさぼ》るかのように思えた。俺は彼女の瞼《まぶた》が震えるのを見ていっそう昂《たか》ぶった。緊張と恐怖と、そしてその奥にある快楽に没入していく。彼女の声も汗も涙もすべて俺の中に取り込みたい。いつまでも彼女の中にいたい。一秒が永遠になる。気が遠くなるようなセックスだった。

俺たちはいつまでも抱き合っていた。二人ともわかっていた。俺たちは正しい組み合わせだ。ようやく定められた相手に巡り会った。俺にとって彼女以外、彼女にとって俺以外は誤りだ。

間違っているのだ。

だが、俺たちは途方に暮れていた。俺の薬指にはもうとっくに指輪があったからだ。

彼女は瀧口暮葉と名乗った。実家は「瀧口屋」という伝統ある宿だ。毎年行われる祭りがとても美しい、と。

「闇に並ぶ紅い行燈、揺れる蠟燭、滝の音。背筋がぞくぞくするほど美しいねん」

暮葉は普段は標準語だったが、滝のことを話すときには地元の言葉に戻った。俺にはとても新鮮だった。

俺はトレーニング、大会と称して暮葉と会うようになった。もともと、休日には妻と別々に過ごすことが多かった。といっても別に仲が悪いわけではない。たんに、互いの趣味を尊重しているだけの仲のいい夫婦だった。妻はトレランにはまったく興味がなく、市民楽団に所属してフルートを吹いていた。

祭りの時期、彼女は帰省して実家を手伝うことになっていた。

俺も一度滝祭りを見に行くことにした。彼女の地元で人目に立ってはいけないので、祭りが終わった後で落ち合うことになった。

祭りは素晴らしかった。この世のものとは思えぬ美しさだった。大松明が燃え、石段に行燈が並んで、滝の音が全身に響いて、誰も無言で、祠には無数の蠟燭が揺れている。横の紅葉は炎のようで、今にも火の粉が降ってきそうだった。行燈も蠟燭も紅葉もみんなぞっとするほどの紅だ。水の匂いがして、あたりの空気はひやりと湿って鳥肌が止まらない。俺は息が詰まりそうな気がして、あえぎながら石段を上った。

何百年も続く祭りだ。長い年月の間には俺たちのように道を外した連中も来たに違いない。邪な願いを胸に祠に蠟燭を上げるのだ。そんな奴らの望みを紅姫は聞き届けたのだろうか。それとも罰を下したのだろうか。

そんなことを考えているとくらくらと目眩《めまい》がした。俺は自分がいつの時代の人間かわからなくなった。たとえ俺が違う時代違う場所で暮葉と出会ったとしても、きっと同じことをするだろう。俺たちは間違った道を進み続けるに決まっている。間違った望みを抱いて祠に参るだろう。

その夜、暮葉はこっそりと家を抜け出してきた。俺は国道沿いのコンビニで彼女を拾った。二人とも祭りの余韻が身体に残っていた。その夜のセックスはいつもとは違っていた。時間を忘れるのではなくて時間そのものがなくなったような、現実と非現実の境がなくなって夢現のまま宙を漂うように感じた。俺たちは互いに恐ろしく孤独でありながら満ち足りていた。俺たち以外には誰もいない、なにもない、この世の果ての果てでゆっくりと擂り潰されていくのだ。だが、擂り潰される痛みに叫びながら、擂り潰されて一つになれる歓喜に俺たちは震えていた。なのに、俺たちは予感していた。終わりが近づいている、と。

俺は一足先に東京に戻った。二日ほどすると、祭りの後片付けを終えた暮葉が帰ってきた。彼女は俺にお土産をくれた。祭りの屋台で売っていたという苔玉だ。

「南天の苔玉。難を転ず、っていう意味があるんやって」

暮葉が笑うと苔玉も笑ったように見えた。

＊

望月さんが一瞬とてつもなく幸せそうな顔をした。弁は息苦しくなった。美鳩も眉を寄せてじっとしている。なにも言わない。

「それが俺たちの最後になった。祭りから戻って一週間後、妻が流産した。俺は妊娠したことすら知らされていなかった。妻は泣きながら俺に訴えた」

――お願い、あの子と別れて。

「とっくにバレていた。妻は俺と暮葉の関係を知っていてずっと苦しんでいた。妊娠を告げる勇気もなかった。そして、心労のためかとうとう流産してしまったのだ。俺はベッドで泣く妻を見捨てることができなかった。……二度と会わない、と約束をして俺たちは別れた」

望月さんが顔を伏せた。しばらくそのままじっとしていた。

「次の年、あいつは紅姫に選ばれ、殺された。祭りの夜に国道沿いのコンビニの前で撥ねられたんだと？　なぜそんなところにいた？　決まってる。来るはずのない俺を待ってたからだ。そのことを知った瞬間、俺の中ですべての意味が消えた。俺はおかしくなってしまった。仕事にも行けなくなった。なにもできなくなった。結局妻とは離婚し、今では一人で酔っ払ってる」

望月さんが顔を上げた。血の気のない白茶けた表情は虚《うつ》ろで、ほんのすこし指で触れただけでぼろぼろと崩れてしまいそうな土塊《つちくれ》のようだった。

「すまん。君の姉貴を殺したのは俺だ。俺のせいだ……」

瞬間、頭の中に凄まじい風が吹いた。身体から血が噴き出るような風だ。自分の怒りに自分が切り刻まれる。

「……あんたのせいで姉貴は……」

思わず望月さんの胸ぐらを摑《つか》んで押し倒した。古い床板がぎしぎし軋んだ。

「あんたのせいで……」

望月さんは苦悶《くもん》の表情を浮かべながら、されるがままになっていた。滝壺《たきつぼ》のような眼だ、と思った。あやまち、という名の水が落ちてきて渦を巻き、岩底を削りながらぐるぐると踊り続ける。溢《あふ》れても溢れても次から次へと落ちてくるから終わりがない。

「あかん、やめて、奔」

美鳩が叫んで奔の背中にしがみついて引き離そうとした。

奔は急に身体に力が入らなくなって、手を離した。いつの間にか涙が溢れてきて頬を伝って顎からしたたり落ちた。美鳩も泣いていた。

奔は卓袱台の上の苔玉を見た。月明かりの中で笑っているように見えた。

姉も望月さんも互いを好きになった。でも、それはあやまちだった。二人とも罰はとっくに受けた。これ以上責めることなんてできない。

奔は涙を拭《ぬぐ》い荒野に眼を向けた。この男は最愛の女性が殺された野を毎日眺めている。これ以上のつぐないがあるか？

「……姉貴は望月さんのこと怨《うら》んでないと思う。苔玉が笑《わろ》てるから」

望月さんがかすれた悲鳴のような声で呻《うめ》いた。全身が細かく震えている。

「この話、俺の親には絶対せんといてください。頼みます」

「ああ」

望月さんは縁側に倒れたまま顔を覆っていた。

奔は空を見上げた。星の光が線になって降ってきて身体中に突き刺さった。

紅姫様、これがあなたの祟りなのですか？　頼みます。望月さんと姉貴を赦《ゆる》してください。毎日お灯明を上げます。手を合わせて祈ります。なんだってします。紅姫様、どうやったらあなたは救われるんですか。

美鳩が野原の奥に向かって静かに手を合わせた。眼を閉じ、そのままじっとしている。ごうっと風が吹いた。秋は終わった。もう冬なのだった。

＊

十二月のはじめ、寒さは日ごとに厳しくなる。朝起きたら霜が降りて薄氷《うすごおり》が張っている日も多い。

大学共通テストが近づいてきて弁も美鳩も追い込みで忙しい。瀧口屋の手伝いもしばらく休むことにした。二人で家にこもってひたすら勉強する毎日だった。

望月さんもこのところ祠に姿を見せない。どうしているのだろう、と弁は望月さんのネットショップをチェックした。すると、以前はこまめに新着ビールの紹介やらで更新されていたのに、すこし前から放置されている。なにかあったのだろうか、と弁は不安になった。LINEを送っても返事がない。まさか、と最悪の想像がよぎった。

夕食後、一人で望月さんの家を訪れると、望月さんはすっかり酔っぱらっていた。台所は空き缶と空き瓶の山だ。

「今、仕事、休んでるんですか」

望月さんは返事をしない。弁はすこし強く言った。

「飲んでばっかじゃなくて、ちゃんと仕事しなきゃやばいですよ」

「とっくにやばいよ。ってか、もう終わってる。買い付け用の金、持ち逃げされたんだよ。ヘル・シュミットにな」

「え？」

望月さんはまるで他人事《ひとごと》のように言うと、冷蔵庫からビールを取り出した。

「この前、君に苔玉を預けて慌ててドイツに行ったろ？　あんときはあの男を捜してたんだ。結局見つからなかったけどな」

「いろいろお土産までくれて、そんなふうには見えへんかったのに」

「欺《だま》されたなんてかっこ悪くて言えなかったんだ。あの後、客への返金やらドイツでの支払いやらでいろいろ揉《も》めた。とりあえず、今、俺にはもう金がない。あるのはこの家だけだ」

望月さんは縁側に座り込むと新しいビールを開けた。

奔は一つ身震いをした。縁側の戸が全開なので、部屋の隅でファンヒーターがフル運転していても全く追いつかない。

「どうだ、滝は凍ったか」

「いや。まだ全然」

「そうか。凍ったら一番に教えてくれよ。飛んでいくからさ」

呂律《ろれつ》が怪しかった。望月さんは缶を握りしめながら絞り出すように呻いた。

「俺はエンドレスに考えてる。車に撥ねられ瀕死《ひんし》の状態で野に捨てられた。あいつはどれだけ苦しかっただろう。そして、死ぬ前になにを思ったのだろう、ってな。そんなことばっかり、ずっとずっと考えてる」

「望月さん。もういろいろ考えるのは止めたほうがええです」

「妻を見捨てればよかったのか？　そうすれば暮葉を失わずに済んだのか？　そんなことすら思う」

「済んだことです。諦めるしかないんです」

そのとき、突然、派手なエンジン音が聞こえた。こちらへ近づいてくる。一台ではない。二、三台はいるようだ。中に一台、マフラーをいじっているやつがある。あっという間に家の前を通り過ぎ、コーンを撥ね飛ばして野に突っ込んでいった。

「くそ、またか」

奔は望月さんと柵を乗り越え、野に向かった。枯草の真ん中に車が二台停《と》まっていた。暗いので車種まではわからないが、古いセダンとでかいワゴンだ。

車の横に五つ六つ人影が見える。みな、なにか飲みながら歩いていた。影はひとかたまりになってふらふらと動いていたが、山桃の木を一回りすると戻ってきた。

「やっぱりなんも出えへんな」

「しょーもな」

「あーあ、あんな書き込み信用したオレらがアホやった」

「こんなとこおってもしゃあない。さっさと帰ろうや」

男たちは手にした缶を投げ捨て次々と車に引き返していった。奔は思わずかっとした。ここはゴミ捨て場じゃない。文句を言いに行こうとしたとき、横の望月さんがいきなり駆け出した。腕を振り回してワゴンに向かっていく。

「出て行け。ここを荒らすな。さっさと出て行け」

望月さんは大声で怒鳴った。完全に冷静さを失っていた。奔は心配になって止めようとしたが、そのときセダンのヘッドライトがまともに眼に入った。慌てて眼を覆ったが遅かった。眼がくらんでなにも見えない。奔はその場に立ち尽くした。

望月さんの怒声が聞こえなくなり、男たちの捨てゼリフの後、車に乗り込む音、エンジンを空ぶかしする音が聞こえた。

　奔はなんとか眼を開け暗い野に眼を凝《こ》らした。いつ倒れたのか、望月さんがふらつきながら立ち上がった。連中は帰るのかと思ったら野を荒らすようにぐるぐると走りはじめた。

「やめろ、荒らすな」

　望月さんが車の前に飛び出した。慌てて車がよけたが弾みで望月さんは転んだ。捻《ねじ》れた姿勢で後ろに倒れ込み、後頭部から草の中に埋まった。

「望月さん。大丈夫ですか」奔は慌てて駆け寄った。

　車が次々と走り去っていく。奔は望月さんを抱えて立ち上がらせた。ふらついてはいるがなんとか歩けるようだ。脇の下から手を差し入れ支えるようにして家へ向かった。

「あいつら、ひき逃げや。一一〇番せな」

「いや、いい。俺が勝手に転んだだけだ」

　望月さんは裏庭のデッキチェアに倒れ込むと、大きく息を吐いた。

　望月さんの顔には血の気がなかった。そのとき、気付いた。デッキチェアの頭の部分にゆっくりと染みが広がっていく。後頭部から出血しているようだ。洗面所からタオルを取ってきて頭に当てると、あっという間に真っ赤に染まった。

「今、救急車呼ぶから」奔は慌てて携帯を取り出した。

「平気だ。これくらい。朝になったら病院に行くさ」

「でも、一応診てもろたほうが」

「大げさだな。頭はほかの場所より出血しやすいだけだ。ボクシングやプロレスを見ろよ。派手に流血しても平気で戦ってるだろ」

望月さんが顔をしかめながらも笑った。

「でも……」

「俺は死ぬまでここにいるよ」

ふいに喉を鳴らして望月さんは呻いた。わずかに背を反らし身をよじる。苦悶なのか快楽を堪《こら》えているのかどちらともつかない顔だ。

「……SNSで心霊スポットと言っている奴を見て我慢できなくなったんだ。あいつがまだここにいるなら、まだここで苦しんでいるなら、って。ここが暮葉の最期の場所だと思ったらもう離れられなくなってな……」

もう放ってはおけない。望月さんの制止を振り切って救急車を呼んだ。

「大げさだな、君は」

「いいから黙っててください」

「あいつはこう言った。紅滝が凍ったらどれだけ美しいか、と。いつか二人で見に行こう。きっと行こう、って。だから、ここで滝が凍るのを待つことにした」

望月さんは胸を膨らませ、深く息を吸い込んだ。そして、花の匂いがする、と言った。

「どうしたんだろうな。今、俺はすごく穏やかだ。不思議なくらい幸せだ」

望月さんは肩で息をしている。どんどん声が小さくなっていく。

「なあ、俺には自信があるんだ。暮葉もきっと約束を憶《おぼ》えている。死んだってきっと俺との約束を憶えてくれてるはずだ」

野の奥で風が渦を巻いている。遠い雷のようだ。望月さんの呟きを聞きながら、奔はタオルを取り替えた。指が赤く染まった。

「姉貴もきっと憶えてると思います。決して嘘をつかへん人やったから」

「弟の君にそう言ってもらえると嬉しいよ」

息が切れたのか、しばらく望月さんの言葉が途切れた。

「……やたら喉が渇くな。そこのビールをくれないか」

奔はぬるくなったビールをグラスに注ぎ、口元まで運んでやった。望月さんは一口飲んで眼を細めた。

「ケストリッツァー・シュヴァルツビア。その昔、ゲーテも飲んでたらしい」

「ゲーテ？」

「『ファウスト』を書いたやつ。その作品で主人公のファウストはな、悪魔に魂を売って、やりたい放題をやって……女と赤ん坊を死なせて……な、酷《ひど》い奴だろ？」

「望月さん。もう黙っててください。じきに救急車が来るから」

奔は望月さんの顎に流れるビールを拭いてやった。頬に手が当たってどきりとした。望月さんの顔はもう温《ぬく》もりがなかった。

「女と赤ん坊を死なせたくせに、それでもこう言うんだ。……時よ止まれ、汝《なんじ》は美しい、って」

それきり望月さんは黙った。じっと野を見つめたまま動かない。

奔も野に眼を遣った。薄雲のかかった月が枯れ野を照らしている。奔の供えた花にも柔らかな月の光が注いでいた。

「俺には約束があるんだ」

もう、穏やかな声だった。すっかり寛《くつろ》いだ様子で、デッキチェアに身体を横たえている。すべてに満ち足りて幸せそうに見えた。

遠くから救急車のサイレンの音が近づいてきた。

ごうっと風が吹いた。雲が切れ、月が顔を出す。あたりが真昼のように明るくなった。

「時よ止まれ。汝は美しい」

望月さんはいつも通りの困った顔で笑い、それきり静かになった。

*

警察の聴取の後、奔は一週間ほど熱を出して学校を休んだ。

両親はあの野原でまた人死《ひとじ》にがあったことでひどく傷ついた。奔は望月さんと姉の関係を話さなかった。そして、歯を食いしばってでも笑う道を選択した。美鳩だけがそのことを知っていて一緒に笑ってくれた。

やがてなんとか大学共通テストが済んだ。奔は美嶋と野を訪れ花とビールを供えて手を合わせた。枯れ野は風の音しかしなかった。

二月の末、強い寒波が来た。昼過ぎから雪が降り出し、あたり一面が真っ白になった。翌朝、奔は夜明けと同時に家を出た。石段を上りながら、奇妙なもどかしさを感じた。おかしい。なにかがおかしいのだ。だが、なにがおかしいのかわからない。

笹原を歩いていると違和感の正体に気付いた。静かすぎるのだ。滝の音がしない。あの、どうどうという音が聞こえない。

奔は駆け出した。そして、祠の先から滝を見下ろし思わず息を呑んだ。

滝が凍っていた。

完全に凍結して止まっている。大きな氷柱《つらら》が小さな氷柱を生み、小さな氷柱が更に小さな氷柱を生んでいる。大きな一枚氷の壁があるかと思うと、宙で裂けて途切れたところもある。水飛沫《しぶき》を浴びた岩も薄氷で覆われ砂糖菓子のようになっていた。

滝だけ時間が失われている。静けさが耳に痛い。

滝の周囲は谷が深いので朝の光はまだ届かない。薄闇の中、鉛色の滝が押し黙ってそびえている。

そのとき、谷の間から朝陽が射してきた。滝の表面が一斉に輝きはじめる。鳥の声もない無音の世界で、ただ凍った滝が朝の光を映し色を変えていく。薄灰が次第に赤みを帯びた紫になり、やがて薔薇色になった。

ゆっくりと世界が変わっていく。次の瞬間、氷の滝は完璧な紅に染まった。

これほど優しく温かな滝を見たことがない。紅の滝はすべてを包み込む大輪の花のようだった。

奔は凍った石段を滑りながら駆け下り、自転車で望月さんの家を目指した。何度も雪でタイヤが滑って転んだがそれでも起き上がって漕ぎ続けた。

誰もいない野は踏み跡一つなく完璧に白い雪の原だった。奔は眩しさに眼を細めた。

「望月さん、滝が凍ったよ」

思い切り叫ぶと真っ白な息が溢れ出て野に広がっていった。

「姉貴も聞こえてるか。滝が凍ってる。見事に凍ってるんや」

奔は胸いっぱいに冬の朝の冷えた空気を吸い込み、叫んだ。

「約束したんやろ？　二人で一緒に……なあ、ほら、早く……」

それ以上言葉にならなかった。

ふいにごうっと風が吹いた。あたりの雪を巻き上げ、澄んだ朝の空へ上って行く。一瞬、濃密な花の香りがした。奔は空に向かって大きく手を広げた。こんなにも眩しく輝かしい朝は久しぶりだ。鮮烈で優しい。誰も彼も、なにもかも包み込んで、どこか遠い果て、美しい果て、正しい果てまで押し流してくれる。

しばらくそのままじっとしている。長い長い時間が経ったような気がした。

アーム式自動閉塞信号機の夜

とんとんと階段を上がってくる音がして、みよは慌《あわ》てて髪を撫《な》でつけていた手を下ろした。鏡を箱にしまって裾の乱れを整える。正座ができず横座りだから、いつも気を付けていないとどうしても裾が開いてしまうのだ。

「みよ、入るよ」

仙造《せんぞう》の声だった。みよは畳に指を突いて頭を下げた。

「ようこそ、いらっしゃいました」

「みよ、久しぶりやな。元気やったか」

仙造は白地に井桁格子《いげたごうし》の絣《かすり》の浴衣《ゆかた》に手拭《てぬぐ》いを提《さ》げ、当節流行《とうせつはや》りのカンカン帽をかぶっていた。

「はい。仙様もお変わりなくお元気そうで」

「ああ、ええなあ。みよに仙様て言われると、なんや胸がじんと熱うなってほっとする」

仙様。最初はそんなふうに呼ばれると照れくさいと言っていたのに、みよがずっと呼び続けたものだから、いつの間にか喜んでくれるようになった。

仙造がぐるりと部屋を見回した。

「やっぱりこの部屋が一番落ち着くな。ひんやりして川のせせらぎの音が聞こえて、ほら、みよの白粉《おしろい》の匂いがして」

「うち、そんなに白粉付けてるつもりはないけど、匂いますか」

はっとして、みよは顔やら首筋やらを撫で回した。安物の薄い水白粉《みず》だからそんなに匂うとは思わなかった。

「いやいや、ええ匂いや。みよの匂いと瀧口屋《たきぐち》の古い木の匂い、水の匂い、それから、紅姫様《くれひめ》の祠《ほこら》に上げる線香の匂い、それらが全部入り交じってなんとも言えぬ匂いになる。僕は大好きや」

「仙様」

みよもなんだか胸がじんと熱くなった。月に一、二度会えればいい男だが、仙造の言葉があれば生きていける。どんな我慢でもできる。

「みよ、ほら、おまえ、今から顔が赤いよ。カチューシャかわいや、やな」

カチューシャは松井須磨子《まついすまこ》の当たり役だ。劇中で歌われる『カチューシャの唄』は巷《ちまた》で大流行していて、五月に出たレコードは飛ぶように売れているそうだ。天下の有名女優と比べられて嬉《うれ》しいやらくすぐったいやら、とにかく頭がぽうっとして言葉が出ない。

「僕の知り合いが高価な蓄音機を持ってて『カチューシャの唄』を聞かせてくれるんや。ああ、みよにも聞かせてやりたいなあ」

「その仙様のお気持ちだけでうちは充分です」

嬉しくてなんだか涙が出てきそうになった。思わず顔を伏せると、仙造がみよの顎《あご》を指でくいと持ち上げた。

「うつむいたらあかん。そのかわいい顔をもっと僕に見せてくれ」

「仙様」

仙造の優しい顔がすぐそこにある。じっとみよの顔を見つめているのだ。急に恥ずかしくなって窓から飛んで逃げたくなった。でも、女郎の身で客を置いて逃げるなどできるはずがない。そもそも、みよの足では飛ぶどころか逃げることもできないのだ。

みよは十《とお》になった翌年、足を悪くして歩けなくなった。畳に横座りのまま這《は》うようにして動くことしかできないのだ。階段など尻でずり落ちるようにして下りて、上るときは腕の力で身体《からだ》ごと持ち上げるようにする。無論、それはとても大変なことで、朝夕の厠《かわや》と二日に一度の風呂のとき以外はずっと二階にいる。だから、瀧口屋の二階の角、ぐるりと高欄《こうらん》の回された八畳ほどの部屋がみよの世界のすべてだった。

ロシアとの戦争が終わって九年、大正と名前が変わって二年、みよが歩けなくなって八年。世の中は恐ろしい勢いで変わっていく。鉄道がどんどん延びて、洋装、断髪の女性が街を歩いている。身分の高い人たちはフォークとナイフで食事をするのが当たり前だとも聞いた。だが、瀧口屋に閉じ込められたみよの暮らしはなにも変わらない。

瀧口屋は大阪と奈良、和歌山にまたがる深い山の中にある小さな茶屋で、訪れる者に茶と草餅を出している。眼の前には美しい滝川が流れていて、遡《さかのぼ》れば両側に石楠花《しゃくなげ》が並んだ山へと続く石段に突き当たった。四十九段の石段を上って笹原を抜ければ山が開けて小さな広場のようになっている。その先、滝を見下ろす崖の上に建っているのが紅姫様の祠だ。足が悪くなる前のみよは祠の手入れを任され、朝晩、蠟燭《ろうそく》を上げ、花を飾り、祠を浄《きよ》めたものだった。

「ここに来るとき、お参り帰りの人とすれ違《ちご》た。あの祠、なんか由緒があるんか？」

「紅姫様の祠です。昔、日本中で武士が争うてた頃のお話やそうです。紅姫様は恋人の若い御《お》武《ぶ》家《け》様と一緒に逃げてるとこやったそうです。でも、その途中で恋人は姫様が邪魔になって置き去りにしてもうたんです。見捨てられた姫様は死んでしまいました。そんな紅姫様をお慰めするために建てられたのがあの祠やそうです」

「なるほど。そんな哀しい話があったんか」

「秋にはお祭りがあるんです。そのときには遠くから仰《ぎょう》山《さん》人が来て、この茶屋も賑《にぎ》わいます」


――必ず一人で参ること。決して口をきかぬこと。


「蠟燭を上げてお参りしたら、たった一つだけ願いを叶《かな》えてくれるそうです」

「そうか、じゃあ、僕は今度のお祭りで、みよの足がよくなるようにお願いしてみよか」

「あきません。うちなんかのためにたった一つのお願いを使わんといてください。仙様は自分のためのお願いをせな」

「僕の願いはみよの願いや。……おまえに逢《あ》いとうて逢いとうて、毎晩たまらんかった」

仙造がみよの肩を抱いて唇を吸った。そのまま畳の上に押し倒す。

「仙様、まだお茶も出してません」

「そんなん要らんわ」

みよの動かない足の間に身体を割り込ませ、そのまま首筋を舐《な》め回す。

「仙様」

他の男の相手をするときはさっさと終わってくれと思うが、仙造ならいつまでも終わらないでくれと思う。そして、終わってからも二人で床の上で天井を眺めていたいと思う。

仙様もうちのように一生立ち上がられへんかったらええのに。そうしたら、二人でいつまでも畳の上を這って同じように暮らせるのに――。

なんてことを思ったのだろう。みよは頭に浮かんだ考えを慌てて打ち消した。こんな思い、万が一でも紅姫様に知られてはいけない。紅姫様がうっかり願いを叶えてしまったら大変なことになる。みよは口を固く結んで心にしまった。

＊

明治三十六年、天王寺《てんのうじ》と今宮で第五回内国勧業博覧会が開かれることになった。日本各県の特産物、海外の最新技術品などが集められた展示館は二十棟もあって、みよの父はその建設現場で下働きとして働いていた。みよが六つのとき、父は足場から落ちて首の骨を折って死んだ。みよの母は幼い子を抱えて懸命に賄い婦として働いた。だが、もともとあまり身体の丈夫なたちではなく、無理がたたって風邪《かぜ》をこじらせあっという間に亡くなった。

その頃、山奥の渓流沿いで瀧口屋という茶屋を営む加助《かすけ》とイネという夫婦がいた。夫婦には子がなく、歳《とし》を取ってから自分たちの面倒を見てくれる子、茶屋の手伝いをしてくれる子がいれば、と思っていた。

そんなとき、イネは妹の嫁ぎ先でこんな話を聞いた。妹の亭主の従妹《いとこ》にあたる女が女の子を残して死んだ。夫も前年死んでいて引き取り手がなくてみな持て余している、と。丁度よい話だ、と加助とイネは子供を引き取ることに決めた。

瀧口屋にやってきたとき、みよは七つだった。加助とイネはみよを大事にしてくれて、当たり前のように小学校にも通わせてくれた。

はじめて紅姫の祭りを見たときみよは身も心も震えるような気がした。

たった一つだけの願いを胸に秘めた人々が蠟燭を持って列を作って祠にお参りする。夕闇に無数の蠟燭の灯りが浮かんでいた。思わず頭が下がるような厳《おごそ》かで清らかな光景だった。

小学校から帰ると、みよは茶屋の仕事を手伝った。掃除をしたり、湯を沸かしたり、客に茶と草餅を運んだり、といった細々《こまごま》したことだ。とりわけ大切なのが紅姫様の祠のお世話だった。みよは朝と夕、晴れた日も雨の日も、大風《おおかぜ》の日も雪の日も石段を上って紅姫様の祠にお灯明《とうみょう》を上げた。みよにとって紅姫様の祠へ参ることはすこしも苦ではなかった。

たった一人で滝風に揺らめく蠟燭の小さな火に手を合わせていると、自然と涙が出てきた。加助もイネも優しくしてくれる。それでも死んだ父と母が恋しかったし、山奥の寂《さび》れた茶屋の暮らしは胸が塞《ふさ》いで寂しくてたまらなかった。加助とイネが善い人だと子供心にもわかっているから二人の前では泣くことができない。紅姫様の祠に参るときだけ楽になれるような気がした。

イネはみよに繰り返し言って聞かせた。

——紅姫様はお美しくてお優しいお方や。心を込めて拝んだら望みを叶えてくれる。

それを聞いたみよは父母を生き返らせてくれと頼もうかと思った。だが、イネはすこし怖い顔でこう続けたのだ。

——でも、気を付けるんや。紅姫様が叶えてくれる願いはたった一つだけ。そやから迂闊《うかつ》な願い事なんかしたらあかん。ほんまに大事なことのためにとっとくんや。

それを聞いてみよは父母を生き返らせてと頼むのはやめた。本当に大切な願い事のために我慢することにしたのだ。


みよが村に来て三年経った。

村の者たちにみよの評判は上々だった。特段顔立ちが優れているというわけではないが、色が白くてぽっちゃりとして愛嬌《あいきよう》のある顔立ちをしている。茶屋の娘には最適だった。

村の者はこんなことを言った。

——あんまり器量よしやと紅姫様が嫉妬《しつと》するかもしれんが、みよくらいやったら丁度ええ。人気が出るかもしれんな。

だが、みよが怪我《けが》をして足がまともに動かなくなってしまうと、状況は一変した。みよは人気が出るどころか役立たずの無駄飯食いになった。小学校もやめるしかなくなり、厠も風呂もなにもかも手伝いが要る有様《ありさま》でとんだお荷物だった。

瀧口屋は秋の祭りの際には「蟻《あり》の熊野《くまの》詣《もう》で」並みに混雑したが、平生はちらほらと客が来るくらいの静かなものだった。加助とイネには働かない者を養うだけの余力などなかった。それでも、夫婦は一度は縁のあった子やから、とみよを邪険《じゃけん》にするでもなく親切に世話をしてくれた。みよも店の中を這い回り、できるかぎりの手伝いをした。

みよは思ったことがある。足を治してください、と紅姫様に願おうか、と。だが、もしかしたらこの先もっともっと大切なことがあるかもしれない。そう思ってやっぱり我慢したのだった。

みよが十三になった冬のある日のことだった。

甘酒で酔った客が加助にこんなことを言った。

——桜でも紅葉《もみじ》でも祭りでもない時分は寂しいもんやな。客もけえへんやろ。

——はあ、仕方のないことやと思うてます。

——いっそ、色茶屋にでもしたらどうや。山ん中やから人目を忍んで来る客がおるかもしれん。

——あきません、そんなんしたら紅姫様に失礼です。紅姫様はそれは清くて美しい姫様なんやから。

そのときは冗談で終わった。だが、その二年後、加助は冬の寒い朝、厠で倒れて亡くなった。

加助を失ったイネはたった一人で茶屋を切り盛りし、祠を守りながら歩けないみよの面倒を見なくてはならなかった。みよは十五歳になってすっかり大人《おとな》の身体だった。イネ一人で世話をするのは生易《なまやさ》しいことではなかった。

——あんたにこんなことをさせるのは本意ではないんやけど、このままでは店もうちら二人も共倒れや。そやから、あんたは自分の食い扶持《ぶち》は自分で稼いでほしいんや。

イネの提案を聞き、みよは来るべきものが来たと感じた。イネにはこれまで育ててもらった恩がある。役立たずが我が儘《まま》を言うわけにはいかない。どこかへ売り飛ばされなかっただけマシだ。

——わかった。うちは女郎になる。

みよがうなずくと、イネは眼を潤《うる》ませてほっとしたような顔をした。

——ほんまにごめんやで。でも、あんたが女でよかった。歩けん男なんかどうしようもないけど、あんたは足が動かんでも寝てるだけでええんやから。

といってもイネは素人《しろうと》で女郎屋のやり方などわからない。おおっぴらに客を引いて噂《うわさ》になって眼を付けられても困る。悩んだ挙《あ》げ句、挨拶《あいさつ》として村の主立《おもだ》った者に順繰《じゅんぐ》りにみよをあてがった。なにかあったときはよろしゅうお頼み申し上げます、と。だから、みよの最初の相手は六十過ぎの村の地主だった。

みよは十六になり毎日のように客を取るようになった。村の者たちは瀧口屋でみよがさせられていることに気付いた。だが、誰もなにも言わなかった。なにせ貧しい村だ。自分の家がみよのような者を抱えたとしたら、と思うと責めることはできなかったからだ。

茶屋に客が来る。その人相風体《ふうてい》を吟味すると、イネはこっそりと耳打ちした。

——旦那さん、上でゆっくりお茶でもどないですか。

慣れた男ならこれだけでわかる。みよはそうやって案内された客の相手をした。素直なみよにはやがて馴染《なじ》みの客もできた。

もともとイネは心の優しい女だった。決してみよに無理はさせず、嫌な客が来れば上手《じょうず》に断ってくれた。そうやって、丁度ええぐらいの器量のみよは丁度ええぐらいに客を取って暮らしていた。そして、みよには名が付いた。滝の白糸ならぬ滝の草餅、と。


やがて、みよは十八歳になり滝の草餅女郎として変わらぬ日々を送っていた。

あるとき、三人ほどあまりよくない客が続いた。ねちっこい男、高圧的な男、やたら注文の多い男だ。イネが断るほどではないが少々うんざりする客だった。

そんなときに現れたのが上原《うえはら》仙造だ。山奥に知る人ぞ知る滝がある、と聞いてやってきたのだ。仙造は青臭く到底遊び慣れているふうには見えなかった。だが、イネはなぜか声を掛けなければいけないような気がしたという。それは難しい客が続いたみよを不憫《ふびん》に思ったせいかもしれなかった。

みよは緊張しながら部屋に入ってきた仙造に一目で心を奪われた。美男子というわけではないがなにか清々《すがすが》しい眼をした男だ。刈ったばかりの青々とした頭が清潔に見えた。谷川で洗われた石のようだ、と思った。

仙造はみよがはじめてだった。最初はおそるおそるだったが、みよがそれとなく手ほどきをするとあっという間に夢中になった。みよはそんな仙造にほだされ続けて二度も相手をしてしまったのだ。

「足、痛《いと》なかったか。大丈夫か」

終わってみよが茶を淹《い》れる用意をすると、仙造が足を気遣ってくれた。

「はい、大丈夫です。歩かれへんだけで別に痛いことありませんから」

「そうか、よかった」

こんな言葉をかけてくれた客は仙造がはじめてだった。みよは思わず泣いてしまった。仙蔵が慌てて慰めてくれたそのときから、みよは仙造のことが忘れられなくなった。仙造が帰るときにはもう辛《つら》くてたまらなかった。しょせんただの客やから、と自分に言い聞かせたのだがすぐに気付いた。どうしようもなく仙造に恋い焦がれてしまった。もうどうやっても抑えられない、と。

だが、それは仙造も同じだった。「足が悪くて丁度ええぐらいの器量」のみよに惚《ほ》れ込み、暇を見つけては山奥まで通うようになった。

仙造は大阪甲種商業学校の学生だった。鉄道が好きでよく枕語《まくらがた》りに話してくれた。

「南海《なんかい》鉄道にはアーム式自動閉塞信号機というのがある。最新式や」

当時の信号機は手動が当たり前だったのだが、南海鉄道は日本で一番早くアメリカのG・R・S社製の「アーム式自動信号機」を設置した。

「電車が近づくとぱっと鮮やかな灯りがともるんや。僕はそれに規律正しさ、潔さ、生真面目《きまじめ》な正義感のようなものまで感じられて、己の心までが奮《ふる》い立つような気がするんや」

「仙様はやっぱり賢いわ。うちみたいな田舎者《いなかもの》にはぜんぜんわからへん」

みよは足を悪くして以来、学校へ行っていない。不憫に思った近所の人が使わなくなった教科書をくれた。部屋から動けないみよは食い入るように字を読んだ。女郎になってからは客の置いていった新聞を読んだ。たぶん村では一番字が読める娘だ。今は朝日新聞の「こゝろ」を楽しみにしている。

仙造の聞かせてくれる鉄道の話にみよは心が開かれるような思いがした。まるで瀧口屋の二階の窓から眼に見えない軌道が延びて、縦横無尽に広がって行くように感じられたのだ。

「仙様。うちもいつか鉄道に乗ってみたいと思います。でも、この足では」

「みよ、いつか僕が乗せたる。約束するから」

一人で歩くことすらできないみよがどうやって停車場に行き汽車に乗るのだろう。仙造の言うことは慰めに過ぎないとわかっていたが、それでも嬉しかった。

「はい、きっといつか」

みよは仙造の胸に顔を埋《うず》めた。これ以上望んではいけない、と自分に言い聞かせながら。

ある日、表から仙造の声がして、みよは窓辺に這い寄った。高欄に摑《つか》まって身を引き上げると川沿いの道を見下ろす。仙造が筵《むしろ》を掛けた大きな荷物を担いでやってくるところだった。

イネが駆け寄って声を掛けた。

「あれ、なんですか。えらい大きな荷物背負て」

「これは椅子《いす》や。みよにと思ってな」

「はあ、椅子ですか」イネが間の抜けた返事をした。

やがて、仙造が階段を上ってくる足音がした。みよは慌てて窓から離れて床の上で髪を整えた。

「おい、みよ。今日はええもんを持ってきたぞ。椅子や。これがあったらなにかと楽やぞ」

「椅子ですか。うちは座ったことがありません。それは、もしかしたらあちらのもんですか。舶来とかいう」

「いやいや、そんなええもんやない。知り合いから譲ってもろたんや。もともとは浜寺《はまでら》の海水浴場の食堂にあったものや」

みよは籐細工《とうざいく》の大きな椅子を眺めた。大きな背もたれと湾曲《わんきょく》した肘掛けが付いている。四本の脚はそれぞれわずかに外向きになっていて安定がよさそうだ。座面は広く子供なら二人が並んで腰掛けられそうだ。

「ほら、座ってごらん」

仙造はみよを抱き上げ椅子に座らせてくれた。背もたれが後ろにすこし倒れているので、深く腰掛けるとすっぽりと包み込まれるような気がする。足で踏ん張らなくてもぐらついたりしない。それに、今まで床の上からすべて眺めていたものが眼の位置が高くなっただけでまるで違って見えた。

「仙様、すごく気持ちがいいです。なんや眼の前が開けてぱっと明るなったような気がします」

「そうか、それはよかった。みよが喜んでくれて僕は嬉しい」

「ねえ、仙様。悪いですけど、この椅子を窓の横に置いてくれませんか」

「ああ、外が見たいんか」

「うちはずっと思てたんです。あのアーム式自動閉塞信号機、いうのがあったらええな。仙様が来たらぱっと光って教えてくれたらどんなにええやろ、て。でも、そんなんあらへん。それやったら、せめて仙様の姿を一番に見つけられるように、うちは窓のそばに座って外を眺めとこうと思て」

嬉しいこと言うてくれるなあ、と仙造が身をかがめて椅子に座ったみよの唇を吸った。

「もう蒸気の時代やない。これからは電気や。電車を走らせなあかん」

新橋《しんばし》～横浜《よこはま》間に初の陸蒸気《おかじょうき》が走ったのが明治五年。日本各地に煙を吐く蒸気機関車の線路が敷かれた。だが、それから三十二年後の明治三十七年、甲武《こうぶ》鉄道が蒸気から電気鉄道へと転換したのを皮切りに、日本中に電化の波が押し寄せたのだ。

ここ、南海鉄道も例外ではない。南海鉄道は明治三十六年から難波《なんば》～和歌山市間の営業がはじまった。はじめ、堺《さかい》以南は単線だったが工事が進み、明治四十年には浜寺まで複線化が進んだ。

この頃、浜寺は白砂青松《はくしゃせいしょう》の一大リゾート地だった。夏には海水浴客が殺到するから、難波～浜寺間を十五分間隔で運行していた。

「浜寺の海水浴場いうのはええとこらしいですね。新聞で読みました」

「ああ、ええとこや。浜寺公会堂いう洋館が見事なもんや。浜一帯が遊戯場で回転木馬や海上ブランコまである。夏の間は花火が上がって大人気や。南海は商売上手なもんやな」

仙造が窓際まで椅子を動かしてくれた。みよは高欄に摑まって身体を起こし一人で椅子に座れるようになった。

他の客たちは椅子を見て奇異の眼をした。

「浜寺の食堂にあったものらしいんです。使わんようになったのをもらい受けまして」

「ほう。浜寺の。あれは立派なもんや」

そうですか、とみよは笑って相槌《あいづち》を打った。まるで仙造が誉《ほ》められたかのように嬉しかった。

*

みよが足を悪くしたのは十になった翌年、ロシアとの戦争が終わった年だった。

日本各地で戦勝記念の提灯《ちょうちん》行列が盛大に行われ、みよの村でもやろうという声が上がった。だが、提灯行列なるものがどんなものなのか、きちんと説明できるものはいなかった。

みよが人伝《ひとづて》に聞いたところでは、西洋の風習を学生たちが真似《まね》したものだという。清国《しんこく》との戦争祝勝会、皇太子のご成婚祝いなどのときには、学生たちが歌を歌いながら手に手にカンテラを提げ、隊を組んで街を練り歩いたそうだ。だがそれはあくまでも都会の学生の話で、全国にこれほど提灯行列が流行ったのはロシアに勝ってからだった。

みよの村でも提灯行列が話題に上ったが、反対する者が多かった。当時、大阪の街を騒がせていた「瓦斯《ガス》問題」で抗議集会が開かれ、その際にやはり提灯行列があった。そこへ警察が出動したという話を聞いて怖気《おじけ》付いたのだ。その後、瓦斯問題は解決して改めて提灯行列が行われたのだが、市民集会やら警察やらという言葉のせいか、田舎の村ではなんだか物騒《ぶっそう》なものだと思われていた。

だが、戦勝記念の提灯行列は全国各地に広がっていった。たまたまその行列を見た者がいて「提灯に火を点《とも》して歌を歌いながら一斉《いっせい》に行進するのは非常に見事であった」と言った。それを聞いた村の者からもすこしずつ賛同者が出て、結局一年遅れだが村でも提灯行列を行うことになった。

行列は村をぐるりと一周し、最後は川を上って紅姫様の祠に入って終わるという。それを聞いて加助とイネは反対した。

年に一度、秋に行われる紅姫様のお祭りでは蠟燭を点して祠に参る。何百年も前から続く大切なお祭りだ。提灯を提げて大勢で上っては紅姫様が迷惑される、と。

みよも大反対だった。紅姫様は静かに祠で眠っていらっしゃるのだ。歌を歌いながら押しかけるなどとんでもない。それに、みよはいつかそのときが来たら、たった一つのお願い事をして叶えてもらうつもりだ。紅姫様に嫌われるようなことをしたくない。

だが、瀧口屋の反対虚《むな》しく提灯行列は強行された。みよはその夜のことをはっきり憶《おぼ》えている。

橘《たちばな》中佐の歌を歌いながら提灯を提げた村人がやってきた。瀧口屋の前を通り過ぎて石段を上りはじめると、みよは我慢しきれず行列の先頭に躍り出た。そして、止《や》めてくれるように頼んだのだ。だが、だれも相手にしなかった。それでも、みよは紅姫様のために行列を通すまいと石段の途中で両手を広げた。行列は止まらなかった。払いのけられたみよは石段を転がり落ちた。みな、提灯と小旗を持っていたので、止めてくれる人はいなかった。みよは一番下まで転がり落ち、そこで動けなくなった。以来、両方の足はねじ曲がってしまい歩けなくなったのだ。

みよに対する負い目からか、こんなことを言う者もあった。みよは生意気《なまいき》をして紅姫様の怒りを買ったのだ。紅姫様はお優しいだけではなくて恐ろしい。滅多《めった》なことはしてはいけない、と。

＊

客がいないときはみよは草餅を作ったり焙烙《ほうらく》で茶を煎《い》ったりした。横座りになって高欄の下の壁に背をもたせかけ、蓬《よもぎ》を搗《つ》き込んだ餅に餡《あん》を包む。丸くはせず半円にして縁に指で痕をつけた。瀧口屋の草餅は美味《うま》いと評判だった。

ある夕、みよは椅子に座って仙造が美味しそうに草餅を食べるのを見ていた。

「仙様といつまでも一緒におれたらええのに」

こんなことを言うつもりではなかった。慌てて口をつぐんで眼を逸《そ》らせたが、仙造がじっとこちらを見ていることに気付いた。

「僕もそう思《おも》てる」

その眼があんまり哀しそうだったもので、みよは心の底から後悔した。

自分は滝の草餅女郎。仙造だっていずれ飽きる。訪れが間遠《まどお》になってゆっくりと忘れられていくか、それとも突然ぷっつり切られてしまうか、その違いだけだ。仙造は優しいからみよを哀しませないように慰めを言ってくれただけだ。無理に気を遣わせてはならない。

「仙様がそう言うてくれはるだけで、うちは嬉しいです」

みよは肘掛けに力を入れて座り直した。

「みよ、僕の話を聞いてくれるか。鉄道の話やない」

仙造の眼はじっとみよの足の奥を見ている。白い腰巻きの奥だ。みよは黙ってうなずいた。

「僕には決められた人がいてる。学費を出してくれてる家の娘さんや」

仙造はこれまで決して身の上の話をしなかった。詮索してもどうなることでもないから、みよも訊《たず》ねたことはない。だが、頑《かたく》なに話さないことから想像はついていた。

「彼女の家はね、浜寺で大きな料亭を経営してる。最近は海水浴場のすぐ隣、松林の中に洒落《しゃれ》た食堂を出した。西洋料理を出すので評判なんや。そこの一人娘がなぜか僕にぞっこんでね」

仙造の許嫁《いいなずけ》はみよとは比べものにならないご令嬢だった。料亭の一人娘と滝茶屋の草餅女郎では勝負にならない。でも、たった一つだけ同じところがある。どちらも仙造にぞっこんということだ。

「ぞっこん、というても自慢してるんやない。ほんまや。僕はそんな雲の上のお嬢さん、相手にするなど考えたこともない。そやのに、その人は僕でなければ嫌や、と我が儘を言うてはるそうや。僕が誑《たぶら》かしたみたいに言われて、一時期えらく責められた」

仙造が首を横に振った。そこにたしかに自慢はなかった。みよは思い切って言った。

「当然やと思います」

「なに？」

仙造がいぶかしげな、少々、不快な表情を浮かべた。

「当然です。仙造さんは優しくて賢くて素晴らしいお方です。そのお嬢さんが夢中になりはるのは当然です」

仙造は今にも泣き出しそうな顔をした後、重い口ぶりでいきさつを話してくれた。

ご令嬢は堺高等女学校に通っていた。行き帰りには奉公人の女が二人もついてよからぬ輩《やから》から守っていたという。

夕暮れ、家の近くの松林を女たちを連れて散歩していた。松露《しょうろ》を探していたという。そのとき、木の陰から突然野犬が現れた。仔牛《こうし》のように大きな白い犬だった。怯《おび》えた女の一人が背を向けて逃げ出した。すると、いきなり犬が襲いかかってきたのだ。それをたまたま通りがかった仙造が追い払ったのだ。仙造の足にはそのときの犬の咬《か》み傷が残っている。

「彼女はね、僕のことを命の恩人やと言うんや。それ以来、僕を忘れられへん言うて食事も喉を通らんほど思い詰めてしもて、婚約することになったんや」

みよには彼女の気持ちがよくわかった。どこと口では言えないが仙造には人を惹《ひ》きつける不思議な力がある。みよが仙造に惚れ抜いているように彼女も仙造に夢中になってしまったのだ。

「仙様、うちはわきまえてます。うちはただの草餅です。仙様にご迷惑をお掛けするつもりは毛頭ありません。そやから、なんも心配なんかせんといてください。でも、もしよかったら、ときどき顔を見せてくれはったら嬉しいです。無論、うちをすっぱり切るというなら、それはそれで仕方のないことです」

「みよ、そんなこと言わんといてくれ。僕はみよを離されへん。お嬢さんなんてどうでもええんや。絶世の美女かしらんが、僕にとってはみよが一番なんや」

「仙様、そんな阿呆《あほう》なこと言うたらあきません。言いましたやろ？　うちは滝の草餅、足の悪い女郎です。いえ、女郎以下かもしれません。床《とこ》で客を喜ばせる術《すべ》も手管《てくだ》も知りません。ただ、じっと足を開いて寝てるだけの人形みたいなもんです」

「みよ、そんなことを言うたらあかん。たとえ動かへんでも僕はこの足が好きや。みよやなかったらあかんのや」

仙造がみよの裾を掻き分けた。みよの足を片方、肘掛けの上に乗せる。みよの身体は斜めになった。ずり落ちそうになって反対の肘掛けに摑まって上体を支える。

いつの間にか仙造の鼻先が太股《ふともも》に触れていた。みよは思わず肘掛けを握りしめた。指先が籐の編み目に食い込んだ。ふっと思う。もしかしたら、この椅子は仙造の許嫁のご令嬢の食堂にあったものなのだろうか。

「仙様、このまましてください。この椅子でしてください」

みよは強く肘掛けを握りしめた。仙造がはっと顔を上げた。

「この椅子に座ったまま、してください」

仙造がみよの足の間からじっと見ていた。ぎらぎらと眼が光り出したのがわかった。二人はしばらくの間、じっと見つめ合った。

やがて、仙造がみよのもう片方の足を肘掛けに乗せた。みよは両の足を開いて肘掛けに乗せた格好《かっこう》になり、ずるりと座面で尻が滑った。みよは肘掛けを強く握りしめた。

「仙様。うちは仙様のおもちゃでかまへんのです。仙様が好きなときに好きなようにしてくれはったら、それで満足なんです」

仙造はもうなにも言わなかった。みよの腰巻きを搔《か》き分け、その奥に顔を埋めてきた。

みよの腰巻きは白だ。通常、素人は白、商売女は赤という区別がある。でも、みよは絶対に赤は着けない。自分のことを草餅女郎と卑下《ひげ》するくせに腰巻きの色だけはずっと白で通している。

置屋《おきや》にいれば許されないことだろう。でも、ここは瀧口屋。置屋でも色茶屋でもない。紅姫様の祠を守る由緒《ゆいしょ》正しい茶店なのだ。

「仙様」

仙造が強く顔を押しつける。みよは籐椅子の上で反《そ》り返った。肘掛けの上で動かない足がほんのわずか弾《はず》んだ。

やがて、仙造が立ち上がった。中腰になってみよに覆いかぶさる。籐椅子がぎしぎし音を立てた。

「もっともっと滅茶苦茶《めちゃくちゃ》にしてください」

この浜寺から来た椅子が汚れて使い物にならなくなるくらい、ばらばらに壊れてしまうくらい、みなが眼を背《そむ》けて鼻をつまむほど醜悪な椅子になるくらいに。みよは肘掛けに爪を立て掻きむしった。

「なあ、みよ。もし僕が一緒に逃げてくれ、言うたら逃げてくれるか」

「仙様、うちの足では仙様の迷惑になります」

「じゃあ、一緒に死んでくれ、言うたら死んでくれるか」

「仙様、それはあきません。死ぬならうちが一人で死にます。仙様はこれから立派になりはる方ですから」

すると、仙造が動きを止めた。ぞっとするような眼でみよを見下ろし、低い声で言った。

「どっちも嫌か。みよがそんな薄情者《もん》やとは思わんかった」

みよは全身がぶるっと震えた。繋《つな》がっているところが勝手に引き攣《つ》れた。仙造が呻《うめ》く。

「一緒に死ぬと言うてくれ、みよ」

「はい、みよは仙様と一緒に死にます」

その返事を聞くと仙造が滅茶苦茶に突いてきた。椅子がぎしぎしと軋《きし》む。みよは悲鳴を上げながら仙造にしがみついた。

帰り際、仙造が小さな紙包みを二つ見せた。

「これはヒ素や。僕とみよで一つずつ持つことにする。これが僕たちの覚悟や」

みよは小さな薬包を見下ろし生唾を呑《の》み込《こ》んだ。ほんの軽い包みだったがずしりと重く感じた。

「仙様、わかりました」

みよはその薬を大切に鏡箱にしまった。

＊

ある日、みよが椅子に腰掛けて窓の外を見ていると、川に沿った道を上がってくる男が見えた。年の頃は三十手前というところか。着流しに帽子、首元に手拭いを提げている。からころと下駄《げた》の音が心地《ここち》よい歩き方をした。

祠に願掛けに来たようには見えない。みよは思わず襟元を掻き合わせた。客に違いない。

しばらくすると、イネが階段を上がってきた。

「みよ、お客さんや」

「わかった」

みよは椅子から下りて箱鏡の前に這って移動した。軽く白粉を叩《はた》いて紅《べに》を差し、そのまま客を待つ。

やがて、からりと襖《ふすま》が開いて男が入ってきた。すこし緊張した面持ちだ。みよが三つ指突いて頭を下げると、声がした。

「違う違う。俺は客として来たんやない。仙造の知り合いや」

「え、仙様の？」

驚いて顔を上げると、男が気持ちのいい笑顔を浮かべていた。

「ああ、仙造が世話になっている家の縁続きの者や」

男は望月《もちづき》と言って鉄道技師だという。畳の上に腰を下ろしてあぐらを掻くと、枕元にあった奈良団扇《ならうちわ》を引き寄せ使いはじめた。

「鉄道で働いてはるんですか。仙様も鉄道にご熱心です。さぞ望月様とお話が弾んではることでしょうね」

「まあな。あいつはほんまは料亭の跡取りなんぞより、俺みたいに鉄道やるほうが向いてるやろうに」

そこで望月がちらと窓際の籐椅子に眼を遣《や》った。

「あれは仙造が持ってきたんやな」

「はい、そうです。わざわざ担いでここまで運んできてくれはりました。お優しい方です」

「俺にも頼み事をしたな。蓄音機を貸してほしい。聞かせてやりたい相手がいるんやと。さすがに断ったが」

「それは『カチューシャの唄』のことやと思います」

「そうそう。カチューシャみたいに愛らしくていじらしい女がいると惚気《のろけ》てなあ」

「それは……」

みよはまた顔が熱くなったのを感じた。望月に気取《けど》られぬよう、うつむいて茶を淹れた。望月は片手に団扇、片手に湯呑みで熱い茶を飲んだ。

「暑いときには熱いもの、いうのはほんまやな」

にこにこ笑っている。その屈託のない笑顔を見ながら、みよは不安になってきた。

「あの、まさか、仙様になんぞあったんですか」

すると、望月は湯呑みを盆の上に戻し、すこし顔をしかめた。

「いや、そういうわけやない。ただ、ちょっとあいつから相談を受けて、俺の独断で顔を出したんや」

「仙様の相談てなんですか。まさか、もう、うちのことを」

それきり言葉が続かなかった。胸がぎゅっと苦しくなって、みよは思わずそばの布団を握りしめた。

「いや、勘違いするな。なにも別れ話を持ってきたわけやない」

「そうですか。よかった」

ほっと息をつくと、望月が苦笑した。

「でも、ええ話というわけでもない。それはわかるな」

みよは再び身構えた。別れ話でもなくええ話でもない。一体どんな話なのかわからない。いや、そもそも「ええ話」というのがどんなものなのか想像がつかない。自分は草餅女郎で仙造は将来のある学生だ。逆立ちしたって「ええ話」になるわけがないのだ。

「わかります。遠慮せんと言うてください」

「仙造はもともと難波でネギを作ってた家の倅《せがれ》や。だが、今はちょっとした縁で堺の老舗《しにせ》料亭の支援を受けてることは知ってるか」

「はい。仙様から聞きました」

「そうか。仙造はゆくゆくはそこの娘を娶《めと》ることに決まってる。露子《つゆこ》いうて俺の母方の従妹《いとこ》にあたる娘や。親同士が仲がいいもんで子供の頃から兄妹同然で育った。今でも、兄さん、兄さん、言うて慕《しと》うてくれる」

望月はそこで一旦口を閉ざして、盆から湯呑みを取り上げ口に運んだ。唇を付けた瞬間、すこしむせて舌打ちする。眉を寄せたまましばらくじっとしていたが、湯呑みを盆に戻して再び話しはじめた。

「露子のほうから仙造に夢中になったんや。最初は反対しとった両親もあんまり露子が思い詰めるから、諦《あきら》めて仙造を婿《むこ》に取ることにした。店を継いで娘を任せるのやから、と仙造の身の回りの世話をし、商業学校に通わせることにしたわけや」

みよは黙って眼を伏せた。仙造から聞かされてはいた。だが、改めて他人の口から聞かされると、身の置きどころがないような気がした。

「この前、仙造に呼び出された。すると、仙造は覚悟を決めた顔でこういうわけや」

――実は僕には馴染みの娘がいるんです。みよと言うて心の優しい、ええ子です。足が悪うて歩かれへんのです。もう半年も通い詰めてます。別れるなんて考えられへんのです。そやから、露子さんとのこと断ろうと思てます。僕はみよと一緒になりたいんです。

「俺はもちろん別れろと言うた。親は娘が惚れた男のために金を出してるわけや。なのに娘を泣かせるようなことになったら、仙造はすぐにすべてを取り上げられて追い出されるやろう。せっかく学校まで通わせてもらって道が開けたというのに、なにもかも無駄になる。ネギ畑に逆戻りや」

みよは眼を伏せ、うつむいた。仙造とは住む世界が違う。出世の邪魔をしてはいけない。わかりきっていることだ。

「でも、なんぼ言うても仙造は聞き入れへん。絶対におまえと別れるつもりはないと言うんや」

はっと顔を上げた。仙造の気持ちが嬉しくてたまらない。でも、この先、望月の言うこともわかった。

「俺は露子の従兄《いとこ》という立場や。仙造に惚れ抜いてる露子が不憫でならんし、でも、男として仙造の気持ちもようわかる。仙造は勉強熱心で清廉《せいれん》、一途《いちず》な男や。そやから、おまえとのことも決していい加減な気持ちで言うてるんやないやろう」

「仙様はこんな身体のうちにようしてくれはります。わざわざあの椅子を持ってきてくれはったり」

「仙造は真面目で堅物《かたぶつ》や。でもそれは融通《ゆうずう》がきかんということでもある。最初はあんたから別れを切り出してもらおうかと思ったんやが、仙造の気性《きしょう》ではかえって藪蛇やもしれん。駆け落ちやら心中やら言い出したら大変や」

「ええ、仙様はとても心の真《ま》っ直《す》ぐなお方ですから」

「そやから、おまえに頼みがある。ならば、このままうまく仙造の相手をしてやってくれんか。今は仙造は無一文やが、結婚して店を継げば自由になる金もできる。おまえを世話することもできるやろう。家の一軒も用意できるはずや。それまで我慢して仙造を上手に転がしてくれ」

「転がす、てどういうことですか」

「言葉が悪くてすまん。うぶな堅気《かたぎ》の娘のようなふりは止めてくれ。女郎なら女郎らしく振舞《も》うてくれ。仙造が勘違いせえへんようにな」

「うちはふりなんかしてません」

みよはたまらず言い返した。すると、望月が頭を下げた。

「酷《ひど》いことを言うてるのは承知や。でも、どれだけ思い合《お》うても仙造と添えるわけでなし、辛い思いをするのはおまえのほうや。そやから、仙造がこれ以上のめり込まんように女郎の手管であしろうてくれ。頼む」

望月は頭を下げたままだ。この男は心から仙造のことを思っている。だから、女郎のみよに頭を下げられるのだ。

「わかりました。うちは女郎。滝の草餅や。女郎やから誰とでも寝ます。そういうふうに振舞います」

「すまん。わかってくれたか」

望月がほっとした顔をした。みよはじっと望月の顔を見つめた。それから、低い声で言った。

「なら、今からうちと寝てください」

「なに？」望月が怪訝《けげん》な顔をした。

「うちは女郎や。女郎のところに来るのは客や。だから、望月様はうちを買いに来た客。うちを女郎として扱わなあかん。金を払《はろ》てうちを好きなようにせなあかんのです」

みよは真っ直ぐに望月を見ながら白の腰巻きの紐《ひも》を解くと拗《ねじ》くれた足の間を晒《さら》した。

「ほら、うちの足は動かへんのです。なにをされても逃げられへん。こういうのがええ、て言いはる男も仰山《ぎょうさん》おるんです」

望月はしばらく逡巡《しゅんじゅん》していたが、やがて立ち上がった。それから雨漏りの染みだらけの杉板の天井を見上げ、大きなため息をついた。

「厄介《やっかい》やな、覚悟を決めた女は。こういうのが一番怖いんや」

「よう歩かん女郎が怖いんですか。阿呆《あほ》らし。綺麗事《きれいごと》はたくさんや。下手に情けを掛ける男が一番卑怯《ひきょう》なんです。ほら、うちを滅茶苦茶にしてください。思いつく限りの酷いやり方でしてください。ほら、しょせん、うちは女郎なんやから遠慮なんていりません」

みよは涙を浮かべ望月をにらみつけた。そして、胸元を開いて白い乳を見せつけた。

「これ以上うちを踏みつけにせんといてください。これがうちにできる精一杯の生き方なんです」

長い間、望月は黙っていた。そして、ゆっくりと手を伸ばし、みよの胸乳《むなぢ》に触れた。

「みよ、おまえが思う限りの酷いやり方はなんや」

みよは肩から着物を滑らせながら低い声で言った。

「あの椅子でしてください。仙様の持ってきた椅子で。それが一番酷いから」

望月は黙ってうなずいた。みよを背中から抱え上げると椅子に腰を下ろす。いつもより眼の位置が高くなって、みよはこの世を見下ろしているような気がした。

＊

仙造と望月はそれぞれ瀧口屋を訪れるようになった。仙造は望月が通っていることを知らないままだ。

望月は不思議な男だった。みよを抱くだけで一言も口をきかない日があったかと思うと、饒舌《じょうぜつ》にみよの質問にすべて答えてくれる日もある。ただ、いつもみよが感じていたのは、心ここにあらず、だった。どれだけ激しくみよを抱いていても、どこか身体の芯が冷えているような気がするのだ。

だが、そんな心のこもらない交情こそみよの求めているものだった。自分は男が精を吐き捨てる窪地《くぼち》でしかない、と思い知らされるからだ。

九月の終わり、冷たい雨の午後だった。望月はすっかり濡《ぬ》れて現れ、火鉢で濡れた手を炙《あぶ》っていた。

「仙様は鉄道がお好きなんです。商業学校に通ってはりますが、ほんまは鉄道の職業に就きたいと思ってはるんです」

「無理や。露子の家の本業は料亭やら食堂やらや。仙造は経営の勉強をせなあかん」

「難波駅の待合所には大食堂があって西洋料理が食べられると聞きました。それに、南海鉄道では走ってる列車の中に喫茶室があるらしいですね。それやったら仙造さんかて」

「ああ、豪華列車が走ってる。でも、仙造がコックをやるわけでもないしな。鉄道は諦めてもらわんと」

あれほど無邪気に鉄道を語る様子を思い出すと、みよは胸が詰まった。露子さえ仙造を諦めてくれたら、と思うとやりきれない。

「望月様。教えてください。仙様の許嫁の露子さんはどんなお方なんですか」

「ご令嬢、それ以外の何者でもない」

「ちゃんと言うてください。うちにもわかるように」

望月は難しい顔をして首を左右に振っている。ためらっているようだった。みよは新しい茶を注《そそ》いだ。そして、火鉢の餅を勧めた。

「うちはなにを聞かされても平気ですから」

すると望月は大きなため息をついてから話しはじめた。

「俺は露子が幼い頃から知ってる。とてつもない美人や。どこへ行ってもその器量が評判になるほどやった」

「そんなにお綺麗なお方なんですか」

「ああ。高等女学校の頃は露子を一目見ようと門の前に行列ができた。文《ふみ》を付けようとする阿呆が絶えへんので、外へ出るときは下女を二人も付けてしゃなりしゃなりと歩いてる」

「松井須磨子とどっちが美人でしょうか」

「そんなん比べものにならん。露子に決まってる」

望月が顔をしかめたまま茶を飲んだ。

――カチューシャかわいや。

仙造はそう言ってみよを誉めてくれた。だが、露子はそんな「カチューシャ」とは比べものにならないほど美しいという。

「色が白くて眼が涼しい。髪はたっぷりとして青光りするほど黒くて艶がある。できたての人形みたいに傷一つつない。立ってるだけで絵になる。その辺の役者なんぞ足許《あしもと》にも及ばん」

「お顔が美しいのはわかりました。じゃあ、ご気性は?」

きっと高慢ちきで驕《おご》り高ぶった女なのだ。仙造が優しいのをいいことに我が儘を言って苦しめているのに違いない。

「露子は勉学優秀、裁縫も上手、ピアノも歌も体操もダンスも上手。気立ては優しく控えめで、それでいて芯が強い。実際、我が従妹ながら非の打ち所のない女性や」

そんな女が、本当にこの世にいるのだろうか。みよは思わず自分の足を見下ろした。ダンスどころか拗れてまともに動かない足だ。歩くどころか立つこともできず、畳の上を這うこと、女郎として開くことしかできない足だ。

「うちとは何一つ比べものになれへんのですね」

比べるなどおこがましい。はじめからわかっていたことだ。なのに、今、苦しくて悔しくて惨めでたまらない。

望月は黙ったまま否定すらしない。眉間に深い皺《しわ》を寄せじっとうつむいているだけだ。

「露子さんはまるで紅姫様みたいですね。お美しくてお優しくて」

外の雨は霧のように細かくて無音だ。廊下の衣桁《いこう》に掛けたゴム引きの雨合羽《あまがっぱ》から落ちる滴《しずく》の音だけがはっきりと聞こえた。

「ああ、そうや。あんな女はそうそうおらん。露子は俺たちと同じ生き物やない。天女とか女神とか、そんな気さえする」

望月が立ち上がって窓に寄った。雨霧に煙《けぶ》る山のほうを見上げる。紅姫様の祠に続く道だ。

「ここの紅姫様はお優しいのやろ？　ほんまに望みを叶えてくれるんか」

「ええ。たった一つだけですが」

望月は滝のほうを見やったまま動かない。部屋の中にいるのにその背中にも雨が降っているような気がした。

「望月様、露子さんのことを」

途端に望月が振り向いた。錆《さ》びた包丁のような眼でにらみつける。みよは黙って見返した。望月が怒りを表したのはほんの一瞬だった。すぐに眼を伏せた。

「小さい頃からそばにいすぎた」

身を翻して窓から離れると、みよの前に立った。望月は無造作にみよの着物を剝《は》ぎ取ると、放り投げるように椅子に座らせた。椅子が大きな音を立てて軋んだ。

「望月様、もっともっと酷いことしてください」

言うことを聞かない足を自分でできる限り広げる。望月は暗い月のない夜のような顔でみよを見つめていたが、いきなりみよを抱え上げた。自分は椅子に腰を下ろすとみよを膝の上に乗せる。

「窓の外をよう見とけ。仙造が来るかもしれんぞ」

みよはたまらず呻いた。あまり乱暴に入ってきたせいだ。

ふっと思った。今、この有様を仙造に見られたい。いっそ嫌われてしまったらどれだけ楽になるだろう。卑しく浅ましい女、穢《けが》らわしくて見下げ果てた女郎と罵《ののし》ってくれたらどんなに嬉しいだろう。そうしたら、なにもかも諦められるのに。

やがて、望月が腹の底に溜《た》まった汚い澱《おり》を吐き出した。みよはふっと思った。露子と紅姫様では一体どちらが美しいのだろうか、と。

＊

仙造は鉄道の夢が忘れられない。瀧口屋を訪れるたび、みよに鉄道の話をする。

「たとえばや。電車を走らせるには電気が必要や。この先、乗客は増えるし線路も延びる。電気はもっともっと必要になる。発電所を造らなあかん」

「じゃあ、あちこちにアーム式自動閉塞信号機ができるんですか」

馬鹿丁寧《ばかていねい》に信号機の名を言うと仙造がすこし笑った。

「鉄道だけやない。いずれどこの家でも電気を引くようになる」

「まさか」

「まさかやない。聞いたところによると、南海鉄道では運輸課の中に電灯部ができたんや」

「電灯部？　カンテラを作るんですか」

「違う違う。あちこちの町や村に電気を送る仕事や。和歌山の九度山《くどやま》ってわかるか」

「ええ、たしか女人高野《にょにんこうや》やと」

「そう。それに真田幸村《さなだゆきむら》が一時期隠遁《いんとん》していたところや。そこに発電所を造ったりな。これからは日本中の村に電気が通って隅々《すみずみ》まで鉄道が敷かれるやろう」

仙造が腕をぼりぼりと掻いた。赤く腫《は》れ上がっている。

「ここに来る途中、ブヨにやられたんや。綺麗な水辺に棲《す》んでるくせに厄介者で刺されたらこの有様や」

「おかあさんに言うて後でヨモギの汁を持ってきてもらいましょ」

「そりゃ助かる。みよは優しいな」仙造はみよの手を取った。「この手で塗ってもらおうかな」

「ええ、うちの手でよかったら」

　みよは心の臓がぽっと熱くなったような気がした。こんなたわいのないやり取りで身体が熱くなる。どれだけ客を取ろうと仙造の前ではやっぱりおぼこなのだ。

だが、望月は女郎らしく振る舞えと言った。果たしてそんなことができるのだろうか。

「鉄道が嫌われてるなんて嘘《うそ》なんや。むろん頑固な連中はどこにでもいるが、みんなそこまで阿呆やない。線路が通ったせいで畑の物が穫《と》れへんようになったなんて、滅茶苦茶なこと誰も言わへん。うちの親でも大歓迎やった」

「ネギですか。仙様のお家《うち》はたしかネギを作ってはると」

「そうや。今ではネギ畑のど真ん中に難波駅があるけどな」

　仙造がくすりと笑った。阪堺《はんかい》鉄道が難波と堺の間で開業したのは明治十八年。仙造の生まれる前だ。今でこそ立派なビルがあるが、駅ができるまでは一面ネギ畑だったそうだ。

　ふいに眼の前に浮かんだ。青々としたネギ畑が広がって、白くてまん丸いネギ坊主が風に揺れている。みよは思わずほっと息を吐いた。仙造と二人でネギを作る。それはとても気持ちのいいことに思えた。

「今さらネギは作られへん。僕はやっぱり鉄道で身を立てたいんや」

「うまいことええお勤めが見つかったらよろしいですね」

みよは網の上に餅を載せた。売れ残って硬くなった草餅は炙って食べる。みよと仙造はしばらく黙って餅を見ていた。

そのとき、白くなった炭が崩れて一瞬火の粉が舞った。

思い切ってみよは口を開いた。

「ねえ、仙様。うちは露子さんにお会いしてみたいと思います」

「え？」

仙造がぎくりとした。みよはにっこり笑った。

「そんな素晴らしいお嬢さんを見て、ちゃんと仙様のことを諦めたいんです」

「みよ、なにを言うてるんや。諦める必要なんかない。今まで通り僕はみよに逢いに来る」

それを聞いたみよは一瞬眼を伏せ、それから顔を上げて仙造をすがるように見た。

「仙様はきっとうちに逢いに来てくれはる。疑《うたご》うたりしません。でも、うちは待ってる間に嫉妬してしまう。露子さんのことを怨《うら》んでしまうかもしれません。今でも苦しいのに、もし仙様が露子さんと一緒になったりしたらうちの頭はおかしくなってしまうかもしれません。そして、仙様を責めるようなことを考えてしもたら、と怖なったんです」

「みよ、じゃあ、どうするつもりや」

「露子さんに一目会《お》うて、ああ、うちはこの人には逆立ちしても敵《かな》えへん。嫉妬する値打ちもない。そんなふうに思い知らされたいんです。そうしたら、うちはしょうもない望みなんか捨てて心穏やかに仙様を待てると思います」

仙造は難しい顔をして黙ったきりだ。みよは餅を裏返した。綺麗な網目の焦げ痕が付いていた。

「ねえ、仙様。うち、ほんまに情けないんです。仙様に迷惑掛けることになって。うちの足さえちゃんとしてたら、こっそり出かけて行って露子さんを遠くから眺めるんやけど」

みよは自分の足をさすり、それから窓辺の椅子に眼を遣った。

「でも、うちはここから一歩も動かれへん。この瀧口屋の二階で仙様を待つしかあらへんのです。あの、仙様が持ってきてくれはった椅子に座って」

仙造はうーんと唸《うな》ってしばらくの間悩んでいたが、やがて一つため息をついた。

「露子さんをここまで連れてくるのは無理や。その代わり写真を持ってくる。それでええか」

仙造が困り切っているのがわかり、みよはこれ以上我が儘を言うのはやめた。

「わかりました。それで結構です。じゃあ今度の紅姫様のお祭り、仙様は来てくれはりますか」

「祭りか。そうやな。一度見てみたいと思てたんや」

「じゃあ、必ず来てください。そのときにきっと写真を持ってきてくださいね」

みよは箸《はし》を置き、火鉢の横で一旦きちんと背を伸ばした。そして、三つ指を突いて詫《わ》びようとした。

「仙様、無理を言うてほんまにすみません。みよの我が儘をきいてくださってありがとうございます」

みよの眼から涙が溢《あふ》れた。そのまま額が畳に触れるまで頭を下げようとした。だが、横座りしかできないので身体が傾いた。そのまま倒れそうになる。

「みよ、そんなこと言うな。悪いのは僕や」

仙造が駆け寄ってみよを抱き起こした。強く抱きしめる。

「僕は自分のふがいなさに腹を立ててるんや。みよを幸せにできん自分が情けなくて仕方がないんや」

みよは仙造にしがみつき、ぼろぼろと涙を流した。

「仙様、仙様。うちはこれだけで幸せです」

「みよ」

仙造が叫んでみよの唇を吸った。みよも強く吸い返した。それから、仙造の眼をじっと見つめた。

「仙様、うちをあの椅子に座らせてください。うちはあの椅子に座って仙様にしてもらうのが一番ええんです」

「わかった。みよの望む通りにしてやる」

仙造はみよを軽々と抱き上げ、籐椅子に座らせた。両の足をそれぞれ肘掛けに乗せる。裾がはだけて白の腰巻きがのぞいた。

「仙様、早《はよ》う」

みよは肘掛けを握りしめながら網の上で草餅が焦げていくのを見ていた。

＊

紅姫の祭りの日がやってきた。

瀧口屋には引きも切らず客が訪れ、イネは手伝いを雇って朝からずっと働きづめだ。みよは二階で草餅を作っていた。でき上がったそばから草餅は売れていった。

蓬を搗き混ぜた餅に餡を包みながら、みよはずっと外の様子を気にしていた。だが、どれだけ待っても仙造は来ない。もう陽が傾いてあたりに夕闇が落ちている。なにかあったのだろうか、と不安になってきた頃、望月が来た。憔悴《しょうすい》し切った顔だった。帽子を乱暴に畳の上に放り投げ、立ち尽くしている。

「仙様は？」

「仙造は来ない」

「仙様になにかあったんですか」

「露子が毒を飲んだ」

「え？」

「仙造が持っていたヒ素をこっそり飲んだんや。幸い発見が早かったのと飲んだ量がわずかだったので命は取り留めた」

「露子さんはなぜそんなことを」

「おまえのせいや、みよ。仙造の態度を怪しんで問い詰めたら、仙造はなにもかも喋《しゃべ》ったらしい。それで思い詰めた露子はヒ素を飲んだというわけや」

「それで、それで仙造さんはどうなりましたか」

「向こうの家はかんかんや。それでも露子は仙造と一緒になりたいと言うてる。仙造の妻になられんのやったら、今度こそ死ぬ、と。仕方ないから大慌てで仙造と祝言《しゅうげん》を挙げることになった。仙造も承諾した」

望月の声はずいぶん遠くから聞こえてきた。手からも足からも感覚が消えていく。畳の上に座っているのに宙に浮いているようだ。哀しくて辛いはずなのに涙が出ない。ただ、心がどんどん静かになっていくのがわかった。

「わかりました。仙様は二度と来《け》えへん。そういうことですね」

「ああ。辛いやろうが堪《こら》えてくれ」

望月が呻くように言った。自分に言ったのか、みよに言ったのかどちらともつかない浅ましい声だ。壁にもたれ顔を覆い、そのまま動かない。

窓の下からは川音に混じってお参りに行く人々の足音が途切れず聞こえてくる。みな、一つだけの願いを胸に、手に手に蠟燭を持って紅姫の祠に向かうのだ。

みよは思った。今、この瀧口屋の周りに一体どれだけの数の願いが渦巻いているのだろう。その一つ一つを紅姫様は引き受けなければいけないのだろうか。

「みよ。仙造からこれを頼まれた。約束は約束やから、と」

望月が差し出したのは若い女の写真だった。綺麗にコテを当てた耳隠しの髪を後ろでまとめ、涼しげな白い縮《ちぢみ》を着ている。格式張ったところのないごく自然な写真なのに、ひれ伏したくなるほど美しかった。

みよはじっと露子を見つめていた。悔しいとも憎いとも思わなかった。ただただ恐ろしかった。美しいけれどどこれは近づいてはいけない。怨みとか呪いのたぐいだ。

「望月様、今日は紅姫様のお祭りの夜です。後でお参りに行ってきはったらええ。紅姫様はお優しいからきっと願いを叶えてくれる」

「ほんまか」

望月が顔を上げた。濁った眼でみよを見つめる。己が長年の妄執《もうしゅう》によってとうに腐れ果てていることを知りながらも、わずかな希望にすがろうとする姿は哀れで浅ましかった。

みよは鏡箱を開けた。そこには哀れさも浅ましさすらない、もうなにも残っていない虚《うつ》ろな女が映っていた。

「ええ、きっと。うちも足さえ悪うなかったらお参りに行くんですけど」

望月は窓に寄って祠へ続く行列を見下ろしている。みよは熱い茶を淹れた。感覚のない痺《しび》れたような手で草餅を作る。丁寧に半月の形に整えて皿に載せた。

「さ、望月様、元気を出してください」

望月の背中に微笑《ほほえ》みかけ、茶と草餅を差し出した。望月は振り向くと、しばらくためらっていたが腰を下ろした。困ったように笑い、草餅に手を伸ばす。

「そうやな。いつか露子が俺のことを見てくれるかもしれ」

草餅を一口かじった望月が床の上に崩れ落ちた。懸命に立ち上がろうとするが、もがくだけで立てない。畳の上を芋虫のように這いずるだけだ。

「ほんまに申し訳ありません。望月様」

みよは指を突いて額が畳に着くまで深く頭を下げた。そのすぐ先で、呻きながら望月が畳の上で転げ回っていた。

「うちが一人で死んだのを知ったらきっと仙様も後を追いはるでしょう。うちは仙様に死んでほしないんです。仙様に幸せになってほしいんです」

望月がなにか言おうとしたが、吐いた物で喉が詰まってもう言葉にはならなかった。

「そやから、うちと望月様が心中したということにします。これなら仙様はきっとうちが心変わりしたと思て、うちを怨むでしょう。やっぱり女郎の誠なんぞ卵の四角、晦日《みそか》の月や、と。うちの後を追うなんてことは決してしはらへんはずです」

みよは顔を上げた。望月が身を海老《えび》のように曲げて痙攣《けいれん》しているのを見た。

「ほんまにすみません、望月様。うちもすぐに行きますから」

窓の外を見た。祭りへ向かう行列が川沿いの道を上っていく。みなが手に持った蠟燭の灯りがロシアとの戦勝祝いの提灯行列を思わせた。

あの夜、もし、自分が行列を遮《さえぎ》ったりしなければ、石段から落ちなければ、紅姫様のことなど気にしなければ足は悪くならなかった。みなと同じようにちゃんと地面を踏みしめ飛ぶように走り、仙造と一緒にどこまでも逃げて行けただろう。

みよは露子の写真を火鉢の中に投げた。あっという間に燃え上がって灰になった。

伊達《だて》締めを高欄に巻き付けるともう一方の端で輪を作った。首に通して抜けないようにする。

もう望月は静かになっていた。

高欄を摑んで渾身《こんしん》の力で這い上がる。身を半分突き出すと無数の灯りが石段を上って行くのが見えた。

願い事を我慢してきてよかった。みよはかすかに笑った。

紅姫様。最期の最期に一つだけ、うちのほんまに大事な願いを叶えてください。

「どうか、仙様がいつまでもお元気でお幸せに暮らせますように」

みよは高欄を乗り越えた。頭の重みで真っ逆さまに落ちる。参拝者の悲鳴が聞こえ、首に巻いた伊達締めが食い込んで骨の折れる鈍い音がした。

瞬間、ぱっと灯りがともって眼の前が明るくなった。アーム式自動閉塞信号機だとみよにはすぐわかった。

犬追物《いぬおうもの》

秋の長雨で鴨川《かもがわ》は水嵩《みずかさ》が一気に増えた。

朝になってすこし川は落ち着いたが、七条河原《しちじょうかわら》には上から流されてきた石やら草の絡みついた木切れやらが散乱している。

手近の木々を拾おうとして、次郎丸《じろうまる》は川の中ほどに浮かぶ水屍《みずかばね》に気付いた。うつぶせで流れてきたが、川底の渦のせいか眼《め》の前でくるりと裏返った。口と眼をぽっかりと開いたままで、晴れ渡った青い空を見つめている。十四、五といったところか。次郎丸とそう歳《とし》は変わらないだろう。濁流にもまれて脱げたのか、なにも身に着けていない。生《なま》っ白《ちろ》く膨らんだ身体は腹も手足も傷だらけだった。

屍など見慣れているからなんとも思わない。この夏、豊太閤《ほうたいこう》様の御子、鶴松《つるまつ》様がまだ三つで亡くなられて妙心寺《みょうしんじ》で葬儀があった。天下人《てんかびと》の御子でも死ぬときは死ぬ。盛大に弔ってもらえるか川に流されるかの違いだけだ。

次郎丸は水屍を見送ると、再び木切れを拾い集めはじめた。ただ残念だったのはあの水屍が裸だったことだ。なにかしら着ていれば剥《は》いで売れる。それでまたすこしだけ生きていける。

集めた木切れを小脇に抱えて濡《ぬ》れた土手を上り、小屋に戻った。今日はこれから忙しい。兄《あに》者《じゃ》と犬を獲《と》りに行かなければならない。空が荒れた後だから、犬も気が立っているだろう。厄《やっ》介《かい》だが仕方ない。望月《もちづき》と約束した期日まで、もうあまり日がないのだ。

小屋ではあとりが飯の支度《したく》をしていた。次郎丸が集めてきた木切れを見せると嬉しそうな顔をする。火の前にいたからか、頬が赤い。まさに冬に群れで渡ってくる「花鶏《あとり》」だ。花鶏の胸元は明るい赤茶色をしている。派手な色ではないが冬枯れの野ではよく目立つのだ。

次郎丸はあとりの頬の色を見るとほっとする。自分が屍ではなくちゃんと生きているのだ、と思えるからだ。

「まだ濡れているから乾かしてから使おう。裏へ積んでおく」

あとりがうなずいて、手桶の水の上澄《うわず》みを素焼きの鍋に注いだ。半分腐りかけた菜と干粟《ほしあわ》をひと摑《つか》み放り込み、火に掛ける。松葉をひとすくい火にくべると、満足げな顔をした。次郎丸はそれを見届けると小屋の裏手に木切れを積んだ。

河原の土手に差し掛けただけの小屋だから壁は土と草でいつも湿っている。床などないから莚《むしろ》を敷いたきりで、その莚もやっぱり年中湿っていた。それでも河原に住んでいるのは便利だからだ。水に困ることはないし、流木はいたるところにあるから火に困ることもない。しょっちゅう屍が流れてくるが、地代を請求されることもないし気楽なものだ。次郎丸と兄の太郎《たろう》丸《まる》とあとり、この三人でいつまでも暮らしていけたらと思うのだ。

仕掛けた罠《わな》の様子を見に行った兄者が戻ってくるまで飯を待つことにする。だが、兄者はなかなか帰ってこない。

「なあ、あとり、先に食おうか」

駄目だ、とあとりは首を横に振って網の繕いをはじめる。仕方なしにぐうぐう鳴る腹を抱えて待った。

兄者が戻ってきたのはずいぶん経《た》ってからだった。手ぶらだ。

「兄者、遅かったな。犬は掛かってなかったか」

兄弟はあちこちに罠を仕掛けている。流れ着いた木切れで箱を作り、中の餌は小魚やらネズミやらだ。餌を食うと木箱の蓋《ふた》がしまる仕組みだ。だが、今までで犬が獲れたのはほんの数匹だ。大抵はイタチやらタヌキやら、やたらと臭い獣が入っていた。

「ああ、餌だけ盗《と》られておった。だが、ずっと下のほうに群れがおって流れ着いた屍を喰っておった」

先程の水屍だろうか。それとも別の屍か。どうせ屍などひっきりなしに流れてくる。だが、次郎丸には先程の水屍が喰われるところが頭に浮かんだ。あのぽっかり開いた眼は嚙《かじ》られながらも空を見上げていたのだろうか。

それにしても厄介だ、と次郎丸は顔をしかめた。屍を喰ったなら腹を空《す》かしているわけではない。罠に掛かりにくくなる。

「兄者、人を喰った犬など望月様は嫌がるだろうな」

「黙っていればわかるものか」

兄者がさらりと言ったので、次郎丸はそれ以上は言わなかった。だが、あとりは哀しそうな顔をしている。望月を欺《だま》すのが心苦しいのだろう。たいしたことはない、というふうにわざと軽く言った。

「他の犬がいればそれを獲ればいい。さ、あとり、飯にしよう」

あとりがほっとした顔でうなずき、次郎丸もほっとした。

次郎丸と太郎丸は犬獲りだ。犬を獲るのは皮を剝ぐためでも食うためでもない。「犬追物」の的にするためだ。犬追物とは馬上から犬に矢を射かける遊びで、武家のたしなみと言われている。

兄弟は最初から犬獲りだったわけではない。次郎丸たちが犬獲りになったのは、望月に出会ったからだった。


まだ幼い頃、太郎丸と次郎丸の兄弟は人買いに売られた。あとりと出会ったのは人買い船の船底だった。兄の機転で三人揃《そろ》って逃げ出し、京の都にたどり着いた。そして、食うために野盗の下働きになった。

ある館が手薄になるという話を漏れ聞き、兄者が頭領に知らせた。兄弟はすこし離れた辻角の木の陰に隠れ、夜になって塀を乗り越え裏門を開けるよう命じられた。

次郎丸は兄者と夜陰に紛れ塀を乗り越え、裏門を開けた。すると、暗闇から野盗たちが現れた。その数三十騎もあるだろうか。あっという間に館へとなだれ込んでいった。

そのまま裏門の陰に隠れていると、ふいに館から犬の声が上がった。一匹や二匹ではない。何匹もの犬が吠え、騒ぎはじめた。続いて、悲鳴、叫び声が響き、馬の駆け回る音がして地面が揺れたような気がした。

「くそ、逃げろ」

「失敗だ」

口々に盗人《ぬすっと》たちが怒鳴《どな》っている。犬の声と馬の蹄《ひづめ》の音、それに弓の鳴る音、剣の打ち合う音などが響き、次郎丸は恐ろしくて膝が震えた。館の中は凄《すさ》まじい混乱に陥《おちい》っていた。

やがて、また馬の音が近づいてきた。開いたままの裏門から野盗たちが逃げ出してきた。だが、数はわずか十騎にも満たなかった。次郎丸たちもその後に続いて一緒に逃げ出した。

野盗たちの根城は鳥辺野《とりべの》の奥の廃寺であった。次郎丸たちは赤々と燃える火の前に引きずり出された。

「とんだ嘘《うそ》を教えてくれたものだな。中には普段通りの警護の者がわらわらおったわ」

まったくの言いがかりだった。血だるまになった頭領の怒声に次郎丸は震え上がった。

「いや、俺は聞いた通りのことを伝えたまでだ。突然、屋敷の都合が変わったのだろう。運が悪かったのだ」

兄者が落ち着いて言い返した。

「ぬけぬけと。おぬしが我々を売ったに違いない」

「違う。俺はそんなことをしていない」

兄者がきっぱりと言う。次郎丸も心強くなり、横から口添えをした。

「そうだ。俺たちは嘘など言っていない」

「黙れ。我らのすることは、みな筒抜けであった。こんな無様《ぶざま》な仕儀《しぎ》があるか。運が悪かったどころではない。捕らえられたやつはまだマシだ。死人も出た。馬も失った。怪我《けが》をした者もいる。見ろ」男が倒れたまま唸《うな》る男を指差した。「あいつなど、脚が折れて骨が突き出ておるわ。一生、まともには歩けぬ身体よ」

どれだけ言っても信じてはもらえない。誰かに責任を押しつけなければ気が済まないのだろう。その相手が次郎丸たちということだ。星明かりで見る兄者の顔も強張《こわば》っていた。

そのとき、子供の悲鳴が聞こえた。慌《あわ》てて振り返ると、河原の小屋に置いてきたあとりが引き立てられてきた。あとりは丸い大きな眼をいっぱいに見開いている。

「その娘は関係ない。放してやってくれ」兄者が叫んだ。

「黙れ」

男が兄者の胸を蹴った。兄者は仰向《あおむ》けに転がった。兄者が蹴られたのを見て、腕を摑まれたままあとりが悲鳴を上げた。次郎丸は兄者に駆け寄った。だが、次郎丸も蹴られて倒れてしまった。

「おぬしたちはまだだ。使い道があるから命を助けてやる」頭領はぐいと太刀を突きつけ、低く笑った。「だが二度と嘘をつかぬ証《あかし》が欲しい。この娘はこちらで預かる。あと数年もすれば使い物になるであろう」

「それはだめだ。あとりを返してくれ」

あとりは怯《おび》えて泣き叫んだ。すると、うるさい、と頭領が怒鳴ってあとりの口に指を突っ込み、舌を切り落としたのだ。

そのとき、馬の足音が聞こえた。追っ手が来たのだ。野盗たちは根城を捨て、散り散りに逃げていった。

　追っ手の先頭はまだ若い男だった。兄者よりすこし年嵩《としかさ》のようだった。男は血まみれのありを見て顔をしかめた。

　男の名は望月と言った。あとりを館へ連れ帰り、手当てをしてくれた。望月にいきさつを訊《き》かれ、兄者が正直に話した。

「我ら兄弟はそもそも和泉《いずみ》の国は日根野《ひねの》荘で生まれました。元々は名主で豊かな家でしたが、一帯は長らく戦が続いて荒れておりました」

「なるほど。あの辺りは守護の細川《ほそかわ》氏と根来寺《ねごろじ》がずっと争っておったな」

　田畑は焼かれ、村々は略奪にあった。戦の報償などない。みながそれぞれ勝手に土地を荒らして奪うだけだ。奪うのは土地や作物だけではない。人間もだった。

「我ら兄弟は家を焼かれ、親を殺され、売られました。我、太郎丸が十、弟、次郎丸が七つのときでした。我らの持ち主は次々に変わりました。別の主《あるじ》に売られたこともあるし、その主が野盗に殺されたのでまた別の主に売られたこともあります。でも、我らは懸命に生き延びました。さらわれて二年が経った頃、我らは舟に積み込まれました。狭い船倉にぎゅうぎゅうに押し込められたのです。もう少しで息が詰まって死ぬかというところでした。そこで出会ったのがあとりです。歳は六つで、やはりさらわれたのです。一人で震えておりました。弟と二人で慰めるとぴたりとくっついて離れなくなりました」

　出会った頃、小さな娘は口がきけぬほど怯えていた。だから、兄者が名を付けた。赤茶の苧《ちょ》麻《ま》の衣を着ていたからだ。

　――お前はまるで花鶏のようだ。秋になると群れでやってくる。小さいが胸元の毛が赤茶でよく目立つ。秋の野で花が咲いたように鮮やかだ。

「なるほど。大変な目に遭《お》うたのだな。そして、この娘は実の妹ではないのか」

　兄者の話しぶりは堂々としていた。望月はすこし眼を見開き、驚いたようだった。

「そうです。ですが、今は本当の妹だと思っております。……そして、我らは逃げ出す算段をしました。浜が近づいた頃、三人で夜の海に飛び込んだのです」

　次郎丸たちは懸命に浜を目指して泳いだ。兄者はあとりを縄で背中にくくりつけ、泳いだ。冬の海は荒れて冷たかった。次郎丸はほとんど気を失いかけたが、兄者が懸命に声を掛けてくれた。兄者がおらねばきっと次郎丸は溺れて死んでいた。

　途中で小舟の漁《いさり》火《び》が見えたときにはどれほど嬉しかったか。漁師に引き上げられたときは、次郎丸もあとりも赤ん坊のように泣いてしまった。兄者は平気な顔をしていた。

「よく助かったな。おぬしたちは運がよかったのだ。仏のご加護であろう」望月はあとりに眼を向けた。「おぬしはこの太郎丸と次郎丸の兄弟に命を救われたのだ。感謝せねばならんぞ」

　もう口のきけぬあとりはぼろぼろの着物の胸元をぎゅっと握りしめ、うなずいた。

「浜へ上がると、そこは福原《ふくはら》でした。我らはとにかく都を目指しました。京の都ならば食うには困らぬと思ったのですが……」

「どこも同じだ。みな、生きるのに必死なのだ。だが、人の道を外れてはならん。偸盗《ちゅうとう》という言葉を知っているか？」

「いえ」

「人の物を盗むのは仏の戒める五悪の一つだ。おぬしたちはまだ若い。心がけ次第でこれからなんとでもなる。三人でいれば、きっとよいようになる」

望月の眼が真《ま》っ直《す》ぐに次郎丸たちを見た。綺麗事《きれいごと》を言っている、と思った。だが、望月の眼は真摯《しんし》で力強く温かかった。次郎丸もよいことを信じたくなったほどだ。

「おぬしたちの受け答えを聞き、卑《いや》しいものではないとわかった。では、盗みなどやめて犬獲りをやらぬか？」

「犬獲り？」

「おぬしたちは犬追物なるものを聞いたことはないか？　馬に乗って犬を射比べるのだ。下鴨《しもがも》の川の出合い、深い杜《もり》の奥には古くからそのための馬場があるぞ」

「……いえ」兄者がすこし迷ってから答えた。

「まあ、最近は流行《はや》らぬからな。わが主は犬追物をたいそう好まれて、館には大きな犬小屋があるのだ。犬はいくらあっても足りぬくらいだ。犬を捕まえてくれれば銭を払うぞ」

望月は越前朝倉義景《えちぜんあさくらよしかげ》公に縁のあった、とあるお館様《やかたさま》に仕えているという。お館様はとうに隠居で、ずいぶんな歳だそうだ。

「かつて義景公は大窪《おおくぼ》ノ浜《はま》で盛大な犬追物を開いたらしい。お館様はそのときのことが忘れられず今でも犬追物にご執心というわけだ。他でやっているのは細川様や薩摩《さつま》の島津《しまづ》様くらいのものだな」

まるで知らないことばかりだ。次郎丸たちは神妙な顔で望月の言うことを聞いていた。

「犬を射殺すのですか？」

次郎丸は望月に訊《たず》ねた。殺すために犬を獲るのか。あまりいい気はしない。まだ食うために獲るほうがましだ。

「いや、違う。射なければならないが殺してはいけないのだ。鏑矢《かぶらや》と言ってな、先の丸い矢を使う」

簡単に教えてやる、と言いながらも望月の話は次第に熱を帯びてきた。

「まず四十間《けん》ほどの方形の馬場に大縄、小縄と二重の縄を張る。大縄の外を削際《けずりぎわ》と言う。小縄の内に犬を放ち、騎乗した射手《いて》は削際から矢で射るのだ。だが、ただ射ればよいというのではなく細かい決まりがある。馬の足並みだって前足を揃えなければならないし、矢所《やどころ》と言うものもある。弓手《ゆんで》先、押捻《おしもじり》、馬手《めて》先、鐙《あぶみ》先、筋違《すじかい》とか、つまり犬に対する射手の位置なのだが……とにかくいろいろとうるさいのだ」

望月は困った顔で笑いながら言った。気持ちのいい笑顔だった。この男のために働こうという気がした。そうやって、次郎丸と兄者は犬獲りとなった。

望月はよく目を掛けてくれた。「おい太郎丸、おい次郎丸」と兄弟に雑用を言いつけ、銭をくれた。傷が治ったあとりにも仕事を世話してくれた。あとりは河原で流木を拾って厨《くりや》に届けた。

「こんな仕事ですまんな。奥向きの差配は俺にはどうにもならぬのだ」

望月がすこし困ったような顔で笑った。あとりはとんでもない、というふうに慌てて頭を下げた。口のきけないあとりは緊張したのか真っ赤になっている。なんだ、花鶏ではなく、あれではただの鶏のとさかではないか。次郎丸はおかしくなった。

「あとり、おぬし、とさかになっているぞ」

次郎丸がからかうと、あとりはいっそう赤くなり、うーうー唸って怒った。その様子を見て、望月はいっそう困った顔になった。兄者だけが涼しい顔をしていて、なんだか望月よりもずっと偉いような気がした。


飯の後、兄弟は犬を獲りに出かけた。

犬追物の作法《さほう》では百五十四の犬が必要とされた。幸い、京の町にはいくらでも野犬がいる。なので、犬を獲ることなど簡単そうに思うだろうが、そうではない。飢えた犬は気が荒いし、群れで来られては到底太刀《たち》打ちできない。運良くはぐれ犬を見つけても、犬追物で使う以上、あまり見苦しいものでは困るのだ。お屋敷で絹紐《きぬひも》に繋《つな》がれ肥え太った犬とは違って、町をうろつく野良犬はみな痩せこけて薄汚い。蚤《のみ》がたかって疥癬《かいせん》だらけの犬も多い。そんなものを獲っても銭にはならないどころか、阿呆《あほう》と怒鳴りつけられるのが関の山だ。

一番いいのは白犬だ。兄弟はいつも白犬を探すのだが、そうそう見つかるわけではない。

「なあ、いっそ、白犬のつがいを合わせて仔《こ》を産ませるというのはどうだ？」

「親が白でも、白が生まれるとは限らないだろうが」

「ああ、たしかに」

生まれた仔がみな毛色が違うことだって多い。餌代やらを考えると、あまりいい話ではなさそうだった。

犬獲り棒と網、それに片側が格子になった木箱を担いで河原を下った。棒の先には縄で作った輪が取り付けてある。これを犬の首に引っかけて獲る。うまく縄が首に掛かったら、網をかぶせて押さえつける。犬は死に物狂いで暴れるが、顔を麻布で包んでしまうと眼の前が暗くなってすこし大人しくなる。その隙に首輪を付けるのだ。

無論、簡単ではない。咬《か》まれることだってある。だから、二人とも手足には襤褸《ぼろ》やら蔓《つる》やらをぐるぐる巻き付けてある。これなら咬まれても浅傷《あさで》で済む。それでも痛いものは痛い。武者《むしゃ》鎧《よろい》が欲しい、と言うのが次郎丸の口癖だった。

兄者が言っていた犬の群れはもういなかった。だが、代わりに痩せこけた赤犬がうろうろしていた。地面を嗅ぎ回っている。見たところまだ若い。しめた、と思った。歳を取った犬は知恵がついていて、人を見るとすぐに逃げてしまうからだ。

いつもの通り、そろそろと近づいた。まず、次郎丸が尾のほうから棒を突き出した。首に輪を掛けようとしたが逃げられた。だが、横から回り込んだ兄者が狙う。これもうまく行かない。犬が唸りを上げた。次郎丸は棒を構えた。犬とにらみ合う。すると、犬がくるりと尾を巻き逃げだそうとした。すかさず兄者が棒を突き出し、その首に輪を引っかけた。犬はぎゃんと鳴いてもがいた。兄者は輪が外れないようにそろそろと棒をたぐって犬を引き寄せる。次郎丸はそこに網をかぶせた。犬が激しく暴れたが押さえつける。兄者は牙を剝《む》きだした口に棒切れを突っ込み、麻布で包んだ。手早く首輪を取り付け、そのまま箱に放り込んで蓋をする。犬は格子の間から鼻先を突き出し、唸った。

「うまく行ったな、兄者」

この調子でどんどん犬が獲れると思ったが、それからはさっぱりだった。河原を下って九《く》条《じょう》あたりまで探し回ったが、群れは見つからない。はぐれ犬を数匹見かけたが、二人を見るなり逃げてしまった。結局、夕まで掛かって獲れたのは最初の一匹のみだった。

都の西北、双《ならび》ケ岡《がおか》の麓《ふもと》にあるお館様の山荘まで犬を牽《ひ》いて歩いた。足はもう棒のようだった。犬飼いに犬を引き渡し、銭をもらった。帰ろうとすると、望月が来た。

「おお、太郎丸と次郎丸か」

望月がこちらを見て軽く微笑《ほほえ》んだ。いつ見ても、偉ぶったところのない気持ちのいい男だ。帰り際、望月が三人で食え、と小ぶりの瓜《うり》を三つくれた。あとりのことを憶《おぼ》えてくれていたのだ。次郎丸たちは礼を言って館を出た。

「なあ、兄者。犬獲りはしょせん犬獲りだ。俺は幣振《ぬさふり》くらいやってみたい。こう、ひらひらと幣を打ち振ってだなあ」

次郎丸は懐の瓜を落とさぬようにしながら気を付けて歩いた。幣振とは射手の名を喚次《よばわりつぎ》が読み上げたら、幣を高く掲げてひらひらと振る役だ。

「くだらん」

兄者は相手にしてくれない。幣振は見目《みめ》のよい童子《どうじ》がつとめる。直衣《のうし》、単《ひとえ》指貫《さしぬき》、垂れ髪で眉をつくる。親のあるもの、という決まりもあるから、そもそも無理なのだ。

「ならば、犬放《いぬはなち》はどうだ? これなら俺たちにだって望みがある。烏帽子《えぼし》をかぶって太郎丸次郎丸の兄弟で……」

犬放は小縄の内で犬の首縄を切って放す役だ。身分の低い者が務めることになっている。だが、兄者の返事はない。次郎丸は焦《じ》れて言葉を続けた。

「でも、俺は憧れるなあ」次郎丸はふうと息を吐いて、大きく背を伸ばした。「いや、どうせならな、馬に乗って蟇目《ひきめ》矢を射かけてみたいなあ。的中ならどんなに気持ちがいいだろう」

「犬を射てなにがおもしろい。くだらぬ遊びだ」兄者はすたすたと歩いて行く。

「では、なぜ兄者は犬獲りをしているのだ」

「我らが食うため。あとりを食わせるためだ」

あとりを食わせるため、という言葉に次郎丸ははっとした。口のきけない小娘など、我らがいなければすぐに野垂《のた》れ死にしてしまう。生きようとすればその身を穢《けが》すしかない。

そこで兄者は吐き捨てるように言った。

「望月様は犬追物は儀式化しすぎてもう流行らぬ、廃《すた》れる一方だと言っている。俺たちはどうすればよいのだろうな」

兄者が自嘲気味に顔を歪《ゆが》めた。いつも落ち着いた兄者には珍しいことだ。次郎丸も懐の瓜がずしりと重たくなったような気がした。

犬追物には決まりが多すぎる。犬が縄を越えるちょうどそのときに射なければならないとか、そのときの馬の足並みも揃っていなければならないとかだ。また、射手の順はくじで決めなければならないのだが、それにも大げさなしきたりがある。射手の数、犬の数、入場、呼び出し、記録の作法など細かい決まりを言い出せばきりがない。

「たしかに、犬追物がなくなれば我らは飢えてしまうな」

「いっそ、都を離れてどこかよそへ行こうか」兄者が赤い空を見上げながら呟《つぶや》いた。その表情は険しかった。「なんとかあとりを幸せにしてやれぬものか」

「兄者、気を揉《も》むな。我らと一緒にいれば、あとりは幸せであろうよ」

兄者を安心させるために言ったのだが、兄者は返事をしなかった。

河原の小屋へ向かって歩いて行くと、籠《かご》を抱えたあとりと出くわした。あとりは次郎丸たちを見るとにこにこと破れ籠の中身を示した。菜と芋が入っている。

「美味《うま》そうだ」

次郎丸が言って兄者が黙ってうなずくと、うあ、とあとりが嬉しそうに笑った。

そのとき、もの悲しい弓の音が聞こえてきた。すこし先の四条《しじょう》の橋のたもとに人だかりがある。

「胡弓《こきゅう》か。瞽女《ごぜ》がいるらしいな」

あとりはもうそちらへ駆けだしている。次郎丸たちは慌てて後を追った。

瞽女は諸国を流れ歩いて、様々な物語を語る。眼の前の瞽女が語っていたのは、曽我《そが》兄弟の話だった。十郎《じゅうろう》と五郎《ごろう》の兄弟が力を合わせ、苦難のすえ父の敵《かたき》、工藤祐経《くどうすけつね》を討つというものだ。有名な富士の巻狩りやら虎御前《とらごぜん》との悲恋やら、聞かせどころがいくつもある。

ちょうど、今、まさに兄弟が父の敵を討たんとするところだ。あとりは涙を溜《た》めて聴き入っている。丸い大きな眼を赤くしているところは、まるで兎《うさぎ》の仔のようだ。

だが、次郎丸もいつの間にか瞽女の哀切な調子に引き込まれてしまった。兄の十郎が討ち取られるところでは、不覚にもすすり泣いてしまったのだ。だが、兄者はまるで涼しい顔だ。

「兄者は平気なのか？　これを聴いてなにも思わぬのか？」

「仇《あだ》討ちなどくだらぬ」

兄者は鼻で笑って歩き出した。次郎丸とあとりは憤然として顔を見合わせた。次郎丸は兄者に向かって叫んだ。

「もし兄者になにかあっても、俺は仇討ちなどしてやらぬぞ」

「かまわん」

兄者はすたすた歩いて行く。横であとりが噴き出した。あーあーと笑っている。次郎丸もなんだかおかしくなった。そう、兄者らしい答えだった。

もし、あとりに声があれば素晴らしい語り手になっただろう。失ったのが声ではなく眼であったならば、きっと都で一番の瞽女になったに違いない。そう思うと、胸を太い針で刺されたかのように苦しくなった。

*

春が来て、あとりは十四、次郎丸は十七。そして、太郎丸は二十歳になった。あとりはずいぶん背が伸びて、すこしずつ娘らしくなってきた。

あとりは最近無口だ。昔なら口がきけないまでも、唸ったりしてなにか言おうとしていたのだが、最近は黙っている。自分の唸り声が恥ずかしいらしい。

以前、望月の言った通り犬追物が開かれることがどんどん減ってきて、犬獲りで食っていくことが難しくなっていた。幸い、ときの関白様が普請《ふしん》好きで現場の雑役《ざつえき》でなんとか食い繋いでいた。

朝から雨が降る日だった。天気が悪いと普請は休みだ。銭には困るが時間だけはたっぷりある。先のない暮らしにくさくさしていた兄弟とあとりは、なにか気晴らしはないかと町へ出た。

雨はもう小止《こや》みだ。どこへ行こうかと相談していると、次郎丸は清水《きよみず》の絵の噂《うわさ》を思い出した。近頃、見事な大板絵《おおいたえ》が奉納されたと評判になっているという。描いたのは、最近京で名を上げた絵師、長谷川等伯《はせがわとうはく》の息子、久蔵《きゅうぞう》だ。曽我兄弟の絵だと告げると、あとりがもうそわそわしはじめた。

八坂《やさか》神社の境内を抜けてだらだらと坂を上った。あいにくの天気だというのに沿道は賑わっていて、なんだか祭りのようだ。さすが清水、と次郎丸は感心した。あとりはあちこちきょろきょろ見渡して、すこしも落ち着かない。兄者は絵に興味があるのかないのかわからない顔で、どんどん歩いて行く。

清水寺に着くと、まず音羽《おとわ》の滝に詣《もう》でた。それから本堂へ評判の絵を見に行った。大板絵の下は人だかりができていた。これほど人気があるとは驚いた。

「おお、あれか」

想像以上の大きさだった。三畳ほどはあろうか、そこに争う武者が二人、力強く描かれている。手前の武者が奥の武者の草摺《くさずり》を引っ張っているのでぴんときた。あとりもああ、という顔をした。わかったらしい。

「これは朝比奈《あさひな》が五郎の草摺を摑んでいるところだ」

うんうん、とあとりがうなずいた。この草摺曳《ひ》きは、兄の十郎の危機を救わんと敵地に乗り込む弟の五郎の活躍を描いたものだ。朝比奈の袴《はかま》の舞鶴紋様《まいづるもんよう》が襞《ひだ》を無視して描かれている。不自然と言えば不自然なのだが、次郎丸は絵師の久蔵のなにか強い意志を感じた。

「兄者、すごい絵だな」

次郎丸は兄者に声を掛けた。だが、兄者は絵には興味がないらしく、本尊の千手《せんじゅ》観音に手を合わせていた。

次郎丸はあまり信心がない。仏を見れば一応は拝むが、それは博打《ばくち》打ちが賽《さい》に手を合わせるのと同じようなもので験担《げんかつ》ぎと変わらない。だが、兄者とあとりは違う。道端の地蔵だろうが道祖神だろうが、金色《こんじき》の観音様だろうがなんにでも手を合わせる。

人混みから声がして次郎丸は顔を上げた。見ると、望月だ。

「太郎丸、次郎丸」

「なんだ、おぬしらも清水詣でか？」

「評判の絵を見に参りました」

兄者が頭を下げた。次郎丸もあとりもそれに倣《なら》った。望月はしばらく驚いたような顔であとりを見ていたが、ほうとため息をついて言った。

「あのときの娘か。ずいぶん大きくなった」

そのままじっと見つめている。あとりは望月に見つめられて恥ずかしいらしく、困惑していた。

「俺も所用のついでに寄ったのだ。素晴らしい絵だな」

なにか食おう、と望月が坂の途中で串に刺した餅を奢《おご》ってくれた。炙《あぶ》って味噌だれをつけたものだ。こんな美味いものははじめてだ。いつもは落ち着いた兄者の顔も紅潮している。あとりなどもう真っ赤だ。

兄弟はあっという間に食べてしまった。すると、望月は笑いながら二串目を買ってくれた。

「おぬしたちは仲がよいのだな」

望月が三人を順番に見ながら言う。あとりはまだ一串目をちびちびと食べていた。

「……そうだ、俺は今度堺《さかい》へ行く。犬小屋が暇なもので鉄炮《てっぽう》の勉強に行かされるのだ。おぬしたち、供回《ともまわ》りとして来ぬか？」

堺へ？　次郎丸は兄者と顔を見合わせた。いつまでも犬獲りで食えるわけではない。供に加えてもらえれば、その先も召し抱えてもらえるかもしれない。願ってもない話ではないか。ちらりとあとりを見る。すると、あとりはさっと眼を伏せた。

兄者がきっぱりと言った。

「我らにはありがたい話です。ですが、あとり一人をおいては行けませぬ」

「ならば、三人一緒に来ればよい。どうせ、身の回りの世話をする者が必要なのだ」

あとりがはっと顔を上げた。

「考えておいてくれ」

いかん、のんびりしすぎた、と望月は慌ただしく坂を下っていった。次郎丸たちは望月の長身が人混みに消えるまで、じっと見つめていた。三人ともなにも言わなかった。だが、みな胸が熱くなっていた。こんな我らに優しくしてくれる者がこの世にいるのだ、ということに心が震えていたのだ。

「兄者、望月様はよい人だな」

「ああ。よい人だ。あの人の言う通り、我ら三人、きっとよいようになる」

なあ、あとり、と言いかけて次郎丸は気付いた。あとりは次郎丸と兄者の話を聞いていなかった。望月の消えた坂をじっと見つめている。その顔はまだはっとするほど赤かった。

*

堺の町は西が海で、南蛮船《なんばんせん》が着く大きな港がある。北、東、南の三方は濠《ほり》で囲まれていた。濠に囲まれた小さな町だが、京の都よりもずっと栄えていて活気がある。店先には南蛮の品も並んでいた。

国友《くにとも》、根来《ねごろ》、堺は鉄炮で知られている。なかでも堺で作られる鉄炮を堺筒《さかいづつ》といい、各地の大名が買い求める実用的な鉄炮から台座に装飾を施した華美なものまで、様々な鉄炮を作っていた。

「お館様はな、一度鉄炮を撃ってみたいと言われるのだ。昔は弓の名人として鳴らしたお方だ。鉄炮のことを忌々《いまいま》しいと言っておられたが、やはり気になって仕方がないのだろう。どうせなら、良い物、美しい堺筒が欲しいと言われてな」

足軽に持たせるような安物ではない。この世に一丁限りの鉄炮が欲しいそうだ。出入りの商人は信用できない。だから、望月が出向くことになったそうだ。

「最近、お館様は人を疑って掛かることが多くなったのだ。気も短くなって、なにで御不興を買うかわかったものではない。気を遣うのだ」

兄弟は望月に連れられ、芝辻《しばつじ》や榎並屋《えなみや》といった有力な鉄炮鍛冶《かじ》の工房をのぞいた。堺の鉄炮は完全分業で作られる。鍛冶が作るのは銃身と目当《めあ》てぐらいで、あとはみな専門の職人がいる。

台木は台師、からくりは金具師といった具合だ。

次郎丸はなかでも鍛冶に魅せられた。金床《かなとこ》に飛び散る火花や、鉄を巻いて銃身を作る様など、飽かず眺めていた。

鉄炮鍛冶になりたいという思いが膨れ上がったのは、望月の供で試し撃ちをするために七堂《しちどう》ケ浜《がはま》に出かけたときだ。七里ヶ浜から二十町ある住吉《すみよし》大社の鳥居筋をずんと通り、さらに北へ八町ある玉出《たまで》までが、遠町《とおまち》撃《う》ちに使われている。

望月が火皿に口薬を入れ火縄をつけると鉄炮を構えた。黒鈍色《くろにびいろ》に光る銃身はすらりと長く、夕陽に向かって真っ直ぐ伸びている。肩に載せる台座の部分は木で、滑らかな曲線を描き磨き込まれていた。京で見たどんな調度よりも、堺筒は美しく見えた。

どん、と腹に響く音がして、銃口と火門から火が噴き出した。

瞬間、次郎丸は息ができなくなった。鉄炮の音は耳から入って次郎丸の身体を滅茶苦茶に掻《か》き回した。

「これはよい。なかなか扱いやすい」

望月が満足げに鉄炮を眺めている。次郎丸は動けなかった。今の轟音《ごうおん》にまだ身体が痺《しび》れている。それは生まれてはじめて聞く音だった。

太陽が照りつける。なのに暑さを感じない。眩《まぶ》しくもない。ただ、松の影が濃い。闇ばかりが見える。あっという間に暗い穴に引きずり込まれた。中は轟々《ごうごう》と音を立てて渦を巻いている。

ああ、これは螺旋が刻まれた鉄炮の銃身だ。今、俺は鉄炮の中にいる。

望月が二射目を打った。どん、という音に次郎丸は我に返った。汗にかすんだ眼で呆然《ぼうぜん》とあたりを見回した。海も松も兄者も、なにもかも別の景色に見えた。

次郎丸はあえいだ。これまでは漠然とした鍛冶への興味だった。だが、今は違う。この手で鉄炮を作らなければならない、という思いがぎしぎしと身体を締め付けている。

そうだ、俺はもう鉄炮に取り憑《つ》かれた。たった二発の鉄炮の音で俺の生きる世は変わってしまったのだ。

その夜、次郎丸は兄者に打ち明けた。

「なあ、兄者。俺は犬獲りなどやめて鉄炮鍛冶になろうと思うのだが」

すると、兄者ははっきりと顔をしかめた。

「鉄炮は人を殺す道具だ。俺はやめておく」

「そんなことを気にしていたら生きてはいけぬ」

次郎丸が言い返すと、兄者は首を強く横に振った。

「もう人の生き死にはごめんだ。俺たちがくだらぬことに手を染めたおかげで、あとりは舌を失った。これからはまっとうに生きるべきだ。望月様もそう言っておられた」

兄者の言うことはよくわかった。だが、次郎丸はやっぱり納得できなかった。

「いつまでも犬獲りで食っていけるわけがない。かといって、はしっこく商いをする才覚など俺にはない。ならば、手に職を付けるのが最上ではないか」

「次郎丸。手に職を付けるなら鉄炮以外にしよう」

「兄者。鉄炮の、あの凄《すさ》まじい音を聞いてなんとも思わなかったのか。俺はあの音を聞いて骨の髄から揺り動かされた。あれは力だ。俺たちを変えてくれる力だ」

「いや、恐ろしい音だと俺は感じた。俺もおぬしも、この世のすべてを滅ぼす厄《わざわ》いの音だ、と」

「兄者は大げさだ」

「次郎丸、やめておけ。俺たちはすでに一度間違えた。盗みをし、人の命を奪った報いをあとりが受けた。今度、おぬしが人殺しの道具を作ったらどうなる？　誰が報いを受けるのだ」

兄者は決して首を縦には振らなかった。


住吉大社の祭礼、夏越祓《なごしのはらえ》のまつりの日がきた。三人で楽しんでこい、と望月が暇をくれた。次郎丸とあとりは早速出かけたが、兄者は祭り見物など興味がないと留守番だった。

お社の前には大きな茅《ち》の輪《わ》が設けられている。

住吉の夏越の祓する人は千年《ちとせ》のよはひのぶといふなり
そんな歌を口にしながら、巨大な茅の輪を三度くぐって無事を祈願する。次郎丸とあとりは神妙な顔で輪をくぐった。

千歳楽《せんざいらく》、萬歳楽《まんざいらく》。

大道《だいどう》筋を堺の町衆の練り物行列がやってきた。眼の前を真っ赤な袋を担いだ男が行き過ぎる。母衣《ほろ》武者だ。南蛮人の恰好をしているものもいる。

大勢の人が行列を見ようと押しかけ、通りはひどい混雑だった。通りに面した虫籠窓《むしこまど》にも人が鈴なりだ。みな着飾っている。堺の財力を見せつけられる思いだ。御神体を載せた輿《こし》が見えると、一斉に人の頭が動いた。どこから集まってくるのだろうか、後から後から人が押し寄せてくる。

そのとき、やたらと太った男が割り込んできた。そこへさらに一人二人と、どんどん入ってくる。押されたあとりが遠ざかっていった。

次郎丸は慌ててあとりを引き戻そうとしたが間に合わない。なんとか髪に指が届いたが、まさか思い切り引っ張るわけにはいかない。ためらっているうちに、髪はするりと手の中を抜けていき、あとりの姿は見えなくなった。

「あとり、あとり」

次郎丸は背伸びしてあたりを見渡した。前方に頭一つ高い男がいる。振り向くと望月だ。次郎丸に気付いて片手を上げた。だが、小さなあとりはどこに埋もれているのか、まるで見えない。

望月が近づいてきた。あとりの手を引いている。

「離れたほうがよいな。ここは人が多すぎる。娘が潰されてしまう」

あとりの顔はよほど人に圧《お》されたらしく真っ赤だった。一つ角を曲がって通りを外れると、ようやく人心地《ひとごこち》ついた。行列はもうあまり見えないけれど、潰されるよりはましだ。

望月はあとりを次郎丸に渡すとすぐに行ってしまった。あとりは熱気に当てられたのだろう。

まだぼうっとしている。

「大丈夫か、あとり」

次郎丸が声を掛けると、あとりはうああとうなずきながら擦り切れた袖をぱたぱた振って笑った。

そのとき、次郎丸は気付いた。あとりは着たきり、京から着てきた小袖のままだ。衣装自慢を何人も見た後では、あとりの恰好はかなりみすぼらしかった。おまけに、裄《ゆき》も丈も短いので、もともと幼い顔立ちをしているところがいっそう子供じみて見える。

その夜、次郎丸は兄者に言った。

「なあ、兄者、今日の祭りで俺は思った。あとりはあまりにみすぼらしくてかわいそうだ。金を貯めて小袖の一枚でも買ってやろうではないか」

「ああ、俺もずっと気になっていた。俺たちは襤褸でもかまわぬが、あとりは若い娘なのだからな」

どんなものがいいだろう、と兄者と話をした。思い切って派手なものはどうだろう。やはり当代流行のものがいいだろうか。せっかく堺に来たのだ。いっそ、みなが呆《あき》れるほど奇抜なものを買って困らせてやろうか。

「あとりには内緒で買って驚かせてやろう」

あとりの喜ぶ顔を思うと、次郎丸は胸が弾んだ。兄者も嬉しそうだった。

だが、しばらくすると、あとりが新しい小袖を着ていた。鳥尽くしの賑やかな柄だ。次郎丸も兄者も驚いた。どうした、と聞くと望月様が、と身振りで教えてくれた。感謝しなければならないのはわかっていたが、次郎丸も兄者も素直に喜べなかった。

住吉様の祭礼が終わると、暑さはいっそう厳しくなった。

兄弟は望月の供で何度も試し撃ちに出かけた。鉄炮の音を聞くたび兄者は耳を塞《ふさ》いだが、次郎丸はその度に居ても立ってもいられなくなった。わけもわからず、ただ急《せ》き立てられるような気がするのだ。

どん。急げ、次郎丸。どおん。いつまで犬獲りをやっているつもりだ。どん。急がねば間に合わぬぞ。

鉄炮鍛冶になれば暮らしも楽になる。兄者と二人、犬に咬まれることもない。河原の小屋で水に怯えて眠ることもない。あとりにも、もっと良い小袖を買ってやれる。

次郎丸はとうとう我慢ができなくなった。

「望月様。お願いがございます」

「どうした？　次郎丸」

望月が不思議そうな顔で訊ねた。次郎丸は迷ったが、思い切って正直に言うことにした。

「望月様、俺はもっと鉄炮を知りたいと思います。鍛冶になろうかと思うのです」

「次郎丸、おぬし、まだそんなことを」

兄者が振り向いて鋭い口調で言う。だが、次郎丸はかまわず言葉を続けた。

「望月様が鉄炮を撃つのを見て心が決まりました。俺はやはり鉄砲鍛冶になりたいです」

「そうか。いつまでも犬獲りでは嫌か。おぬしたち兄弟は腕のよい犬獲りだったのに残念だ」

「申し訳ありません」次郎丸は頭を下げた。「でも、兄者は鉄炮には興味がありません。だから……」

「では、太郎丸。おぬしはどうするのだ?」望月が兄者に向き直った。

「我らはずっと一緒に助け合って行くつもりです。次郎丸が堺で鍛冶になるなら、俺とあとりも堺に残ります」

その言葉を聞いて望月は渋い顔をしていたが、やがてうなずいた。

「わかった。だが、最後にもう一度だけ、都に戻って犬追物の興行を手伝ってほしい。先日、使いが来た。お館様が細川様から見事な犬をいただいたそうなのだ。それで盛大に犬追物を行う、と」

「わかりました。それでは最後のご奉公と思ってお務めいたします」

兄者も次郎丸も深々と頭を下げた。

その夜、あとりに鉄砲鍛冶になることを伝えると、驚きのあまり涙を浮かべていた。

＊

京に戻ると、河原の小屋は留守の間に見知らぬ男が住んでいた。兄者が男を叩き出し、三人はまた元の通りに落ち着くことができた。

兄弟は犬獲りに精を出した。今度の興行では作法通り、百五十匹を揃えるつもりだという。仕方がないが少々見た目の悪い犬も獲らなければならなかった。

いよいよ明後日《あさって》は興行の日となった。夕刻、館に獲った犬を届けようと、三人で京の町を歩いていた。その日は一日掛かってやたらと気の荒い黒犬一匹しか獲れず、みな疲れ切っていた。

ふと空を見た。一面の赤だ。次郎丸は鉄砲鍛冶の炉を思った。空も、空が映った川も真っ赤に焼けて、熱が伝わってきそうだ。

頭の上を蝙蝠《こうもり》が飛んでいた。一匹や二匹ではない。蝙蝠の群れが風を起こして、葦《あし》の林の中を上へ下へと飛び回っている。赤い空に黒い影はよく映えた。そのとき、一匹の蝙蝠がふいに降りてきて、次郎丸のすぐ耳許《みみもと》をかすめていった。次郎丸はぞくりとした。

「明日はもっと獲らねばな。鳥辺野の奥まで行ってみるか」

兄者に言う。ああ、と兄者がうなずいた。それきり話が途絶《とだ》え、また黙って歩く。

あとりは望月にもらった白い小袖を着ている。大胆な熨斗《のし》紋様の今様の小袖だ。望月は余程あとりを不憫《ふびん》に思ったのか、都合、三枚も小袖を贈ってくれたのだ。夕焼けの下では、白の小袖はくすんだ赤褐色に見えた。

最近あとりは元気がない。都を離れて堺へ行くことが寂しいらしい。

「あとり。堺は京よりもずっと賑やかだっただろう？　すぐに馴染《なじ》むぞ」

だが、あとりは眼を伏せたままだ。次郎丸は諦《あきら》めて再び空を見た。

そのとき、大きな赤茶けた犬が土塀の先に見えた。あちこち嗅ぎながら、ゆっくりと動いているのが見えた。痩せこけ、あばらの浮いた野良犬ではない。日頃なにを喰っているのかは知らぬが、丸太のような脚をした堅肥《かたぶと》りの大犬だ。

「よし、あの犬を獲ろう」兄者が眼を輝かせた。

「わかった」

次郎丸は牽いてきた黒犬の縄尻をあとりに持たせると、大きな犬を狙った。あの犬を獲れたら望月も銭を弾んでくれるだろう。堺で暮らす資金になる。

縄と網を持って兄者が大犬に近づいた。そのとき、気付いた。犬の毛は赤茶けてなどいない。夕陽に照り映えていただけ、本来は白犬だ。

「兄者、白犬だ」

「ああ、見事な白犬だ。絶対に獲らねばならん」

兄者がごくりと唾を飲み込んだ。じりじりと白犬までの距離を詰めようとしたとき、ふいに足許《あしもと》を影が通り過ぎていった。あ、と思った瞬間、黒犬が縄を引きずったまま、白犬に飛びかかるのが見えた。

黒犬はあとりが牽いていたはずだ。慌てて振り向くと、あとりが尻餅をついていた。

黒犬が白犬に襲いかかる。白犬は大きな図体《ずうたい》をしているものの、気は弱いようだ。たちまち黒犬に咬み伏せられ地面に転がった。次郎丸たちは懸命に黒犬を白犬から引き離した。

だが、遅かった。白犬は両足を突っ張らせ、びくびくと痙攣《けいれん》している。喉の毛は血で真っ赤に染まっていた。やがて動かなくなった。

「……ああ、せっかくの白犬が」

次郎丸は思わず声を上げた。兄者も白犬の屍を見て嘆息する。仕方がないので、せめて黒犬を連れて行こうとすると、辻角からばらばらと人が現れた。望月と館の下人《げにん》たちだ。

「おお、おぬしたちか。白銀丸《しろがねまる》を見なかったか？」望月が遠くから叫んだ。

「白銀丸？」

「この前、お館様が細川様からいただいた白犬だ。見なかったか？」

まさか、館の犬だったのか？　次郎丸は血の気が引いた。望月は不思議そうな顔をしながら近づいてきた。すぐに次郎丸たちの足許で咬み殺されている犬を見て血相を変えた。

「なんということだ……」

望月が絶句した。喉の咬み傷を確かめ、それから次郎丸たちの連れている黒犬の口の周りが血で汚れているのを認めた。

「この犬が白銀丸を咬んだのか。なんということをしてくれたのだ」望月が真っ青な顔で怒鳴った。

「犬を、黒犬を放ったのは俺です」

次郎丸は慌てて叫んだ。あとりに縄を持たせたのは俺だ。これは俺のせいだ。

「なに？　まことか」望月が次郎丸に詰め寄ってきた。

「はい。俺はつい犬を放してしまい……」

そこへ兄者が割って入った。

「待ってください。違うのだ。弟は悪くない」兄者は落ち着き払っていた。

望月が兄者のほうに向き直った。まだ顔は青ざめたままだ。低い声で訊ねる。

「おぬしが放せと言ったのか？」

「そうです」兄者が真っ直ぐに望月を見返した。

「いえ、違います。俺が勝手に放したのです」次郎丸は怒鳴った。

「いや、この太郎丸が頼んだのだ」兄者はきっぱりと言い切った。

望月はかばい合う次郎丸たちを痛ましげに見ていたが、ふいにあとりに向き直った。

「これでは埒《らち》が明かぬ。娘、どちらの言うことが正しいのだ？　答えよ」

あとりは大きく首を横に振り、自らを指さした。

「ああ、ああ」

それを聞いた望月が息を呑《の》んだ。

「あとり、違う。この太郎丸を指せ」兄者が大声を出した。

「違う。あとり、悪いのは俺だ。俺を指すんだ」次郎丸も叫んだ。

望月は途方に暮れていたが、やがて歯を食いしばって兄弟に縄を打った。二人は並んで引き立てられた。あとりは何度も追い払われたが決して離れなかった。しまいには望月も諦めたようで、あとりが並んで歩いてもなにも言わなかった。

三人は館に連れて行かれ、そのまま庭先に引き出された。夜も更けてもう辺りは暗い。大きな松明《たいまつ》が焚《た》かれて松脂《まつやに》の臭《にお》いが漂っていた。

すこしすると、老いた男が両脇を支えられてやってきた。これまで遠目でしか見たことがなかったが、これがお館様だった。どうやら身体が悪いらしい。顔を見れば左半分が引き攣り、唇の端からわずかに涎《よだれ》が垂れていた。老人は腰を下ろすと脇息《きょうそく》に摑まるようにして、身を乗り出した。

「おぬしらか。わしの白銀丸を殺したのは」よく回らない舌で老人が言った。一言話すのにも大儀なようだった。「兄弟でかばいおうておるそうじゃな」

次郎丸たちは平伏《へいふく》したまま、顔を上げることを許されていなかった。老人の切れ切れの声はただ頭の上から降ってきた。

「仲のよい兄弟で結構なことじゃ。まさに悌心《ていしん》の鑑《かがみ》であるぞ」

老人はひとしきり笑うと、さらに言葉を続けた。

「わしは十年も前から右半分の自由がきかぬ。馬にも乗れぬ。一人では厠《かわや》にも行けぬ。だが、一番辛《つら》かったのは弓が引けぬようになったことよ」

老人の声が途切れた。その代わり、ぱちん、ぱちんと音がする。扇子《せんす》の音のようだ。

「若い頃は弓の得意で名を馳《は》せたものじゃ。今のわしからは想像もつかんだろうが、俵藤太《たわらのとうた》か百合若《ゆりわか》か、という強弓《こわゆみ》を楽々と引いておった。遠的《とおまと》も得意でな。あの頃は種子島《たねがしま》など無粋なものはなかった。みな、弓の稽古《けいこ》に余念がなかった」

種子島と聞いて、次郎丸は思わず反射的に顔を上げてしまった。老人は凄まじい形相《ぎょうそう》をしていた。顔全部が引きつって震えていた。次郎丸は慌てて顔を伏せた。声は笑っているのに、顔は憤怒《ふんぬ》の形相だった。

「だが、一番好きだったのは騎射でな。中でも犬追物は得意中の得意だった。わしの手には常に犬射籠手《いぬいごて》がさしてあったものよ。どれだけの褒美《ほうび》をもらったか」

また老人の声が途切れた。あたりの様子が気になるが、勝手に顔を上げる勇気もない。次郎丸はひたすら這《は》い続けた。

「犬追物が一体いつ頃、どうはじまったかは定かではない。その昔には『牛追物《うしおうもの》』というものがあったそうだ。頼光《よりみつ》が牛を射ようとして盗賊の鬼童丸《きどうまる》を捕らえたとか、頼朝《よりとも》が由比ヶ浜《ゆいがはま》で愛甲三郎《こうさぶろう》に牛を射させたなど、遠い話が伝わっている。それがいつしか犬を射る形に変わったのであろう」

老人の声が遠くなる。誰に向かって話しているのかもわからない。

「義景公が越前大窪ノ浜で開いた興行は盛大なものであった。供回りだけで一万を超えておったか。押し寄せた見物の者どもは数えようもない。あれからもう三十年にもなるのか。わしも射手として削際を駆けたものよ。だが、この身体ではもう馬にも乗れぬし弓も引けぬ。犬追物など昔の夢よ。だから、今ではもっぱら見物にまわっておる。……おお、前置きが長くなりすぎた。では、本題に入ろうか。おぬしたち顔を上げて見せよ」

三人は顔を上げて老人を見た。老人の形相にあとりが息を呑んだのがわかった。

「どちらもぱっとせんな」老人はため息をついた。「さて、わしは今年、六十になった。このような身体ではあるが、まさかこの歳まで生きてこられるとは思わなんだ。老いて隠居の身とはいえ、これでも朝倉様にご縁のあった身体よ。戦場では何度も三途《さんず》の川を渡りかけたが、そのたびに命を拾った。一度は弟に裏切られての、陣で鉢金《はちがね》を叩き割られる始末。……おぬしたちは仲のよい兄弟でうらやましいわ」

老人は三人を順に見据えて、くつくつと笑った。次郎丸はぞっとした。

「義景公が一乗谷《いちじようだに》で討たれてもう二十年になる。以来、わしは月に一度、清水の観音様詣でを欠かさない。このような身体でも命長らえたのは、信心を欠かさなかったわしに神の加護があったからであろう」

老人がなにを言いたいのか、次郎丸にはわからなかった。白銀丸を殺したことをとがめられるかと思っていたら、一向に話が進まない。次郎丸は横目で兄者を見た。だが、兄者は普段の通り、ふてぶてしいほどに落ち着き払っていた。

「さて、清水様の長年のご加護に報ずるため、わしも犬追物を開いて奉納しようかと思ったのじゃ。白銀丸のお披露目《ひろめ》も兼ねてな。だが、畜生のさかしさ、今日、小屋から移そうとした折あっという間に逃げ出したのよ。挙げ句、咬み殺されて死ぬとは――。白銀丸がおらぬのでは寂しい奉納になるのう」

老人は嘆息し、ぱちりと白扇を鳴らした。しばらくの間、脇息にもたれて息をついている。やがて、ごく軽い口調でつまらなそうにこう言った。

「死んだものは仕方ない。おぬしたちのどちらかが白銀丸の代わりをやってくれ」

「犬の代わりを？」次郎丸は驚いて問い返した。

兄者も声こそ立てなかったが、驚いた様子だ。あとりも眼を丸くしている。

「そうじゃ。白銀丸の代わりに犬となり的を務めよ。四つ足になり駆け回るのじゃ」

「ばかな」

次郎丸は思わず食ってかかったが、縄を引かれて地面に叩きつけられた。

「次郎丸」兄者が鋭く言った。「今は堪《こら》えろ」

控えていた望月たちもざわめいている。次郎丸と兄者は無言で顔を見合わせた。老人は冗談を言っているのではない。どちらかが本当に犬の真似《まね》をしなければならないのだ。

「では、俺が」兄者が静かに言った。

「いえ、俺が」次郎丸も負けじと言った。

横であとりが自分を指さす身振りをしたので、次郎丸は強く言った。

「あとり、だめだ。おぬしにそんなことさせられるか」

「うう、うう」

あとりは大きく首を振った。自分も、と大きな身振りで訴える。

「あとり、じっとしていろ」兄者が静かな声で言った。

兄者の声は有無《うむ》をも言わせぬ厳しいものだった。あとりは顔を強張らせうつむいてしまった。

「うるわしいのう、おぬしら兄弟は」庭先でかばい合う次郎丸たちを見て、老人が笑った。

「だが、その調子では夜が明けてしまうわ。おぬしらで決められぬのなら、いつものようにくじでも引けばよかろう。どちらが悪いのか天がお示しになるだろうて」

たしかに犬追物の正式な作法でも射手の順を決めるための「くじ振」がある。だが、このような大事をくじで決めていいとは思えなかった。

「そんなことをくじで決めるなどおかしいではないか」次郎丸は思わず言い返した。

「なにがおかしい？　くじとは神籤《みくじ》である。そもそも、神の心を聞くために引くのではないか。くじの結果こそ天意であろう」

老人が脇息の足を白扇でぴしりと叩いた。

くじなど納得できるわけがない、と兄者に同意を求めようとした瞬間、次郎丸は唖然《あぜん》とした。驚いたことに兄者の顔は奇妙な晴れやかさに満ちていた。

「くじか。なるほど、よい考えだ」

「兄者、なにを言うのだ」

「いや。くじには俺たちの勝手都合など通じぬ。俺たちがなにを思おうが一切斟酌《いっさいしんしゃく》せぬ。ある意味公明正大ではないか」

兄者の言葉を聞いて、老人が呵々大笑《かかたいしょう》した。

「そうじゃ、その通り。心配するな。引いてしまえばすべてのくじは正しくなる。正しいと思うしかなくなるのだ」

老人は笑い終わると、あとりに向かって言った。

「娘、おぬしがくじをつくれ」

「うあ、うあ」あとりが驚き、慌てて首を振る。

「いや、おぬしが作るのだ」

老人が雷のような厳しい声で言い放った。あたりの者がみなびくりと震え上がった。

「娘、神の代わりをするのだから心して作るのじゃ。無論、おぬしが清浄ならばなにも畏《おそ》れる必要はないがな」

老人が身体を半分だけぎくしゃくと揺すって笑った。ぞっとする光景だった。

望月があとりに小刀を渡した。あとりは唇を噛《か》みしめたままじっと動かなかったが、やがて震える手で己の髪の元結いを切った。小さくほぐしてこよりを二本作る。そのうちの一本だけ、こよりの先を結んだ。

「よし、よし」老人は満足そうに笑うと兄弟に向き直った。「では、くじを引け。結び目のあるほうが当たりじゃ。犬になって思う存分駆けてもらおう」

犬追物の犬になり、地面を這い、矢を浴びながら逃げ回らなければならない。なんと屈辱的な仕置きか。だが、兄弟には抗《あらが》うすべはなかった。

「さあ、くじを引け」

あとりが兄弟の前に連れてこられた。あとりはもう震えてはいなかった。二本のこよりを示すと、結び目のあるほうを左手で握り込んで隠した。

あとりの小さな拳からこよりが二本突き出している。どちらに結び目があるかはわからない。

兄者に促され、次郎丸からくじをひくことになった。次郎丸は思い切って右のこよりを引いた。結び目はなかった。次郎丸は思わず兄者の顔を見た。兄者は顔色一つ変えなかった。

「俺が犬だ」兄者が言った。

「おおおあああ」あとりが天を仰いで犬が遠吠えするように叫んだ。

「決まったか。明日はよい月が見られそうじゃ」

老人が満足げにうなずいた。


その夜、兄者一人が留め置かれた。

兄者を逃がしてくれ、と次郎丸は無理を承知で望月に頼んだ。だが、苦渋の表情で断られた。すまぬ、どうしようもできぬ、と。

次郎丸は下人に銭を払って、兄者と話をさせてくれるよう頼んだ。さんざんふっかけられた末、ようやく段取りをつけてもらえることになった。

その夜遅く、兄者と塀越しに話をした。

「兄者、すまぬ。兄者一人に責めを負わせてしまった」

「仕方がない。あれは天の決めたくじだ。なるべくしてなったことだ。これが俺の運だ」

兄者の声はいつも通り落ち着いていた。犬になることなどまるで平気のようだった。

「次郎丸、聞け。明日、俺は犬になる。いくら蟇目矢といっても当たり所が悪ければどうなるかわからない。実際の犬追物でも犬が死んだなどという話はあまりないが、それでもなにが起こるかわからぬのが人の世だ」

「兄者、縁起でもない話はやめろ」

次郎丸は普段と変わらぬ兄者の態度に感嘆した。もし、自分がくじで当たりを引いたのならこれほどまでに落ち着いていられただろうか。

「次郎丸。俺になにがあろうとおぬしは堺へ行け。望み通り鉄炮鍛冶の仕事を憶えるのだ。きっとよい鍛冶師になれる。だが、心残りはあとりのことだ。あの娘に罪はない。もし俺が死んだとしても嘆かぬように、と。そして、あとりが幸せになれるよう、おぬしは心を決めてくれ」

「わかっている。当たり前のことだ」

次郎丸は力強く答えた。そこでしばらく兄者は黙った。それから、きっぱりと言った。

「あとりの望むようにしてやれ」

塀の向こうを足音が遠ざかっていた。兄者は去ってしまったのだ。次郎丸は諦めて塀から離れた。

小屋に帰ると、あとりは清水の観音様のほうを向いて一心に手を合わせていた。頬に血の気はなく髪を振り乱した様には鬼気迫るものがあった。

「あとり、大丈夫だ。ただひとときのことだ。兄者は犬の真似事をするだけ、たいしたことではない」

あとりがこちらに向き直った。手を下ろし、次郎丸を見つめる。その眼に涙が膨れ上がった。

そして、唇を固く噛みしめ、次郎丸にしがみついてきた。うああ、うあっ、と泣きじゃくる。次郎丸は強くあとりを抱きしめた。

「大丈夫だ、あとり。なにも心配はいらない」

兄者は言った。あとりが幸せになれるよう心を決めろ、と。言われるまでもなかった。


夜が明けた。

雲一つない、気持ちのいい秋空が広がっていた。下鴨の杜の奥の馬場はすっかり用意が調《ととの》っている。馬場の中には縄を張り、大縄の円、小縄の円と二重の円が作られていた。小縄の内には黒砂、大縄の内には黄砂が敷いてある。大縄の外が削際で、ここに射手が並んで馬上から矢を射かけるのだ。

次郎丸とあとりは朝からずっと竹垣で囲まれた馬場のそばで待っていた。近在から見物客が大勢集まってきている。人が犬を務めるということがどこからか洩《も》れたらしく、先ほどからみなその話題で持ちきりだ。

「清水さまに奉納の興行だというのに罰当たりな」

「悪いことがおこらねばよいが」

口々に不安を述べている。次郎丸はあとりを慰めようとわざと軽い口調で言った。

「あとり、大丈夫だ。犬追物につかうのは蟇目矢だ。当たっても知れている」

だが、あとりは次郎丸のほうを見もしない。確かに蟇目矢の先は軽い桐《きり》や朴《ほお》で作られている。

当たっても刺さるわけではない。とはいっても、間近から射られれば痛いし、当たり所によってはどうなることやらわからない。

「射殺しては忌《い》まれるから、決してむやみに射たりはしない。身体のどこを射るかまで決められていて、検見《けみ》がうるさい。矢所を狙って射なければならないから、かえって当たらないものだ」

次郎丸は懸命にあとりに言い聞かせた。だが、本当は自分に言っているのだとわかっていた。正式な作法通りにくじ振がくじを振って射手に授け、入場の順序が決まった。やがて西南の入り口と南の入り口より、二手に分かれて三十六騎の射手が入ってきた。南、東西に分かれて馬を並べる。北には憎らしい貴人席があった。

「御犬、引き入れよ」検見が言う。

「うけたまわり候」犬放が答える。

犬は犬塚の口というところより犬牽《いぬひき》によって引き入れられる。それを犬放が首縄を鎌で切って、放つ。最初の四騎が矢を射た。だが、これはわざと当たらぬようにして逃がす。逃れ犬という作法だ。次からが本番で犬放が一匹ずつ犬を放つのだが、引き入れられたのは兄者一人だった。あとりが竹垣を摑み身を乗り出した。唇を嚙みしめぶるぶると震えている。

まずは直垂《ひたたれ》、行縢《むかばき》装束の十二騎の射手が削際に並んだ。検見の合図で兄者が放たれた。次の瞬間、唸りを上げて一斉に矢が飛んだ。

縄で区切られた馬場の中を、兄者が四つん這いで懸命に駆けていた。掌《て》も膝もすりむけ血が滲《にじ》んでいる。

「あれは犬ではない、猿よ」

「おお、そうじゃ。まさに猿じゃ」

はやす声が聞こえる。ひょろ長い手足を持てあましながら尻を突き出し這いまわる姿は、毛のない猿そのものだった。

介添の矢取《やとり》が射手について駆け回り矢を渡していく。

馬が前脚を揃え高々と持ち上げる。鹿の子足と呼ばれる作法だ。犬を射るときには必ずこのかたちにしなければならない。しかも、犬が小縄を越え外に逃れ出んとする瞬間を射るのが、最上等とされている。

「兄者」次郎丸は叫んだ。「来るぞ」

兄者が膝を地面に押しつけ独楽《こま》のようにぐるりと回った。石が膝の皿に食い込んだ。皮膚が裂け血を噴いたのが見えた。一瞬で方向を変えた兄者の横を大型の蟇目矢がかすめていく。桐の矢は地を突いてから虚しく倒れた。馬上の射手が舌打ちする。

見物の間から笑い声が上がる。

「じっとしていろ」

射手が馬の腹を押さえ込むと乱暴に手綱《たづな》を引いた。鹿の子足にさせようとしたが馬は片足を上げただけだ。

「ええい、うっとうしい」

矢をつがえたまま射手は手綱を巻いた腕を思い切り絞った。すると、馬が棒立ちになり射手は地面に投げ出された。手を離れた弓が転がり弦《つる》で弾んで馬の尻を打つ。馬は驚き突然走り出した。

「兄者、逃げろ」次郎丸は叫んだ。

横で、あとりがうああ、と叫んだ。兄者が這ったまま顔を上げた。そのすぐ前には土埃《つちぼこり》を上げて迫ってくる馬の脚があった。

「兄者」次郎丸は絶叫した。

馬の脚のいずれかが兄者の肩を踏み抜き、またいずれかの脚が腹の脇を蹴った。馬の脚に絡まったままの兄者の上に鎚《つち》のように蹄が振り下ろされる。兄者は踏みつけられながら縄まで引きずられていった。

「ああっ、うああ」

あとりが唸り声を上げて駆けだした。人混みを掻き分け、あっという間に犬塚の口より馬場へ入る。向かってくる馬に向かって両手を広げた。

「止まれ、あとり」次郎丸も慌てて後を追った。

暴れ狂う馬の手綱を取ろうと、あとりが思い切り腕を伸ばした。だが、馬が大きく首を振った。手綱を握ったあとりは振り倒され地面に叩きつけられた。

そこで、馬はようやく大縄に阻まれ足を止めた。犬放たちが飛びかかり手綱を押さえる。馬場に残ったのは、動かない兄者とよろめき血を流しながら兄者のほうに歩いて行くあとりだった。

　小屋の中はもう屍臭がした。兄者は丸二日苦しんでまだ生きていた。右耳はちぎれてなくなり、左肩の骨は砕け腕はただぶら下がっているだけだ。折れたあばらが痛むのか息をするのも辛いようだった。

　望月が医師を手配してくれたが、できることは傷に薬を塗り布を巻くことだけだった。

「兄者、痛むか？」次郎丸は枕元に腰を下ろした。

「……いや」兄者が呻《うめ》いた。

　そのとき、あとりが脚を引きずりながら水を汲《く》んできた。あとりもあちこち痣《あざ》だらけだ。馬に振り飛ばされたときひどく転んだせいだ。あとりが椀《わん》を兄者の唇に当てたが、ほとんど呑み込むことはできなかった。それでも、兄者はかすれた声で言った。

「あとり、腹が減った。なにか食いたい」

　だれが見ても、もう物など食えるはずはなかった。だが、あとりはうなずいて出て行った。

「俺たちはなぜこんなことになってしまったのだろうな」兄者が泡混じりの血を口から流しながら言った。「親を殺され、家を焼かれ、さらわれて売られ、殴られ蹴られ……最期は犬として死ぬのか。なぜだ」

「兄者、やめろ」

「くじは天の意だという。なぜ、天は俺に厳しいのだ。俺がなにをしたと言うのだ」

兄者の眼から膿《うみ》だか血だか涙だかわからないものが流れ落ちた。

次郎丸はもう逃げ出したいような心持ちがした。死体などいくらも見た。水に浸かって膨らんだもの、野に打ち棄《す》てられ鳥の餌となったもの、河原に積み重ねられ焼かれたもの、いくらでも見た。晒《さら》された首も見た。耳も鼻も削《そ》ぎ落とされていた。半分溶けて腹から流れ出た臓物も、蛆《うじ》の湧いた眼の穴も、髪を残したまま剝がれかけた頭の皮も、なんでも見た。平気で見たはずだ。なのに、兄者が死んでいこうとしている、それを見ていられない。

「兄者、そんなことはない。兄者はなにも悪くない」

「おぬしたちを飢えさせたくない、それればかり考えていた。だから、野盗の下働きもした。すべて生きるためだった。なのに、つまらない言いがかりをつけられ、あとりは舌を切られた。あとりがなにをした？　あの娘は我らと一緒にいただけ、懸命に木切れを拾って俺たちの飯を作ってくれただけだ。なのに、もう二度と口がきけない。あれならきっとよい瞽女になれただろうに」

兄者が血まみれの顔を歪めながら血と膿の混じった声で話し続けた。

「俺は神にも仏にも祈った。なのに、どうして俺たちを救ってくれないのだ」

「兄者、もう口をきくな。すこし休め」

兄者は荒い息を繰り返していたが、やがて、いばり、と告げた。

「ああ、よし。起きるな。そこですればいい」

尿筒《しとづつ》などという気の利いたものはないので、手近の割れ甕《がめ》をあてがった。

「兄者、それ、遠慮など要らぬ」

瓶に真っ赤な小便が迸《ほとばし》った。よほど苦しいのだろう。兄者は背を反らし獣のような声を上げながら震えた。

「次郎丸、あとりは望月様にお任せしろ。かわいがってくださる」

「兄者、なにを言う。兄者をこんな目に遭わせておいて」

「聞け。あとりは堺にいた頃からとうに望月様と……」

次郎丸は呆然と兄者の顔を見守った。信じられないことだった。だが、今になって思い出された。望月があとりに小袖を贈ったこと。あとりがやたらと頬を赤らめて袖を振っていたことだ。

望月に目を掛けられてあとりが拒めるはずもない。断れば次郎丸たちが犬獲りの職を失うかもしれないのだ。汚い、と思った。望月がどれだけあとりのことを好ましく思っていたとしても、己の立場を利用してあとりに手を付けたことには違いない。

おまけに、望月は兄者をこんな目に遭わせた憎い老人に仕えている。仇《かたき》の一味ではないか。そんな男にあとりを任せるのか？　否、任せられるはずがない。

どん、と頭の中で音がした。鉄炮が火を噴く音だ。元はといえば俺が鉄炮鍛冶になりたいなどと言い出したからだ。あのときの音は美しく聞こえた。新しい世へ誘《いざな》う音だと思った。だが、あれは兄者の言った通り滅びを告げる音だったのだ。

どん、どん、と鉄炮の音が鳴り響く。厄《わざわ》いの音だ。音は次郎丸の中から響いている。腹も頭も張り裂けてしまいそうだった。

「兄者、やっぱり俺は許せない。我慢ができぬ」

「次郎丸、ばかなことは考えるな。あとりは望月様がきっとよいようになさってくださる……」

「望月様のよいように、の間違いだろう」

次郎丸が吐き捨てるように言うと、兄者は哀しそうに首を横に振った。

「さあ、もう楽にしてくれ。頼む」

「兄者、なにを」

「もう苦しくてたまらぬのだ。さあ、あとりの戻らぬうちに、頼む」

次郎丸は逡巡《しゅんじゅん》した。兄者は血にむせ咳《せ》き込んだ。海老《えび》のように身体を曲げ唸り声を上げる。

次郎丸は短刀を握った。がくがくと手が震えていた。

「兄者」

切っ先を兄者の喉に押し当てた。瞬間、兄者が大きく眼を見開き、すぐに細めた。そして、次郎丸にひたと眼を据え絞り出すように言った。

「すまぬ」

次郎丸は震える手に力を込めた。兄の喉に短刀がめり込んだ。切っ先を押し込むには思ったよりも力が必要だった。

血と膿を垂れ流しながら、兄者の魂がこの世を離れつつあるのがわかった。ああ、と呻いて跳ね上がり数度震えてから兄者は動かなくなった。

背後で音がした。次郎丸はゆっくりと振り向いた。薄い粥《かゆ》の椀を持ったあとりが呆然と次郎丸たちを見ていた。

声のない娘は叫び声を上げることもできない。兄者を見て、そのままへたりと座り込んだ。それでも、まだ湯気《ゆげ》の上がる粥の椀をしっかり胸の前に持っている。

次郎丸はあとりの顔を見つめたまま立ち尽くしていた。あとりが次郎丸の顔を見た。あとりの顔にはまるで血の気がなかった。大きな黒い眼があまりに黒すぎて、銃口と変わらぬ穴に見えた。

「あとり、俺は……」

あとりはじっと次郎丸の顔を見つめていたが、やがてゆっくりと首を振った。それから、兄者に取りすがって、うおおおおと喉の奥から吠えるように泣いた。

＊

兄者は仇討ちなどばかばかしいと言ったが、次郎丸にはそうは思えなかった。兄は犬にされて殺されたのだ。こんな非道が許されるものか。たとえ、それが天の意であってもだ。

老人は月に一度、清水参りに行くという。あの身体では馬には乗れず駕籠《かご》での参拝だ。次郎丸は短刀を懐に忍ばせ老人が館を出るのを待った。

門が開き駕籠が出てきた。供は一人だけだ。次郎丸は駕籠に駆け寄り背後から供の背中を刺した。供が声も立てずに倒れた。駕籠を担いでいた下人は悲鳴を上げて逃げ出した。次郎丸は供侍の腰の刀を奪うと駕籠の戸を開けた。そのまま無言で刀を突き出す。老人は声を上げる暇もなく胸を貫かれ驚いた顔のまま動かなくなった。

乾いた地面に血の染みが流れ出してくる。だが、次郎丸はすこしも恐ろしいとは思わなかった。兄者は一体どれほど苦しんで死んだか。一息で死なせたことをもったいないとまで思った。

逃げた下人が館に報告したのだろう。塀の内が騒がしくなった。次郎丸は刀を投げ捨て河原の小屋に戻った。あとりは返り血を浴びた次郎丸を見て息を呑んだ。

「逃げるぞ、あとり」

あとりが逡巡したのを見たら、かっと頭に血が上った。

「おぬしは兄者よりも望月様を選ぶのか？　兄者は俺たちのために死んだのだぞ」

あとりが苦悶《くもん》と混乱の表情を浮かべ、手を固く胸の前で握り合わせた。

「望月様は兄者の仇の一味だ。そんな男におぬしは……」

あとりが大きな息を吐いて身をよじった。その眼に涙が浮かんだ。

「わかったなら逃げるぞ」

次郎丸はあとりを連れて都を離れた。とうに追っ手が掛かっているはずだ。街道筋は通れない。山へ分け入り苦労して峠を越えた。堺の町へは報《しら》せが回っているだろう。二人は海から離れた山の中を、南へ、南へと進んだ。

深い山だ。いくらも歩けない。道が分かれたときにはあとりが示した。あとりはなんの迷いもなく選んだ。一度、くじを引いてしまったのだ。すっかり覚悟ができているようだった。己の手で堺筒を作るという夢は潰《つい》えた。だが、次郎丸は鍛冶師になるという望みを捨てきれなかった。南を目指したのには理由がある。かつて根来でも鉄炮作りが栄えたという。信長《のぶなが》公や関白様に攻められ衰えたというが、まだその名残《なごり》はあるだろう。そこならば、次郎丸でも受け入れてくれるかもしれない。

都を出て七日、二人は山の中を歩き続けた。あとりはただついてくる。その表情にはなにもうかがえない。分かれ道が来たときに進むべき道を示すだけだ。

このあたりは大和《やまと》、和泉、紀伊《きい》三国の境あたりか。根来まではもうすこしだ。二人は川に沿って遡《さかのぼ》っている。流れの速い谷川だ。川沿いにぽつぽつとあばら家が建っていたが奥へ奥へと進む内に見えなくなった。

石楠花《しゃくなげ》の咲く山道を登り、湿った笹原を歩き続けると遠くから轟《とどろ》くような音が聞こえてきた。二人は薄暗い杉木立《こだち》の中を歩き続けた。すると、ふいに山が開けて広々としたところに出た。先は崖になっていて、下をのぞき込むと滝が落ちていくのが見える。雨が続いたわけでもないが水の量が多い。途中で布がたなびいたように、緩やかに弧を描く美しい滝だ。滝壺は暗く深い碧《あお》をして水飛沫《みずしぶき》の白との対比が鮮やかだった。

「あとり、すこし休むか」

次郎丸たちは崖の上に腰を下ろした。あたりは山深く木々が生い茂っている。色づきはじめた木々が紅と緑のまだらになって、不可思議な模様を描いていた。

あとりがじっとなにかを見ている。なんだろう、と眼を遣《や》ると小さな古い祠《ほこら》があった。苔《こけ》むした屋根の上には大きな紅葉《もみじ》の木が一本張り出している。他の紅葉よりもずっと濃く火のように赤い。

次郎丸は金床から飛び散る火花を思い出した。兄者、と心の中で語りかける。俺は兄者の言った通り必ず鍛冶師になる。そして、あとりを幸せにする。だが、望月の手は借りない。それでも必ず幸せにするから安心してくれ。

あとりが祠に手を合わせじっとしている。その様子は厳《おごそ》かでありながら取り憑かれたようなぞっとするものを感じさせた。

鳥の声が近づいてきた。見上げると木立の上を群れが鳴きながら飛んでいった。花鶏だ。もう渡ってきたのだ。

気がつくともう山は暗くなっていた。これ以上は進めない。

「あとり、今夜はここで休もう」

あとりがうなずいた。夜の山は冷える。次郎丸は葉の付いている雑木の枝を短刀で落とした。これにくるまって眠れば多少は寒さをしのげるだろう。

そのとき、背後から枯草を踏む音が聞こえた。はっと振り返ると望月だった。まさかこんな山深くで見つかるとは思わなかった。どうやって追ってきたのだろう。次郎丸は驚き、後じさりしながら短刀を握りしめた。

「次郎丸。諦めろ。ここまでだ」

望月の背後に人影はない。どうやら追っ手は望月一人のようだ。

「なぜここがわかった？」

「自分でもわからぬ」望月がどこか困惑したような眼で次郎丸を見た。「ただ、俺には道が見えた。それだけだ」

なにをばかげたことを言っているのだろう、と思ってはっと気付いた。次郎丸はあとりを見た。

「あとり、まさか印を置いてきたのか？」

あとりが弾《はじ》かれたように首を横に振った。望月もその様子を見てうなずいた。

「印などなかった。だが、俺にはわかったのだ。おぬしたちがどの道を選んだか、が」

あとりはその言葉に顔を上げた。じっと望月を見つめていた。

一体どういうことだ。二人は通じていたというのか？　いや、そんなことはありえない。次郎丸は混乱した。

だが、今はそんなことに拘泥《こうでい》しているときではない。とにかく、あとりを連れて逃げなければ。あとりを背後に隠すようにし望月へ向き直った。

「頼む、見逃してくれ」

「無理だ。直《じき》にみな追いついてここへやってくる」

「俺が首を刎《は》ねられたら、あとりはどうなる？」

「安心しろ。あとりのことは悪いようにはしない」

望月はもう娘、とは言わなかった。馴れ親しんだ女のように、あとり、と名を呼び捨てた。

「綺麗事を言うな。主を殺した下人の妹をかばえるわけがない」

「それでも約束する。悪いようにはしない。こっそり俺のところに隠してもいいのだ」

望月が語りかけた。その声は真摯で嘘偽りはないように聞こえた。だが、次郎丸は受け入れられなかった。

「結局、それが目的か」

「次郎丸、いい加減にしろ。おぬしたちはくじを引いた。結果、太郎丸が命を差し出すことですべて決着するはずだったのだ。なのに、おぬしは納得せずくじを台無しにした」

「兄者が犬にされたのだ。納得できるものか」

「それがくじというものだ。太郎丸は受け入れ立派に死んだ。なのにおぬしはどうだ？」望月の声が厳しくなった。だが、まだそこには温かさがあった。「俺はおぬしたちのどちらかと、あとりを救うつもりであった。今でもその気持ちに変わりはない。だが、もうおぬしを救うことは難しくなった。さあ、次郎丸。見苦しい真似をするな。あとりのためだ。大人しく首を差し出せ」

俺たちはしょせんただの犬獲りだ。何の才も力もない。川を流れる水屍と変わらないのだ。

望月が眼を掛けてくれるというなら、それがあとりの幸せなのかもしれない。無論、正式に迎えられるわけではない。婢女《はしため》として置いてもらえて、子でも産ませてもらえたら、それがきっとあとりにとっては望みうる最大の幸せなのだろう。

わかっている、わかっているのだ。俺たち兄弟が二人掛かりで一生掛かってもあとりに与えられないものを、望月ならたった一日で与えることができる。

では、俺たちは一体何のために生きてきたのだ?

そのとき、どん、と頭の中で鉄炮が鳴り響いた。そうだ、兄者の言った通りこれは滅びの、厄いの音だ。この世に正義などないと天が俺たちを嗤《わら》っている。その哄笑《こうしょう》が人の世に響く音だ。

こんな浅ましく醜い世など滅ぶなら滅びてしまえ。天の意など俺は認めない。

「嫌だ。俺はくじなどに従うつもりはない」次郎丸は言い捨てると背後のあとりに声を掛けた。「あとり、逃げるぞ」

あとりの手を取って逃げようとしたが、あとりは動かない。

「どうした、あとり。行くぞ」

すると、あとりは首を横に振った。驚いてあとりを見た。あとりの眼は赤々と燃えていた。祠の上の紅葉と同じ色だった。そして、口をへの字にするともう一度大きく首を横に振った。

次郎丸は呆然と立ち尽くしていた。結局、あとりは望月を選ぶのか。俺のやってきたことはなんだったのか。

「次郎丸、すまん」

望月の刀が次郎丸の首を払った。逃げようとしたが間に合わなかった。肩に食い込んだ刃は喉を割いた。高く血を噴き上げながら次郎丸は倒れた。あとりが慌てて次郎丸に駆け寄った。

「すまん、次郎丸。おぬしの首を持って帰らねばならぬ」

あとり、どいてくれ、と言いながら望月が次郎丸の脇に跪《ひざまず》いた。刀を次郎丸の喉に押し当てようとしたとき、ふいに望月の眼が大きく見開かれた。

後ろにはあとりがいた。次郎丸の短刀で望月を刺したのだ。

望月はよろめきながら立ち上がった。背中に刺さった短刀を抜こうと後ろに手を回したが、虚しく宙を掻くだけだった。もがきながら、そのままゆっくりと崖から落ちていった。滝の音に紛れて望月の声は聞こえなかった。

瞬間、ああ、とあとりが声を上げた。出るはずのない声を喉の奥から絞り出す。それはもう人の声でないのはたしかだった。

何もかもが暗くなっていく。ただ、震えるようなあとりの声だけが耳の底に残って渦を巻いていた。

すまぬ、兄者。俺は約束を守ることができなかった。すまぬ。

次郎丸は最期の眼で見た。燃えるような紅葉の下で、髪を振り乱し化鳥《けちょう》のように叫び続けるあとりはこの上もなく美しかった。どこぞの姫様と言っても誰も疑うまい。次郎丸は満足して微笑み眼を閉じた。

緋縮緬《ひぢりめん》のおかげ参り

隣の部屋で病人が一つ咳《せき》をした。

その拍子に壁に掛けてあった笠《かさ》が落ちて転がった。くるくると回ってぱたりと倒れる。こうは望月《もちづき》と抱き合ったまま床の中から耳を澄ませた。だが、胸を絞るような熱っぽい咳は一度きりだった。聞こえるのはもう谷川の音だけだ。

春の長雨で川は水嵩《みずかさ》を増し、ごうごうと勢い荒く流れ下っている。こうは朝からずっと川沿いに立つ小さな茶屋で男に抱かれていた。

瀧口屋《たきぐち》は滝と祠《ほこら》に参る人たちのための茶屋だ。川沿いに山を登っていけば紅滝《くれたき》という美しい滝がある。途中で緩やかに曲がっているので布がなびいているように見えた。あたりには紅葉《もみじ》の木が多く秋にはまるで山が燃えたように赤くなる。滝を望む崖には小さな祠があり、お参りや願掛けに人がやって来た。

こうは畳に転がった笠を見た。墨で書かれた「御陰《おかげ》」という文字はまだ鮮やかなままだ。なのに、あの笠をかぶって歩いたおかげ参りの日々がずっと遠くに思われた。

おかげ参りを果たせずお伊勢《いせ》様を逃げ出すように後にして、大和《やまと》、和泉《いずみ》と紀伊《きい》の境にある深い山々に迷い込んだのは十日ほど前のことだった。以前から具合の悪かった連れがとうとう高熱を発し動けなくなった。瀧口屋の主人、望月は病人を二階の一部屋に寝かせてくれたのだった。

こうはもう一度強くしがみつき望月の足に自分の足を絡めた。望月は微《かす》かに笑ってされるがままになっていた。

「こう、おまえは恐ろしい女やな。なにもかも聞こえてるのを承知で俺に抱かれる」

望月が耳許《みみもと》でささやいた。それには答えず男の股間に手を伸ばした。まだすこし濡《ぬ》れている。しばらく弄《もてあそ》ぶと再び張ってきた。

「いや、おまえはわざとあの病人に聞かせてるんやろ」望月が低く笑う。「いや、おまえのせいにしたらあかん。俺が聞かせてるんや」

望月に乱暴に裏返された。まだ先程の痺《しび》れが残っているのでそれだけで声が出た。

「なあ、おまえはあの病人を大事に思てるんか。それとも怨《うら》んでるんか。どっちなんや」

答える代わりに自分から尻を高く掲げて望月を待つ。

川の音がふいに高くなったと思うと、ざあっと家が揺れたような気がした。雨が落ちてきて簓子《ささらこ》張りの杉の板壁に叩《たた》き付ける。春の通り雨だ。

病人がまた一つ咳をした。雨とかぶさって湿っぽい咳だった。きっと苦しくてたまらないのだろう。かわいそうに、とこうは望月に突かれてたまらず声を上げた。

ずっと運命の恋だと信じていた。だが、違った。間違った恋だったから自分たちは橋を渡れなかったのだ。

「おまえみたいな女ははじめてや。はじめてやのにずっと昔から知ってるような気がする」

望月が熱に浮かされたように呟《つぶや》く。隣の部屋で咳をしている男とどちらが病人かわからない。

「俺はおまえに会っておかしくなってる。おまえのことしか考えられへん。おまえを離されへん。朝も昼も夜も一日中抱きたい……」

望月の呟きはいよいようわごとめいて、こうは耳に熱い薬湯を流し込まれたような気がした。この男に声で犯されている。同じだ。この男のことしか考えられない。離れられない。

「うちはここへ来てわかった。うちがこれまで生きてきたのは、すべてあんたに会うためや。うちが心のない冷たい置物やったんも、お伊勢参りに出たんも、なにもかもあんたに会うためやったんや」

また病人が咳をした。重く苦しげな咳だった。畳に転がった笠が未練たらしく揺れる。いっそ柄杓《ひしゃく》と共にお伊勢様に投げ捨ててくればよかったのだろうか。

「おまえは熱い。熱い女や……」

望月が軽く呻《うめ》いてこうから離れた。裸の尻をこちらに向けたまましばらく動かない。こうは望月の背中をじっと見ていた。こうがこの爪で付けた痕が残っている。十日前のものも、数日前のものも、つい先程付けたものもある。もともと郷士《ごうし》であるという望月の背中は百姓でもなく商人でもなくお侍でもない中途半端なもどかしさがあった。

だからこそ愛《いと》しいのだ。こうは望月の傷だらけの背中に見入った。宙ぶらりんの男はいつも美しい。

「あの病人の顔の傷はおまえのせいやろ」

望月の背中の傷が蚯蚓《みみず》のように蠢《うごめ》いた。はっとこうは息を呑《の》んだ。

望月はわずかに首を傾《かし》げた。それから、気を取り直したように窓の外を見た。渋茶の絣《かすり》を羽織《はお》って手早く帯を巻き付ける。

「雨は止《や》んだようやな。紅姫《くれひめ》様にお灯明《とうみょう》を上げてくる」

「待って。うちも行く」

慌《あわ》てて身を起こし、くたびれた朱色の紬《つむぎ》を身にまとった。望月がどこからか都合してきた古着だ。帯も襟《えり》も擦り切れていて、袖を通すとぞわりとする。一体どんな女が着ていたのだろう。やはりおかげ参りの女が着ていたのだろうか。そして、その女はどうなったのだろう。ちゃんとお伊勢様にお参りすることができたのだろうか。

おかげ参りのために大坂を出たとき、こうは男姿だった。お伊勢様を目指す者は珍妙な装いをする者が多かったのだ。だが、お参りを果たせぬままおかげ参りは終わった。こうは望月の前で身に着けていた男着物を脱ぎ捨て、緋縮緬《ひぢりめん》のふんどしを解いたのだ。

瀧口屋を出て川を遡《さかのぼ》り山へと入って行く。長い石段の両脇には紅と白の石楠花《しゃくなげ》が満開だ。濃密な甘い香りに包まれると、こうはまたなぜか望月の背中を思い出した。

石段を上り切り濡れた笹原を抜けると滝と紅姫の祠が見えてきた。山の中はもう暗い。蠟燭《ろうそく》の小さな火がちらちら揺れた。

はじめて望月に抱かれた日、寝物語に聞かせてもらった。望月はこうの太股《ふともも》を撫《な》でる手を止めず、すこしくぐもった低い声で話しはじめた。

――昔、天子様が北と南の両方に居《お》られた頃の話や。世は乱れて武士たちが長い間いたるところで争うていた。紅姫は恋人の若い武者と二人で落ち延びるところやった。だが、途中で恋人は紅姫が足手まといになった。そして、とうとう見捨ててしもたんや。置き去りにされた紅姫はたった一人で亡くなってしもた。その姫の弔いのために建てられたのがあの祠という。

必ず一人で参ること。決して口をきかぬこと。

――しきたりを守って祠に蠟燭を上げてお参りすれば、たった一つだけ願いを叶《かな》えてくれるそうや。

望月の声はときどきかすれて震えた。戸惑っているようにも恐れているようにも聞こえた。

――願掛けをしたことはあるん？

――いや、俺はない。

そう言って望月は昔語りを終え、再びこうに覆いかぶさったのだった。

こうは紅姫の祠を見上げた。祠の脇には青々と茂る紅葉の木がやっぱり覆いかぶさるように立っている。秋になれば真《ま》っ赤《か》に色づいてさぞかし美しいだろう。

望月はお灯明を上げると手を合わせた。すこし丸まった背中を見てこうはまた身体《からだ》が熱くなるような気がした。もっともっとこの男の背中に爪を立てたい。一面を爪痕だらけにしたい。

「ほら、おまえも」

こうは望月に促されて手を合わせた。

恋しい男に捨てられ一人ぼっちで死んだ紅姫はどれだけ苦しく、どれだけ哀しかっただろう。かわいそうに。かわいそうに。

結局、自分はどこにいてもお灯明を上げるのか。こうはすこしおかしくなった。そして、茶屋で臥《ふ》せっている病人のことを思い出し、かわいそうに、とまた思った。

＊

道修町《どしょうまち》は大坂、船場《せんば》にある薬の町だ。

道修町には太閤《たいこう》殿下の世から唐薬種《とうやくしゅ》を扱う薬種問屋が集まっていたのだが、江戸に入ると幕府公認の薬種中買仲間《やくしゅなかがいなかま》が組織されて伊勢講も兼ねた。後に和薬種《わやくしゅ》改《あらため》会所《かいしょ》も置かれ「和薬六ヶ条」が定められることとなった。国内の薬はみな道修町に集まり、そこで厳しく吟味検品され全国に出荷されていった。

通りを歩けばいたるところからごりごりという薬研《やげん》の音が聞こえ、町全体が薬の匂いに包まれていた。そっと袂《たもと》に忍ばせた匂い袋のような甘くつんとした香りもあれば、薬草を煎じたような苦く青臭い香りもある。生まれたときからここで暮らすと身に染みついて気にならないのだが、はじめて町を歩いた者はみなこう思う。まるで病人になったようだ、と。

こうは道修町の三嶋屋《みしま》という薬種問屋に生まれた。

三嶋屋の主人は惣右衛門《そううえもん》といい、ふきという一回り下の妻がいた。夫婦は子に恵まれ、ふきは次々と五人の子を産んだ。まず長男の謙吉《けんきち》、次男の東蔵《とうぞう》が続けて生まれ、三年空けて長女のこうが生まれた。さらに一年空けて次女のふく、その翌年には三女のてるが生まれた。

長男の謙吉は聡明で人柄もよかった。いつも穏やかで決して人に嫌われることがない。跡取りとしてみなが太鼓判を押す男だった。次男の東蔵は要領がよくてはしこい男だったが性根《しょうね》は素直でよく兄を助けた。互いに足りないところを補い合う兄弟とみなが言った。

次女のふくは読み書きの才はなかったが針を持たせれば敵《かな》う者はなかった。ふくの縫った羽織は目が揃《そろ》って真《ま》っ直《す》ぐで畳の上に立つと誉《ほ》められた。三女のてるは下ぶくれの顔が大黒様《だいこく》そっくりでなんとも言えぬ愛嬌《あいきょう》がある。店先に置いておくだけで客が来ると言われた。

だが、長女のこうはなにもできなかった。針仕事も人あしらいもできなかった。しかし、こうはみなが息を呑むほどの美貌を持っていた。生まれたときにはこれほど愛らしい赤子は見たことがない、と。他の四人のきょうだいはまったく容姿に恵まれなかったので、こうが独り占めしたのだ、とみなは噂《うわさ》した。長男と次男は器量をこうのために腹の中にすべて置いてきて、それをこうが吸い取った。次女と三女のときにはもう腹の中は空っぽでなにも残っていなかったのだ、と。

こうは美しく成長し十を過ぎる頃にはもう「薬小町《くすりこまち》」と呼ばれて評判になるほどだった。こうと他の四人の容姿の差は開く一方だった。「立てば芍薬《しゃくやく》座れば牡丹《ぼたん》歩く姿は百合《ゆり》の花」はこうのためにある言葉だと言われた。他の四人は葉でも茎でもなく花の根を守る敷藁《しきわら》、いっそ肥やしのようなものだった。

そんなこうを父の惣右衛門は掌中の珠《たま》のようにしてかわいがった。他のきょうだいたちが幼い頃から店や内回りの仕事を叩き込まれたのとは違い、こうにはなにもさせなかった。父はこうを愛《め》でた。慈《いつく》しんだのではない。書画骨董《こっとう》を愛でるように愛でたのだ。

父はこうにこんなふうに言って聞かせた。

「おまえは置物や。大事に扱わな壊れてしまう」

しかもただの置物ではない。父が言うには、こうは名器と呼ばれる茶碗《ちゃわん》だった。幾重にも布にくるんで桐箱に仕舞《しま》われ、絹の真田紐《さなだひも》が四方掛《よほうが》けで結んである。父はこうを奥座敷に座らせ、それだけで満足していた。

実際こうは置物だった。幼い頃から無口で一度も笑ったことがない。口がきけないわけでもないのにずっと黙り込んでいる。外でみなと遊ぶこともなく、ただ独りを好み、奥の座敷でつまらなそうに人形遊びをしたり、たった一人で歌留多《かるた》を取ったりした。

そんなこうが毎日欠かさないことがあった。それは通りを隔てた先にある「神農《しんのう》さん」へのお参りだった。

神農さんとは少彦名《すくなひこな》神社のことだ。もともとは会所に医薬商売の神でもある神農炎帝《えんてい》がお祀《まつ》りされていたのだが、そこに京の五條天神宮《ごじょうてんしんぐう》より少彦名命《すくなひこなのみこと》を勧請《かんじょう》したのだ。小さなお社《やしろ》だがお参りの人が絶えることはない。近在の人はみな親しみをこめて神農さんと呼んでいた。

父も母も不思議がった。

「おこう。おまえは家では特別信心深いことはせえへんのに、なんでそないに神農さんに熱心なんや」

こうはいつものように黙っていた。こう自身にもわからなかった。だが、行かなければいけないような気がした。神農さんに呼ばれているような気がしたのだ。

美しいこうと四人のきょうだいがいて、三嶋屋は子に恵まれた。この先安泰であろう、とみなが言った。だが、長男の謙吉と三女のてるはある冬風邪《かぜ》を引いてそれきりになり、次男の東蔵は喧嘩《けんか》の仲裁に入って殴り殺された。次女のふくが、四人の中では一番長生きをした。だが、春が来て桜が咲いた頃、熱が出て身体中に発疹《ほっしん》ができて呆気《あっけ》なく死んだ。遅いはしかだった。

こうが十三になったときにはもう誰も残っていなかった。きょうだいが死んで行くたび、こうは美しくなっていった。最後のきょうだい、ふくが死ぬとこうの美しさは窮《きわ》まった。町の人々は声をひそめて噂した。あのきょうだいはみな、こうの肥やしになったのだ。あの娘は美しすぎて恐ろしい。下手《へた》に近づくと取り殺されてしまうよ、と。

きょうだいたちが次々に死んで行く中、こうはなにも感じなかった。みなの嘆き悲しみも弔いの湿っぽさもこうの心を動かすことはなかった。経が流れている間も顔色一つ変えず座っているだけだ。

母はそんなこうを厭《いと》い、嫌った。

「あの子はたしかに置物や。心がないんやから」

母はわざと聞こえるように言った。だが、それを聞いてもこうの心は動かなかった。

こうは物心ついた頃すでに、自分が他の人と違うことに気付いていた。どれだけ父にかわいがられてもなんの喜びもなかった。なぜ他の人たちはあれほど騒々しいのか。笑ったり怒ったり泣いたり、なぜ毎日ああもすこしの落ち着きもなく動き回っていられるのか。こうには他人がなぜ喜怒哀楽を平気で垂れ流すのか、まるで理解できなかった。

それだけではない。こうはなににも関心が持てなかった。食べることにも着飾ることにも芝居見物にも興味がない。身の回りのなにもかもがぼんやりとした灰色の雲で覆われ、まるで手応えのない作り物のようだ。そしてそれをつまらないと感じることすらないのだ。

こうはそんな自分を周りが持て余していることもわかっていた。神農さんにお参りに行くたび好奇の眼《め》に晒《さら》された。みなは口ではこうの美貌を誉めながら、その眼には隠しきれない厭わしさがあった。こうの耳には彼らがこっそりささやく「顔は綺麗《きれい》だが情がない」という言葉がちゃんと届いていた。

自分は情のない化け物だ、とこうは思った。だが、そのことに傷つくことすらできなかったのだ。

四人の子供を失った父はこれまで以上にこうを大事にした。

「おまえまでおれへんようになったら生きていかれへん」

これまで以上にこうの行いに口を出すようにもなった。こうが神農さんへのお参り以外に家を出ることを禁じ、自分以外の者とのほんのすこしの交わりにも文句を言った。挙げ句、一日中、奥座敷に座ったままのこうを心配し、店から何度も様子を見に来るようになった。そして、こうが無事であるのを確かめると、ほっとして店に戻っていった。こうはその父の背中をにこりともせずに見送った。

押し込められた暮らしにもこうは何一つ不自由を感じなかった。そもそも、どこかへ行きたいと思ったこともなく誰かと話したいと思ったこともなかったのだ。


こうがその男と出会ったのは十四の頃だった。

ある春の朝のこと、いつものようにこうは神農さんにお参りに出かけた。最近ではこうを一目見ようと男たちが集まるようになった。無理やり付け文をされそうになったこともある。一人での外出が許されず下働きのおたねと一緒のお参りだ。

神社に着いてお灯明を上げようと小さな蠟燭を手に取ったとき、浅葱《あさぎ》の袴《はかま》を穿《は》いた若い神職に眼が留まった。はじめて見る。どうやら新しく来たようだ。拝殿にじっと手を合わせたまま動かない。ずいぶん熱心に拝んでいる。すこし背中を丸め、身を乗り出すようにして動かない。

こうは不思議に思った。神職ならば昇殿して祈るだろう。それは神に仕える人の拝み方ではなく、なにか切羽《せっぱ》詰まった事情がある者が藁《わら》にもすがる思いで拝んでいるように見えた。

ここは薬の神様だ。誰か身内に病人でもいるのだろうか。だから、あれほど懸命に手を合わせているのだろうか。だが、どれほど拝んでも人は死ぬときは死ぬ。寿命は祈ったくらいで延ぴたりはしない。

かわいそうに。

こうはぎくりとした。今、自分は「かわいそうに」と思ったのか。

きょうだいが次々死んでいったが自分はまるでなにも感じなかった。母が泣き崩れようが、父が声を震わせようが店の使用人が嘆こうが、なにも感じなかった。仏間に寝かされた亡骸《なきがら》を見てもなに一つ心が動かなかった。そう、自分は置物だったはずだ。なのに一体どうしてしまったのだろう。

ああ、かわいそうに。かわいそうに。

若い神職の丸まった背がすこし震えている。こうは思わず声を上げそうになった。眼の前が、地面が、自分がぐらぐらと揺れている。倒れそうだ。胸が痛い。喉が詰まって息ができない。

こうは男の背中をじっと見つめていた。やがて、男が手を下ろした。一礼して振り向く。その顔を見てはっと息を呑んだ。まだ二十歳にもなっていない。なんと額の綺麗な男だろう。涼しげで寂《さび》しくて、それでいて真っ直ぐだ。

こうの手からぽとりと蠟燭が落ちた。おたねが拾おうとしたが、先に男が身をかがめた。蠟燭を拾い、こうに手渡そうとして男は動かなくなった。

男はこうを見上げ、こうは見下ろしていた。そのまま数秒見つめ合った。神職は我に返り蠟燭をこうに渡すと一礼して慌てて背を向けた。そして、大股で歩み去った。こうは男の背中を見つめたまま動くことができなかった。

かわいそうに、かわいそうに。

なぜ、かわいそうなのかもわからない。ただ、胸の中でその言葉をずっと繰り返していた。その日から、こうはその名も知らぬ神職のことが頭を離れなくなった。こうは雨の日も風の日も毎日欠かさず神農さんに通った。そして、あるとき近所の隠居が「槇《まき》はん」と呼びかけるのを聞いてようやく男の名を知った。槇は京都の五條天神宮からやってきた神官見習いだった。

こうは中庭の枝折《しお》り戸の横に植えられている高野槇《こうやまき》を思った。青く真っ直ぐで清々《すがすが》しい。名の通りの男だと思った。

こうはこれまで朝だけだったお参りを朝夕にした。たとえ参拝しても決して槇と話すことはない。眼を合わせることもない。だが、鳥居をくぐった瞬間、身と心のすべてで槇を感じた。こうにはそれが日々の暮らしで最も重要なことだった。だが、こうは決してそれを態度に表さなかった。おたねもなにも気付かぬままだった。

こうは傍目《はため》には置物のままだった。だが、槇のことを考えるときだけ自分の身と心が動き出すような気がした。灰鼠《はいねず》に曇った脳が突然晴れ渡り、ぴくりとも動かなかった心の臓がとくとく打ちはじめる。そして、お社の鳥居をくぐって槇を見れば冷えていた身体中の血が熱くなるのだった。

こうが槇に出会って一年が経《た》った。

相変わらず言葉も眼も交わさない。もどかしさは日に日に募って胸も腹も痛いほどに疼《うず》いた。

こうはもう破裂しそうだった。

蒸し暑い夏の夕だった。数日前から母は夏風邪で臥せっていた。それほど高い熱ではないが気候のせいか苦しいようだった。

「おこう、悪いが団扇《うちわ》であおいでくれんか」

みなが忙しく立ち働く中、手が空いているのはこうだけだった。仕方なしにこうは枕元で団扇で風を送った。母は何度も寝返りを繰り返している。こうはすこしも気の毒だと感じなかった。それどころか早くお参りに行きたいと、それしか考えられなかった。

ようやく母が眠ったのでこうは慌ててお社に行くことにした。もう遅いから止められるのはわかっているのでこっそり家を出た。もう陽《ひ》が落ちかけて通りは薄暗かった。こうがお参りをすると眼の端に槇が映った。待っていてくれたのだ。こうは黙って社を出た。無理をして来てよかった、と思った。

お社を出て家に戻ろうとしたとき、ふいに横辻《よこつじ》に引っ張り込まれた。口を塞《ふさ》がれ押さえ込まれる。頭から袋をかぶせられた。なにも見えない。こうは恐ろしくて声を立てることもできなかった。そのまま抱き上げられる。

かどわかしだ。連れて行かれる。殺されるのか。

ふいに、こうは地面に投げ出された。背中を強く打って息が止まりそうになった。袋をかぶせられたままなのでなにも見えない。誰かが争っているようだ。こうは懸命に袋をむしり取った。すると、暗がりで三人の男が争っていた。二人は見知らぬ男、一人は槇だった。そして、槇の顔は血まみれだった。

こうは悲鳴を上げた。槇が怒鳴《どな》った。

「早《は》よ逃げるんや」

こうは懸命に立ち上がり通りまで転ぶように走った。そこでこうを心配して迎えに来た父と突き当たった。こうは父の手を引っ張り辻までまた駆けた。すると、そこには顔を押さえて倒れている槇の姿があった。こうは悲鳴を上げて昏倒《こんとう》した。

こうを連れ去ろうとした男たちは逃げて行方《ゆくえ》がわからなかった。こうが毎日お参りに行くことを知り待ち伏せしていたのだろう、と父は恐ろしい顔で言った。

槇は顔に酷《ひど》い傷を負い床に伏しているという。こうは槇が心配でならなかった。見舞いに行きたかったが、父は許さなかった。それどころか毎日のお参りまで禁じようとした。

「おこう。おまえのような別嬪《べっぴん》をふらふら出歩かせたのが間違いやった。二度とこんなことがないよう、これからは一人で外へ出ることは許さん」

父は役立たずのおたねを里に帰し、槇には多額の見舞いを送った。槇は命は取り留めたが、顔半分は見るに堪《た》えないものになったという。まだ完全には熱が引かず床についたまま唸《うな》っているそうだ。

それを聞いてこうは居ても立ってもいられなくなった。だが、ただ黙って父に言われた通り奥座敷で一人座っていた。こうは傍目にはどこまでも静かだった。槇のことで頭がおかしくなりそうなのに、心の臓は壊れたように打っているのに、血は熱く沸いているのに、それを表すやり方がわからない。自分が置物であるということに、これほどもどかしさを感じたことはなかった。

三月後、こうは丁稚《でっち》を二人連れて行くことを条件にようやくお参りを許された。

鳥居をくぐるなり、こうは槇を探した。だが、槇の姿はどこにも見えない。こうは心中では狂おしいほど焦がれていたが、傍目には顔色一つ変えず狭い境内を歩きまわった。すると、槇は裏で水を汲《く》んでいた。こうを見ると慌てて顔を伏せた。

「顔を上げてください」

こうは静かに言った。槇の手から手桶《ておけ》が滑り落ちた。浅葱の袴の裾が濡れた。

「うちに顔を見せてください」

すると、槇はゆっくりと顔を上げた。こうには傷のない横顔だけを見せている。

「こっちを向いてください」

しばらく槇は動かなかった。微かに震えているのがわかった。

かわいそう。

こうは激しく心が揺さぶられ、心の臓が破裂しそうなほど激しく打っているのがわかった。

「うちに顔を見せてください。全部」

槇は長い間逡巡《しゅんじゅん》していたが、やがて覚悟を決めたようにこちらを向いた。

槇の顔の右半分は歪《ゆが》んでいた。眼は潰れて眼窩《がんか》は萎《しぼ》み、頬骨から顎まで何度も切りつけられたのか、肉はえぐれて引き攣《つ》れていた。右耳は切り落とされたので側頭部はつるりとなにもない。あるべきものがないというのはこれほどに人を不安にさせるものなのか。丁稚二人が顔を背けて後退《あとずさ》った。

こうはなにも言わず槇を見つめていた。恐ろしい、醜い、とはすこしも思わなかった。ただただ、かわいそうでかわいそうでたまらなかった。

槇はじっと面をこうに向けていた。そして引き攣れた口を動かして声を絞った。

「これでよかったんやと思てます」

槇は笑っていた。その潰れた笑顔を見た途端、こうはすっと身体が楽になるのがわかった。

「ええ、よかった」

今、天秤秤《てんびんばかり》は釣り合った。互いに正しい分銅《ふんどう》を載せたのだ。そのまましばらくまた互いに見つめ合った。

後ろで呆気にとられていた丁稚がうろたえ、間抜けな声を上げた。

「いとはん、もう帰らなあきません。旦《だん》さんに叱られます」

こうは丁稚二人を無視し、槇に命じた。

「お灯明の蠟燭を」

槇は黙って歩き出した。こうはその後に続いた。そして、濡れた浅葱の袴の裾が槇の足にまとわりつく様子、そして、槇がまとわりつく袴を捌《さば》きながら歩く様子をじっと見つめていた。

父はこうを溺愛していたので嫁に出す気はなかった。だが、きょうだい四人が死んでしまった今、こうに婿《むこ》を取らせるしかなくなった。しかし、こうは首を横に振った。はじめての抵抗に父は驚いた。

「おまえ、もしや好いた男がいるんか？」

それは家長としての心配と男としての嫉妬《しっと》と猜疑《さいぎ》が一緒くたになった非常に醜いものだった。だが、こうの振る舞いになに一つ怪しいところはなかった。こうが家を出るのは、毎日神農さんにお参りするときだけだ。もしや境内で逢瀬《おうせ》でも、と思ったが、こうはただ黙ってお灯明を上げて拝むだけだ。誰と口をきくでもない。

お社にはかつてこうを助けた槇という神職がいた。もう浅葱の袴ではない。紫の袴を着け、立派に社を守っていた。以前は涼しい美形であったが今では二目と見られない容貌に様変わりした。いくら恩人とはいえ、あれに心を動かす女はおらぬと思われた。

実際、槇は哀れな男だった。みなは槇の顔を厭い恐れた。三嶋屋の娘を助けて斬られたと知っているから面と向かって誹《そし》る者はいない。だが、みな心の中でこう思っていた。大事なお社を守る者があれでは恰好《かっこう》がつかぬ、と。みなのひやりとした態度は日に日に目立つようになり、槇はいつもうつむくようになっていた。

結局、こうの行状には何一つ疑うところがなかったが、跡継ぎの問題を放っておくことはできない。父は婿を求め四方に声を掛けた。そして、とうとう婿が決まった。同じ町内で薬種問屋を営む前田《まえだ》屋の次男坊、長二郎《ちょうじろう》だった。

こうは十六歳で婿を取ることになった。婿はずんぐりとした牛のような男で、少々酒を好む以外は実直で商いには向いていた。長二郎は自分のような醜男《ぶおとこ》が小町を妻にできるなどなんたる果報と大いに喜んだ。

父も母もよい婿が来た、これで家も安泰だ、と安堵《あんど》した。それでもこうは変わらなかった。御寮人《ごりょん》さんとなっても無表情のままただ黙って座っていた。みなは困惑したが、長二郎が満足しているようなのでなにも言わなかった。

だが、婿入りして一年、長二郎は酒に酔って転んでできた傷が膿《う》み呆気なく死んだ。

こうは夫の死にもやはり眉一つ動かさなかった。ただ寡婦として黙って座っているだけだった。

父はまた娘が己の手の中に戻ってきたことを喜びながらも、ふたたび婿探しをしなければならないことにうんざりした。母も露骨に嫌な顔をした。

二人目の婿を見つけるのには少々難渋した。大きな声で言う者はなかったが、裏ではこうのことを鬼か化け物かと噂する者が多かった。あの女の婿になれば魂を取られる、と大真面目《おおまじめ》な顔で言う者までいたのだ。

だが、父はそれでも二人目の婿を見つけてきた。昆布屋の長男、福太郎《ふくたろう》はたいした色男で放蕩《ほうとう》が過ぎて勘当された男だ。松島《まつしま》を出入り禁止になると京の島原《しまばら》まで通ったという筋金入りの道楽者だった。三嶋屋は女遊びで抱えた借財を肩代わりする条件でこうと娶《めあわ》せたのだ。

周りの者は三嶋屋の心中を慮《おもんぱか》って気の毒に思った。顔は綺麗だが化け物の娘がいるせいで、あんな放蕩者にすがるしかない。たとえ跡継ぎができたとしても福太郎が散財して店は傾くだろう、と。

だが、福太郎はこうの美貌に夢中になった。大方《おおかた》の予想を裏切り、こうのために女遊びもぴたりと止《や》め毎日店に出て商いの勉強をはじめた。こうは相変わらずにこりともせず、奥回りの差配を手伝うわけでもなく、ただ置物として奥座敷に座っていた。それでも福太郎は文句も言わず、まるでかしずかんばかりにこうを大切にした。みなは驚き、それから安堵した。これでなにもかも上手《うま》く行くだろう、と三嶋屋の両親は久しぶりに明るい気持ちになったのだ。

だが、福太郎が婿に来て半年ほどで三嶋屋は再び弔いを出すことになった。昔の遊び仲間の誘いを断ったことで諍《いさか》いになり、福太郎は真冬の大川《おおかわ》に落とされ帰らぬ人となった。

こうは十八歳になったばかりで二度目の寡婦となった。店の手代《てだい》、小僧の誰かを養子にしてこうの婿にすることも考えた。だが、誰も首を縦には振らなかった。

――旦那さん、それだけはご勘弁ください。わしにはもったいなさすぎて。

みな口ではそんなことを言ったが、顔は青ざめ震えていた。その様子を見ると父も母もなにも言えなくなった。

それでも諦《あきら》めるわけにはいかなかった。もう大坂の町からは婿を見つけることができず、困り果てて番頭に相談した。番頭は恩義のある主人の願いを拒むことができず、己の故郷である播磨国《はりまのくに》から縁者を呼び寄せることにした。佐助《さすけ》は海に近い村の出身で気性の荒い男だったが、やはりこの男もこうに夢中になった。これほど綺麗なおなごは見たことがない、とまるで魂を抜かれたかのようになった。

佐助はこうのために、と短気を抑え、番頭に付いて回って一から仕事を憶《おぼ》えた。だが、この男はたった三月で命を落とした。蔵の梯子《はしご》段を踏み外して真っ逆さまに落ちて首を折った。その知らせを聞いたこうはやはり眉一つ動かさなかった。

弔いは恐ろしく静かだった。哀しみよりも恐ろしさのほうが先に立ち、みな慄然《りつぜん》と青ざめていた。こうに話しかける者は誰もいなかった。そばに寄ることすら避けた。こうは触れてはならない恐ろしい置物だった。

野辺《のべ》送りが終わった夜、こうは父と母に問いただされた。両親の顔には血の気がなかった。父の顔にははっきりと恐れが、母の顔には嫌悪があった。

「おこう。おまえはこれからどうしたいのや」

こうは返事をしなかった。にこりともせず座っているだけだ。

「これからずっと独りでいるというわけにもいかんやろ。いっそ尼にでもなるか」

「嫌や」

こうがきっぱりと言い切ると、父も母も驚いた顔をした。

「尼になれへんのやったらどうする？　ずっとここに座ってるんか」

こうは返事をしなかった。それからは、どれだけ両親がなだめすかしても一言も口をきかなかった。

両親が途方に暮れた顔をした。春の暮れ、ひやりと冷たい座敷に座るこうは完璧な置物だった。

「おまえは置物や。すこしの温《ぬく》みも感じられへん。かけらほどの情けもない。でも、ただの置物やない。恐ろしい置物や」

父の額には汗が浮いていた。父も母も細かく震えている。ふいに母が泣き出した。

「……なんという化け物を産んでもうたんやろう」

泣き伏す母をこうは黙って見下ろしていた。すこしも心は動かなかった。すると、父が悲鳴のような声で呻いた。

「我が娘ながらおまえは恐ろしすぎる。おまえの美しさは人の持てるものではない。おまえはやはり鬼の子や。化け物や」

その夜、母が熱を出し、十日ほど臥せって亡くなった。母が死んでもやはりこうは涙一つこぼさなかった。

父は恐ろしさのあまりこうを奥座敷に押し込めた。それきり二度と顔を見に来ることはなかった。

こうは奥座敷の縁側から暮方《くれかた》の空を見ながら、これまでのことをつらつらと思い出していた。両親に言われるまま十六で婿を取り、髪を結い鉄漿《かね》を付けた。そして、夫に抱かれた。

はじめての夜、こうは懸命に槇の顔を思い描いた。自分の上にいる男は槇なのだと思い込もうとした。傷のない綺麗な顔の槇に自分は抱かれている。そうだ、この男は槇だ。今、自分の上に槇がいて動いている。

ああ、かわいそうに、かわいそうに。

そう思った瞬間涙が溢《あふ》れた。すると、槙に強く抱きしめられた。こうもしっかりと槙を抱きしめた。歓喜と高揚で勝手に声が出た。

気がつくともう槙はいなくなっていた。隣にいるのは両親があてがった夫だった。こうは落胆した。

翌朝、夫は言った。

――なあ、おこう。おまえは床の中ではあれほど激しいのに。明るなったらただの置物に戻ってもうた。

だが、こうには夫に答える言葉はなかった。そして、いつものように神農さんにお灯明を上げに行った。お社で槙は黙って勤めをしていた。あれほど熱く自分を抱いたのに、とこうは昨夜のことを思い出し不思議な気持ちがした。

こうは昼間は置物だった。夫がなにを言おうと返事一つせず、ただ黙って座っていた。内儀《ないぎ》としての仕事は何一つしなかった。ただ毎日神農さんにお参りに行くだけだった。

なにを言われようと動じないこうに匙《さじ》を投げ、夫はまるで昼間の怨みを晴らすかのように、夜になると獣のようにこうを求め、責めた。だが、それはこうにとって「槙」でしかなかった。こうはそんな槙がかわいそうで毎夜すすり泣き歓喜にあえいだ。

一人目の夫が死ぬと二人目の夫が来た。同じことの繰り返しだった。こうはまた槙に抱かれて声を上げた。そして、二人目の夫も同じことを言った。そして、死んだ。

三人目も同じことが繰り返された。三人目の夫が死んだとき、こうは十九歳になったのだった。

　こうが店を出るとみな慌てて眼を背け、道を空けた。こそこそと声が聞こえてきた。鬼、化け物、と。ほどなくして母も死に、父に奥座敷に押し込められることになった。

　自分はなにもしていない。だが、きょうだいも夫も母も、みな勝手に死んで行く。もしかしたら本当に自分は化け物なのだろうか。

　もし仮に槇と一緒になることがあったら、槇も死ぬのだろうか。でも、槇ならきっと言ってくれる。

　――これでよかったんやと思てます。

　槇なら、きっと。こうは奥座敷に座ったままひたすら槇のことを考えていた。

　そんなとき、お伊勢様のお札が降った。


　文政《ぶんせい》から天保《てんぽう》へ世が移ったその年、三月におかげ参りが起こった。

　はじまりは阿波国《あわのくに》だという。続いて紀伊国《きいのくに》、和泉、大坂と広がり、やがてあちこちでお札が降った、という噂が聞こえるようになった。

　大坂のとある酒屋の庭の築山《つきやま》に天から降ったお札が留まったとか、川口の荷揚げ船では空を舞うたくさんの札が見えたという。だが、そのお札は落ちてこず、どこかに飛び去った、と。

　堺《さかい》の港にも降ったとか、いたるところにお札が降った。

　おかげ参りは六十年に一度起こるとされている。なのに、今回は一年早くはじまった。こうは前倒しのおかげ参りに激しく心が沸き立つのを覚えた。家にいるときは置物でしかなく神農さんにお参りして槇を見たときだけ動く心が、なぜか「お札が降った」ということだけで熱くなった。

神農さんはもともと伊勢講からはじまった神社だ。境内にはお伊勢様への遥拝所《ようはいじょ》もある。要するにお伊勢様と繋《つな》がっているのだ。おかげ参りの熱狂の激しい渦は神農さんを通してこうの心を揺り動かしているのだ。

おかげ参りの熱気は大坂の町を包み込んだ。近在の人間だけではない。阿波から、薩摩《さつま》から大勢の人間が船を仕立てて大坂に乗り込み、お伊勢様を目指した。おかげ参りの印は「柄杓」だった。みな、柄杓を手に持ったり腰に差したりして、旗を立てて進んでいったのだ。

大店《おおだな》は揃って施しをした。宿を提供し、粥《かゆ》を振る舞い銭を与えた。大坂の町はおかげ参りのせいで品不足に陥り、米や野菜、それに草鞋《わらじ》のたぐいまで値上がりした。

無論、三嶋屋も狂乱に巻き込まれた。使用人の小僧たちが抜け参りと称して出奔《しゅっぽん》した。施しの世話をしていた下働きの女たちも、一人、二人と消えた。みなが浮き立っていたのだ。こうは奥座敷で一人胸を滾《たぎ》らせていた。行かねばならない、自分もお伊勢様に行かねばならない。槇と行かねばならない。そのことばかりが胸に渦巻いていた。

ある日、こうは往来を行く不思議な女たちを見た。

年若い女、五十人ほどが手に柄杓を持ち、囃《はや》し立てながら歩いて行く。なんとも奇態な風体《ふうてい》だ。男髷《おとこまげ》を結い、手拭《てぬぐ》いでほおかむりをしている。男柄の大島《おおしま》にびろうどの男帯、裾をからげて緋縮緬のふんどしを見せているのだ。笠には御陰、振り立てた旗には抜け参りと黒々と記されている。

男の恰好をした女たちは大声で歌を囃し立てながら歩いていった。


御陰でさ、するりとさ、抜けたとさ。


こうは歌う女たちの口を見ていた。女の歯はみな白かった。鉄漿《おはぐろ》を付けていないのだ。五十余人の女たちがすべて嫁いでいないとは考えられない。真白い歯から飛び出す声は猥雑《わいざつ》でこうの心を激しく揺さぶった。

こうはもう居ても立ってもいられなかった。その夜からこっそりと旅支度《じたく》をはじめた。これまでの三人の夫が身に着けていた着物の丈と裄《ゆき》を詰め、緋縮緬の帯を裂いてふんどしを仕立てた。髪を下ろして男髷《まげ》に結い直して笠をかぶる。仕上げに水屋から柄杓を一本拝借し、夜明けを待って店を抜け出し槇の許《もと》へ走った。

槇は男姿のこうを見て息を呑んだ。こうは白々《しらじら》と射《さ》し込む朝の光に真っ赤なふんどしを誇らしげに輝かせていた。

こうは大きく息を吸い込んだ。そして、歌った。


御陰でさ、するりとさ、抜けたとさ。

槇も震えながら歌った。歌い終わるとこうを抱きしめ激しく口を吸った。槇の暗く潰れたおののきがこうの中へ流れ込んでくる。こうは黒い塊を呑み込むと、槇の冷たい唇を強く吸い返した。

大坂から伊勢の間には険しい伊賀《いが》と鈴鹿《すずか》の山々がある。伊勢を目指すには様々な街道があったが、一番距離の短いのは伊勢本街道で難所揃いではあったが一番多くの人が往来した道だ。

こうと槇は伊勢本街道を進んだ。まずは大坂と奈良の間にある暗峠《くらがりとうげ》を越え、奈良に入ると南に下る。桜井《さくらい》で東に進み榛原《はいばら》からは険しい山道だ。沿道でみなと同じように施しを受けながら歩き続けた。こうの足取りは軽かった。重い着物も苦しい帯もない。裾をからげてざくざく歩くのはなんと気持ちのよいことか。こうは他のお参りの人と声を合わせて歌を歌った。時折、猥歌《わいか》も聞こえてきたが平気で声を合わせた。こうはもう置物ではなかった。

街道筋の小屋の陰で、峠の暗がりで、槇とこうは何度も激しく交わった。まるでたががが外れたように互いを求め合った。だが、どれだけ槇に抱かれてもこうは飽きることはなかった。朝に抱かれれば昼に、昼に抱かれれば夜に、夜に抱かれればそのまま朝まで槇を求めた。

「槇様。はじめて逢《お》うたとき、なにを一所懸命祈ってはったんですか？」

その問いに槇は愕然《がくぜん》と眼を見開いた。それは、と言葉を濁して語らない。だが、こうは納得できなかった。こうが槇を見初《みそ》めたのは、あのときの槇の様子が尋常ではなかったからだ。

「槇様、お願いします。うちになにもかも話してください」

するとと、槇は逡巡した挙げ句、どこか忌々《いまいま》しそうな、恐ろしそうな口ぶりで話してくれた。

「私は幼い頃からずっと赤い女の夢を見ていた。顔はわからへん。歳も背恰好も着てるものもわからへん。ただ、眼が覚《さ》めたときに思う。赤い女やった、と。私はその夢が恐ろしくてたまらず、それでいて待ち遠しくてたまらず、昼も夜も震えてた。両親は私を占者の許に連れて行ったり様々な加持祈禱《かじきとう》をした。だが、夢は止《や》めへんかった。ならばいっそ、と私は神職に就いた。あのとき、私は私のために祈ってたんや」

槇は暗く淀《よど》んだ声を軋《きし》らせ、こうの胸元に手を差し入れた。

「私は己のことしか考えてへんかった。あなたに逢うてからはあなたのことしか考えてへん。神に仕える資格などあらへん」

「では、うちは槇様の赤い女なのですか？」

「ああ、そうや。あなたが緋縮緬のふんどしを私に見せつけたとき、確信した。あなたが私の赤い女や」

槇の残った片眼が鎌のように細くなった。嬉《うれ》しい。こうは槇に乳を摑《つか》まれ声を上げた。引きちぎれそうな痛みに喜びを感じた。神農さんが引き合わせてくれたのだ。二人でお伊勢様へ行けばすべてが成就する。もう決して離れない。

槇は神職としての袴を脱ぎ、他の巡礼者と同じように脚絆《きゃはん》に草鞋、帯に柄杓を差した旅姿だったが、これからお伊勢様に参るという晴れやかさはどこにもなかった。それどころかまるで人目を避ける無宿人のような惨めさがあった。槇の笠にも御陰と墨書《ぼくしょ》されている。笠を深くかぶり、潰れた片眼も失われた片耳もほおかむりをしていればわからない。なのに、槇は眼を伏せて歩いた。

「槇様、槇様」

こうは槇に何度も笑いかけた。身の内から湧き上がる力を持て余していたのだ。だが、こうと交われば交わるほど槇の顔は曇っていくように思えた。顔の傷はより濃く震え、潰れた眼はより暗く深くなった。

大坂にいた頃、眼も言葉も交わすこともなかったが、それでも互いの思いは通じているとこうは感じていた。だが、今は違う。眼を交わし、言葉を交わし、身体を交わしているのに槇はどんどん遠くなる。こうは湧き上がる不安を抑えつけ、懸命に声を張り上げ歌った。

「御陰でさ、するりとさ、抜けたとさ」

こうは槇に緋縮緬のふんどしを見せつけた。自分は槇の赤い女なのだ。運命の女なのだ。なのに、槇は声を合わせて歌ってはくれないのだ。

だが、今さら引き返すことなどできない。こうは槇と進み続けた。お伊勢様に参ればなにもかもが変わる。槇の気持ちも落ち着くだろうと思って歩き続けた。

大坂を出て一週間。とうとう伊勢に着いた。

お伊勢様に参るには作法がある。まず豊受大御神《とようけのおおみかみ》をお祀りした外宮《げくう》に参り、それから天照《あまてらす》大神《おおみかみ》をお祀りした内宮《ないくう》に参る。

外宮北門の前にはみながここまで持ってきた柄杓が捨てられ山を成していた。

こうは大きく腕を振り上げ、山の頂上めがけて柄杓を投げた。柄杓は力強い弧を描いて山の一番てっぺんに突き刺さった。こうは誇らしい気持ちになり、槇のほうを振り返った。

槇は柄杓を握りしめたまま逡巡していた。こうは沸き立つ気持ちを抑えきれず、槇を促した。

「さ、槇様。柄杓を投げなはれ」

槇が柄杓を投げた。山の中腹に当たって転がり落ちる。その様子を槇は精も根も尽き果てたような顔で眺めていた。

豊受大御神を祀った正宮にお参りし、こうと槇は外宮を後にした。これから向かう内宮でこの旅は行き止まりだ。

今になってこうは恐ろしくなってきた。お参りした後はどうすればいいのだろう。なにも思いつかない。だが、もうここまできて引き返すことはできない。

こうと槇はとうとう内宮までやってきた。眼の前には五十鈴川《いすずがわ》が流れ、宇治橋《うじばし》が架かっている。ここが人間と神様のすむ境目で向こう岸はもう聖域だ。

兄弟を、母を、三人の夫を喰らった己が橋を渡ってよいのだろうか。そんなためらいがないわけではない。だが、こうは己に言い聞かせた。そう、お札が降った。あれは神様のお告げ、六十年に一度のおかげ参り。なにもかもお伊勢様の心のままなのだ。槇と二人、堂々と橋を渡ればよい。そう、この宇治橋を渡って神の声を聞けばいい。

だが、橋のたもとで突然槇が動かなくなった。

「槇様、どないしはったんですか」

槇は黙って震えている。さあ、とこうは槇の袖を引いた。槇はじっとこうを見下ろし、ごくりと生唾を呑み込んだ。

「槇様、参りましょう」

きっぱりと言うと、槇の眼が一瞬大きく見開かれた。

「ああ」

槇がうなずき、一歩踏み出そうとした。その瞬間、どん、と後から来た人に肩を突かれ、こうはよろめいた。草鞋の紐《ひも》が切れ、思わず膝を突いた。すると、槇が慌てて助け起こしてくれた。後から後から人がやってくる。このままでは潰されてしまう。こうと槇は慌てて橋から離れた。

こうは笠を脱ぎ、ほおかむりをしていた晒《さら》しの手拭いを取った。端を裂き、切れた草鞋を繕う。槇はこうの傍らでうずくまったまま動かない。

「槇様、槇様」

こうは懸命に槇を促した。だが、槇は動こうとしない。

「槇様」

強く言うと、槇がようやく顔を上げた。そして、地に膝を突いたまま一つしかない耳と眼で天を仰いだ。

「ああ、やはり橋を渡ることなどできへん」

槇が顔を覆った。橋の袂で泣き伏す槇を見てこうは愕然と打ちのめされた。そこにいるのはありとあらゆる悔いの塊だった。

「私は神職でありながら神様なぞどうでもよかった。ないがしろにしてたんや。あなたを穢《けが》すことしか考えてへんかった」

槇が泣きじゃくった。

「あのとき、蠟燭さえ拾わへんかったら……」

槇が顔を上げた。そして、潰れた眼からも涙を流しながら、引き攣った笑みを浮かべたのだ。

「いや、ずっとずっと昔からや。赤い女に夢で逢うた後は必ず、自分で自分を穢してた……」

槇は橋の袂で泣き笑いを続けた。こうは槇を見下ろした。そして、かわいそうに、と思った。神農さんではじめて蠟燭を手渡してもらったときから、自分は身と心の両方で槇を穢していた。それは恋でもなんでもない。ただの残虐で非道だ。槇という一人の男のなにもかもを台無しにしてしまったのだ。


参宮が叶わず消沈《しょうちん》した槇はその日からすこしずつ弱っていった。

「大坂に帰りましょう」

こうは槇を励ました。店に戻って父になにもかも話そう。これはおかげ参りなのだ。勝手に家を出てもなにもおかしくない。きっと許してもらえる。そして、槇を夫にしよう。店のことを憶えてもらえばいいだけだ。

だが、そんな言葉を口にしながら、こうは己の心が嘘《うそ》をついていることに気付いていた。大坂へ戻って再び置物になるつもりなど本当はこれっぽっちもなかった。このままどこかへ歩いていきたいと思っていたのだ。

打ちのめされた槇とこうは当てもなく町を彷徨《さまよ》い、精進落《しょうじん》としの色街《いろまち》、古市《ふるいち》までやってきた。

「槇様、私はここで働いてみましょか。どこか一軒くらい私を使《つこ》うてくれるところがあるかもしれません」

おかげ参りの終わりは古市だ。精進落としと称して遊郭に上がる。古市には妓楼《ぎろう》が七十軒ほども軒を連ねていた。

「なにを阿呆《あほ》なことを」

槇が青ざめた顔に朱を上らせた。

だが、こうは本気だった。槇を穢したのは自分だ。ならば、自分はそれ以上に穢れるべきだ。神職を穢した罪を古市で償うのは非常に正しいことのように思えた。

「槇様がうちのせいで穢れてもうたのなら、うちはもっともっと穢れなあきません。そやからここで働きます」

「もう言うな」

引き攣れた唇で吐き捨てるように言うと、槇は顔を背けた。槇のこれほど強い言葉を聞くのはじめてだった。こうは身体の芯に痺れを感じた。やはり自分はまだこの男に夢中なのだ。この男と離れることなどできない。

「槇様」

こうがそっと槇の背中に手を触れると、槇は瘧《おこり》のように震えだした。そして、小さな声で呟いた。

「あなたをここで働かせるわけにはいきません。大坂へ帰りましょう」

槇とこうは色街を後にし、歩き出した。

帰りは伊勢本街道を通らず、高野街道を通ることにした。そして、いつしか迷った。いや、迷ったというのではない。どちらともなく道を外れたのだ。そして、紀伊と和泉の間のどこか、深い山の中に分け入っていった。

流れの速い滝川を遡っていくと、茶屋があった。瀧口屋と大きな看板が上がっている。すこし休ませてもらおうと立ち寄った。

「お伊勢さまの帰りか？　ずいぶんくたびれているようやが」

茶屋の主人は槇よりも二つ三つ年嵩《としかさ》の男だった。滝川のそばに住んでいるせいか、まるで水の轟《とどろ》きのような深さを感じさせながらそれでいて澄んだ眼をした男だった。

こうは呆然《ぼうぜん》と男を見つめた。声が出なかった。足ががくがくと震え、胸の鼓動が激しすぎて痛い。滝壺《たきつぼ》に突き落とされたような衝撃だった。

今、なにもかもがわかった。

そう、お伊勢様のお札が降った。自分とこの男を会わせるために、お伊勢様がお札を降らせたのだ。

この男に出会うため、この男に抱かれるため、自分は生きてきた。槇と出会ったのも、二人でおかげ参りに出かけたのも、五十鈴橋を渡ることができなかったのも、なにもかもこの男に会うためだった。

すべてが変わってしまった。こうは血の気が引いて立っているのがやっとだった。

「では、俺も施行を一つ」

男は焙《ほう》じたての茶と草餅を振る舞ってくれた。熱く香りの高い茶がこうの身体の中を芯から温めた。男は草餅を炙《あぶ》ってくれた。焦げ目の付いた餅は香ばしく、一口かじると中の餡《あん》は火傷《やけど》しそうに熱かった。まるで男がこうの中に入ってきたようだった。臓腑が灼《や》かれる、と思った。この男に身体の中から灼かれる。こうは夢中で食べた。

だが、槇はほとんど手を付けなかった。見ると、汗をかいて震えている。こうがその手を取ると驚くほどに熱かった。そのまま槇はぐらりと傾き倒れて気を失ってしまった。

男は槇を負って二階の部屋に運び込み、布団を敷いて寝かせてくれた。

槇は酷《ひど》く汗をかいていた。背中はぐっしょりと濡れたようで薄い布団も湿っていた。こうは男に手伝ってもらって槇の汗を拭いて着替えさせた。ぐったりと人事不省《じんじふせい》の男の身体は重かった。病人の世話が終わったときには、こうもすっかり汗をかいていた。

男に言われて冷たい谷川の水で汗を流した。さっぱりして戻ると春だというのに火鉢に炭を熾《おこ》していた。

「冷えたやろう。ここで火に当たればええ」

こうは火鉢で手を炙った。灰だらけの火鉢だったがすぐに熱は身体中に広がった。

男がまた熱い茶を淹《い》れてくれた。身体の内が熱くなる。こうは男の眼を感じながら飲んだ。かっかと全身が燃えていた。

「俺一人の寂れた店や。遠慮はいらん。身体が治るまでゆっくりしていったらええ」

そう言いながら、男はじっとこうを見ていた。着物を突き通すような眼は槇よりもずっと直截《ちょくせつ》で激しかった。

「山で迷ったのはわざとです。きっと死のうと思てたんです。二人とも」

こうは着たばかりの着物の帯を解いた。男がはっと眼を見開いた。

「でも、わかりました。私はあなたに逢うためにここまでやってきたんです」

ゆっくりと絣の男着物を肩から滑らせる。ほんの一瞬、男の眼に怯《おび》えが浮かんだ。

「あなたさまの御名《おな》は」

「……望月。おまえは」

「こう」

こうは望月にしがみつき自分から口を吸った。望月はこうを抱きしめ冷たい床の上に押し倒し、緋縮緬のふんどしをむしり取った。

こうは眼を開けて望月の顔を見ていた。自分の上で動いている男はもう槇ではなかった。ようやく正しいところにたどり着いた。こうは歓喜の涙を流した。なにもかもこのときのためにあった。これがお伊勢様のご意思だ。

隣の部屋では間違った女に穢された槇が熱にうなされている。なのに、自分は正しい男に抱かれて声を上げている。町の人が言っていたことは間違いではない。自分は鬼だ。化け物なのだ。

「おまえたちはこれからどうするつもりなんや」

望月が身を起こし、着物を着た。

こうは裸のまま薄い布団の上で片膝を立てていた。どう答えようか、と迷って出た言葉はやはりこれだった。

「かわいそうに」

「あの病人がか？」

「肥やしやったんです。なにもかも」

望月が怪訝《けげん》な顔をしたがこうは答えなかった。

はじめて槇に出会ったとき、かわいそうに、と思った。理由がわかった。槇がかわいそうなのは、こうが望月に出会うための肥やしだったからだ。

瀧口屋に厄介《やっかい》になって十日、槇の熱は上がったり下がったりを繰り返した。朝方はそれほどではないが昼過ぎから上がりはじめ、夕方、夜には火のような熱になって動けなくなった。

*

槇は寒い寒いと言い続け、ぶるぶると震えていた。そして、熱に浮かされうわごとを言い続けた。夢の中では、槇はまだ五十鈴川のほとり、宇治橋の袂にいるらしかった。

──渡りたいのに……よう渡らん。私は、私は……。

夢現《ゆめうつつ》に槇はこうへの怨み言を口走ることもあった。

──恐ろしい。あれは恐ろしい……。私は穢されてしもうた。

こうは槇の額を冷やし、汗で濡れた身体を拭いてやった。だが、どれだけ介抱しても槇の熱は下がりきることはなかった。日に日に槇がおかしくなっていくのがわかった。

茶屋は繁盛というほどではないが、まったく寂れているというわけでもなかった。毎年、紅葉の祭りの頃には人が押し寄せるというがそれ以外の時期は客は少なかった。

望月は一人で餅を搗《つ》き茶を淹れた。やがて、こうも手伝うようになったが生まれ育った家でもやったことがない。あまりの手際の悪さに望月が苦笑した。

「紅姫様はほんまに願いを叶えてくれはるん?」

「さあな。でも、お優しい姫様やから、苦しんでる人を見たら助けてくれはるんと違うか」

望月は毎朝毎夕紅姫の祠にお灯明を上げに行き、花を供え掃除をする。こうも同道するのだが、望月は手出しをさせない。これは自分の仕事だという。心の底から紅姫を悼《いた》んでいるようだった。

「ほんまに大事にしてはるんやね」

望月に言う。すると、ほんのすこしためらって望月は苦笑した。

「お灯明を絶やすとなんだか怖いような気がしてな」

怖いと言いながらも、喜んでお参りしているようにしか思えなかった。ふっとこうは胸が痛くなった。そして気付いた。ああ、自分は紅姫に嫉妬しているのだ。それほどこの男に夢中なのだ、と。

「祭りが来たら、うちもお願い事をしようと思てるねん」

「どんな願い事や？」

こうは返事をしなかった。願い事は決まっていた。

――あんたといつまでも一緒にいられますように。

槇の回復を願わない自分はやはり心がないのかもしれない。だが、心に嘘はつけなかった。

望月はそれ以上は訊《たず》ねずぼそりと呟いた。

「なら、俺も一つ願い事をしてみようかな」

「なにを願いはるん？」

望月も返事をしなかった。そして、黙って祠に積もった落ち葉を払い落とした。

ある朝、槇に粥を食べさせていると、槇がふいに碗を押しのけた。

「あなたは茶屋の手伝いをしてる。まるであの男と仲睦《なかむつ》まじい夫婦のように」槇は肩を上下させ、かすれた声を絞った。「大坂におった頃、社であなたの噂をよく聞いた。あまりにも美しすぎて、なにもせずただ置物のように座っている、と。やのに今は甲斐甲斐《かいがい》しく立ち働いている。なにがあなたを変えたんやろう」

「世話になっとるから手伝うとるだけや」

槇はじっとこうを見た。それから笑い出した。ぎょっとしてこうは槇の顔を見つめた。歪んで引き攣れた笑みは、裂けてひびの入った木像のようだった。

「私にはあなたがわからへん。私の手から蠟燭を受け取ったあなたはあんなにも清らかやったのに」

槇の一つしかない眼がぎらぎらと赤く光っていた。こうは思わず息を呑んだ。

「私は毎日あなたの声を聞いている。あの男に抱かれて痴態の限りを尽くす、浅ましいあなたの声を聞いている。私はあなたが憎くてたまらない。なのに、私はあなたが欲しい。毎夜毎夜クスノキの下であなたを思てた。私はあなたでなければならないのや」

槇がこうの肩を摑んだ。こうの腕から粥の入った碗が滑り落ちた。

「私はなにもかも失《うしの》うたんです。近いうちに私も死ぬんやろう。あなたの三人の夫のように。

そして、あの男も……」

　そこで激しく咳《せ》き込んだ。喉が切れたのか血が飛んだ。

「これでよかったんやと思てます」

　槇が血を吐きながら笑った。こうは粥の後片付けもせぬまま慌てて逃げ出した。

　その夜、こうは望月と抱き合って眠った。

　ふっと焦げ臭い匂いで眼が覚めた。

　半醒半睡のまま、ああ、とこうは思った。誰か薬湯を煎じすぎたのだ。火に掛けたまま忘れてしまって焦げたのだ。どうせ新入りの丁稚だろう。貴重な薬を台無しにされてどれだけ父が怒るだろう。

　そこではっと身を起こした。ぱちぱちと音が聞こえる。こうはそこで激しく咳き込んだ。部屋の中にはもう煙が満ちていて眼が痛くて涙が出た。

「火事や、起きて。燃えてる」

　こうは慌てて望月を揺り起こした。望月は眼を覚ますと、あたりを見回し弾かれたように立ち上がった。

「逃げるんや」

　部屋の戸を開けて立ちすくんだ。あたりはもう火の海だった。そして、その真ん中に槇が立っていた。手には何本もお灯明用の蠟燭を持っていた。

　槇がこうをにらみ据え軋り声を上げた。

「おまえが殺した。みんなみんなおまえが殺した。おまえのせいで死んで行く」槙が甲高い哄《こう》笑《しょう》を放った。真っ赤に燃える蠟燭を突きだした。「おまえは赤い女や」

こうは立ちすくんだ。望月がこうの腕を取った。

「かまうな、逃げるんや」

階段はもう火が回っておりられなかった。望月が窓を破った。冷たい夜気が入ってきて、炎が勢いを増して渦巻いた。

「ここから降りるんや」

こうを高欄《こうらん》に押しやった。こうは高欄を乗り越え、ぶら下がった。眼をつぶって手を離す。ぬかるんだ地面に叩き付けられた。一瞬、息ができなくなった。

凄《すさ》まじい熱だ。こうは慌てて瀧口屋から離れた。もう茶屋全体が火に包まれている。こうは懸命に窓を見上げた。

だが、誰も出てこない。望月も槙も降りてこない。こうは恐ろしくて声も立てられなかった。

そのとき、窓から一瞬黒い人影が見えた。だが、すぐにそれは部屋の中に引き戻され消えた。

次の瞬間、窓から炎が噴き出した。こうは呆然と見守った。中で槙と望月が燃えている。二人の男が地獄の炎に灼かれているのだ。

ばり、ばり、と家が崩れはじめた。こうは滝への山道を駆け出した。笹原を抜けると、朝焼けに照り映えた祠が真っ赤に染まっていた。こうは思わず息を呑んだ。赤い。赤い祠だ。まるで燃えているようだ。

「紅姫様、お願いします。助けてください……」

こうは赤く染まった祠に手を合わせながら叫んだ。

「紅姫様、お願いです。あの人を助けてください。うちをほんまの人にしてくれた、たった一人の男なんです。頼みます……」

瞬間、滝の音を掻《か》き消すかのようにごうっと風が唸りを上げ、真っ赤な祠が揺れた。まるで赤い女が叫んでいるようだった。

そのときわかった。もらい火だ。この火が移って男たちは燃えたのだ。自分は赤い女などではない。紅姫こそが赤い女だ。

こうは髪を振り乱し、ああ、と声を絞った。違う。紅姫は人の願いを叶えたりしない。怨むだけだ。望月に会ったのもお伊勢様のご意思などではない。紅姫の怨みだ。こうのきょうだいを殺し、槇の顔を傷つけ、三人の夫を殺した。こうと望月を逢わせ、焼き殺すためだ。

こうは祠を背にして駆け出した。瀧口屋を目指して山を下る。着物の裾は笹原の露に濡れて、足に貼り付いた。そのとき、思い出した。槇の浅葱の袴が触れてまとわりついていたこと。クスノキの下で互いに口を吸ったこと。三人の夫に抱かれたこと。柄杓を手に、緋縮緬のふんどしを締めたこと。望月にしがみついて背中に爪を立てたこと。

瀧口屋はもう半分が崩れかけていた。火の勢いが凄まじくて到底近寄れない。こうは息を止め、地面に転がる焼けた杉板を拾った。まだ半分燃えている。こうは杉板を手に再び祠を目指した。石段を駆け上がりながら大声で歌った。

御陰でさ、するりとさ、抜けたとさ。


祠はまだ赤く輝いていた。どうどうという滝の音に負けず、こうは声を張り上げた。

「ねえ、紅姫様。あんたの怨み、うちはようわかる。恋しい男に裏切られてどんだけ苦しかったやろ。どんだけ哀しかったやろ。どんだけ憎かったやろ。かわいそうに」

こうは燃える杉板を祠に向けて突き出した。

「でもね、紅姫様。あんたが怨むように……うちもあんたを怨むから」

紅の炎を上げる板を祠に投げ込み、杉の葉を両手にいっぱいくべた。杉の葉はしばらくくすぶっていたが、突然ぱっと明るく燃え上がった。やがて祠が炎に包まれる。こうは祠が焼け落ちるのを見届けると満足し、眼をつぶって滝に身を投げた。


数年後、少彦名神社は大塩平八郎《おおしおへいはちろう》の起こした乱で焼け落ちた。みなはこっそり噂した。こうと槇がお社を穢したせいだ、と。

こうの実家の三嶋屋は娘の乱行を大いに畏《おそ》れ、紅姫の祠を建て直した。そして、再び川沿いに茶屋を出すだけの金を置いていった。

その頃、あちこちに身寄りのない子がいた。おかげ参りの途中で親に死なれたり捨てられたりした子たちだった。村では適当な子をもらい受け、祠の守と茶屋の仕事をさせることにした。再び紅姫の祠にはお灯明が上がり、瀧口屋はお参りの人で賑わうようになった。

宮様の御首《おんくび》

望月《もちづき》が滝にたどり着いたのは冷たい雨が降り続く梅雨の終わりの頃だった。

水量を増した滝は腹に響く音を立てて落ちていき、滝壺《たきつぼ》は唸《うな》りを上げて逆巻いていた。滝を見下ろす崖の上にはまだ若いもみじが誇らしげに枝を広げている。雨に濡《ぬ》れた青葉は潔い鮮やかさで、まるであたりの空気までも清冽《せいれつ》にするかのようだった。

「ここでよいか、久礼《くれ》」

ふいにごうっと風が吹いて青もみじが風で揺れた。滴《しずく》がばらばらと音を立てて礫《つぶて》となって望月を打つ。一瞬、息が止まるかと思うほどの激しさだった。

「そうか、よいか」

望月はもみじの若木の下に石を積んだ。そして、山に入って笹百合《ささゆり》を摘むと竹筒に挿《さ》して石の前に飾った。ただそれだけのことだったが、なにか塚のようなものにはなった。

網代笠《あじろがさ》を取って濡れた下草の上に腰を下ろすと経を読んだ。念彼観音力《ねんぴかんのんりき》、と繰り返し唱えていると背後で足音がした。

経が終わって振り向くとまだ若い杣工《そまく》が立っていた。背負子《しょいこ》には濡れた粗朶《そだ》が高く積まれて重たげだ。

「お坊様、ここでなんの弔いを」

杣工がおそるおそる訊《たず》ねた。

「吉野《よしの》の帝《みかど》、後醍醐帝《ごだいごてい》の御代《みよ》にはこの辺りの山で戦があった。笠置《かさぎ》、信貴《しぎ》、吉野、金剛《こんごう》もだ。

ほんの三十年ほど前のことだ」

「ああ、じい様が言うておった。じゃあ、お坊様は戦で死んだ者を弔って山を歩いておられるのだな。もうずいぶんな歳《とし》に見えるがご苦労なことだ」

望月は返事をしなかった。楠《なん》公も、北畠《きたばたけ》公も、帝も、そして宮《みや》様もみな死んだ。宮様の御《み》子《こ》の無事を見届けた今、己がしなければならないことは一つだけだった。

「この滝はくれ滝と言うそうだな。寒さが一番厳しい頃には凍り付くのだと」

「そうだよ。お坊様、よく知ってるな。完全に凍り付いてぴたりと流れが止まって、そこへ陽《ひ》の光が射したときは本当に綺麗《きれい》だそうだ。石楠花《しゃくなげ》の花のように輝く、と。ただ、そこまでは滅多に凍らないそうだ」

「そうか。いつか会えるだろうか」

「どうだろうな。お坊様はもう歳だ。でも、きっと仏様のご加護があるに違いない」

「そうだな。いつかきっと、な」

「お坊様、今夜はうちで休んでいかれたらどうだ。うちのじい様は若い頃戦に出たことがある。ここよりずっと離れた大和国《やまとのくに》、十津川《とつかわ》のお館で馬の世話をしておった、と。お坊様の話が聞けたらきっと喜ぶだろう」

「十津川の……」

望月は眼を閉じた。

今よりずっと昔、十津川の館で娘に会った。くれないに染まった馥郁《ふくいく》たる石楠花の花のような娘だった。そして、長い旅の果て、娘は遠く遠く、ここよりずっと遠く離れた甲斐《かい》の地で風に吹かれて散った。

「戦と旅の話ならできる。宮様と姫の話もな」

またごうっと風が吹いた。甲斐の地を思わせる風だった。

望月は飛ばされぬよう笠をしっかりと押さえながら、杣工について山を下った。

＊

甲斐の野を渡る風がごうっと渦を巻いた。まだ九月だというのに山から吹き下ろす乾いた風は耳がちぎれて飛ばされてしまいそうなほど冷たかった。

山間《やまあい》の道は険しいが風はそれほどではない。だが、遮《さえぎ》る物のない開けた野を行けば風がまともに吹き付ける。身体《からだ》は冷え切り棒のようだ。もし、転んだらぽっきりと折れてしまうだろう。

望月は姫を支えて歩いた。もう声は掛けない。声を掛ければ返事をしなければならない。姫にはそれすら辛《つら》いだろう。

馬を失ったのは痛かった。鎌倉《かまくら》から姫をお守りして歩き続けて何日になるだろう。残ったのは望月と姫、それに姫の従妹《いとこ》の久礼の三人だけだった。みな着の身着のままだ。小袖《こそで》も袴《はかま》もみすぼらしく薄汚れている。姫も久礼も市女笠《いちめがさ》すらないので長い髪が乱れて凄《すさ》まじい有様《ありさま》だった。

鎌倉から姫をお守りしていた足利直義《あしかがただよし》の配下、藤原宗忠《ふじわらむねただ》、馬場小太郎《ばばこたろう》は途中で討たれた。三人はなんとか逃げ延びたが、今、このときも追っ手が迫っているかもしれない。足を止めるわけにはいかなかった。

膝ほどまで茂る草を踏みしだき、のろのろと進み続けた。時折、柴が足許《あしもと》でぱきぺきと折れて乾いた音を立てる。みな、足先には血が滲《にじ》んでいた。

「……ああ」

姫が呻《うめ》いてよろめいた。望月は慌てて姫を抱きかかえた。

「姫様、鶴姫《つるひめ》様、さあ、お気をしっかりなさいませ」

だが、姫は望月にぐったりと身体をもたせかけ人事不省《じんじふせい》の様子だ。望月は後ろを振り返って、すこし遅れて歩く久礼を呼んだ。

「久礼、手伝ってくれぬか」

「はい、望月様」

久礼が濃紅《こいくれない》地に菱柄《ひしがら》の小袖を翻して駆けつけた。

先程、望月は背の荷を下ろし、姫を負ってみた。だが、今、姫は身重《みおも》でもう産み月が近い。腹を苦しがったのですぐに下ろさねばならなかったのだ。

望月は枯れ野とその端に広がる山々の裾野を見渡した。杣工でも通らぬか。背負子でもあれば姫を負うことができる。背の荷は腹に抱えればいい。

「姉様、さ、久礼にお掴まりくださいませ」

久礼が反対側から姫を支えた。だが、やはり姫はくたくたと倒れてしまった。

「望月様、すこし休みましょう。姉様にこれ以上無理をさせては……」

そう言う久礼の顔も枯草と同じくらいに白い。くれないの久礼、と呼ばれた紅を差したほど美しい頬の赤みはない。

「そうだな、すこしここで」

風が当たらぬよう、望月は姫を背から抱くようにして座らせた。久礼も姫の前にかがみ、渦巻く風を遮《さえぎ》る衝立《ついたて》となる。

「望月殿、久礼、すまぬこと……」

ようやく眼を開けた姫がかすれた声で礼を言った。望月がいえ、と言う前に久礼が先に答えた。

「姉様、礼など要りませぬ。姉様は御身《おんみ》とお腹《なか》の御子のことだけ思っておればいいのです」

久礼が姫の手を握った。両の手で包み込んで温める。

「ああ、久礼……」

そう言って姫は眼を閉じた。望月と久礼はそのまましばらくじっとしていた。

「久礼、その方は大丈夫か」

「久礼はなんともありませぬ」

ほんのわずか返答が遅れた。先程から気丈に振る舞ってはいるが久礼の声には無理がある。

望月は重ねて訊ねた。

「腹の子はどうだ」

「元気でございます」

久礼がそっと己の腹を撫《な》でた。そう、久礼の腹も膨らんでいる。本来ならばこのような野行《やこう》などありえない。暖かな館の中で産み月に備えて身体をいたわっていなければならない頃なのだ。久礼自身もどれだけ腹の子が心配だろう。どれだけ身体が辛いだろう。だが、一言も口にせず、ただ姫とその御子のことだけを気遣《きづか》っている。

「望月様こそ」

「俺は心配要らぬ」

俺は怨《うら》まれて当然のことをしている。そう言おうとして呑《の》み込んだ瞬間、凄まじい風が吹き付けた。吹き飛ばされそうになって、望月は歯を食いしばって風に耐えた。久礼も身をかがめてやり過ごした。

「望月様。昔のことを思い出します。はじめて二人で旅をしたときのこと」

「ああ、高野山《こうやさん》を目指して歩いた。六波羅《ろくはら》に追われて危ないところであった。二人ともよく助かったものだ」

「冷たい雨が降っておりました。望月様はすっかり濡れて水に漬けた丸太のようになっておられました」

「そなたも冷え切って血の気がなくなって晒《さら》し過ぎた縮《ちぢみ》のように白くなっていた」

そのとき、ふいに野がぼんやりと明るくなった。雲が切れてわずかに陽がのぞいたのだ。久礼がよろめきながら立ち上がり、遥か遠くに眼を遣《や》った。

「望月様、かすかに木の匂いがします。それからなにか焦げたような……炭の匂いも」

望月も立ち上がって野の先、山の裾野に眼を凝《こ》らした。すると、木の陰に小屋のような物が見えた。

「おお。久礼の言う通りだ。あれは炭小屋か、それとも杣《そま》の小屋か。あそこならしばらく風がしのげよう」

これで一息つける。姫を休ませることができる。日暮れ前に落ち着くところが見つかって、望月はほっと息を吐いた。

雲が凄まじい勢いで流れていく。あたりがどんどん明るくなり、山の稜線《りょうせん》がくっきりと鮮やかになった。

「ああ……」

久礼が声を上げた。雲から現れた陽はもうすっかり傾いていた。山がくれないに染まっていった。望月と久礼はしばらく夕暮れの山並みを見つめていた。

「ずいぶん遠い処《ところ》まで参りましたね」

「ああ。本当に遠い処まで来た」

「あの滝は今頃どうしておりましょう」

「変わらず落ちておるだろうな。どうどうと音を立てて」

「ええ、どうどうと音を立てて」

久礼が絞り出すようなかすれた声で笑った。そのまましばらくじっと動かない。久礼の暗い眼にはあの滝が見えているかのようだった。

望月は姫に声を掛けた。

「姫様、あちらに小屋が見えます。そこまでお連れ申し上げますから、あとすこしご辛抱を」

「ええ。ではそこまで……」

そう言ったものの、もう姫は立ち上がることができなかった。それどころか、腹を抱えて呻くのみだ。

「姉様、もしや」

「もう若宮様が出たがっておいでです。若宮様は宮様に似て待つのがお嫌いなようで……」

鶴姫がやつれた顔に誇り高い笑みを浮かべた。望月は久礼と顔を見合わせた。とにかく小屋まで急がねばならない。

「……御免《ごめん》」

望月は姫を横抱きにして歩き出し、久礼がその後に続いた。

夕陽が照り映《は》えた山はいよいよ燃えている。真昼のように明るい。望月はふいに背の荷の重みを感じた。

「宮様もあとすこしご辛抱を」

背の荷の中身は大塔宮護良《おおとうのみやもりよし》親王の御首《おんくび》だった。

＊

久礼が生まれ育ったのは大和国、十津川の山の中だった。

一帯は幾重《いくえ》もの険しい山々に囲まれている。深い谷の底を曲がりくねった川が流れるさまは獲物を狙う蛇が音も立てず進んでいるようだ。古くは都から遠いという意味の遠都川《とつかわ》とも言った。かつては平家《へいけ》の落人《おちゅうど》が隠れていたこともあるほどの隔絶された土地だった。

久礼は幼い頃より人よりも抜きん出て色が白く、すこし動いただけで頰に血が上って紅を差したようになった。白い肌とたっぷりとした黒髪、そして紅など差さずとも赤い唇と頰は誰が見ても美しかった。

父、戸野兵衛《とののひょうえ》はまだ幼い久礼を見て満足げにうなずいた。

――兄上のところの鶴姫にも負けてはおらぬ。将来が楽しみじゃ。きっと我が家によい縁を結んでくれるだろうて。

久礼は病気一つせず毎日山に入って遊んでいた。どの子らよりも山に詳しく、花や草を摘み栗を拾った。まるで男姫よのう、と周りが呆《あき》れるほどだった。

だが、十《とお》のとき久礼は流行病にかかり、高熱が続いて生き死にの境を彷徨《さまよ》った。館では吉野大峰《おおみね》を渡る修験者《しゅげんしゃ》を呼び祈禱《きとう》をさせた。すると、蔵王権現《ざおうごんげん》様の霊験《れいげん》か、なんとか一命を取り留めた。だが、熱が下がったときには久礼の眼はほとんど見えなくなっていた。

眼の前はいつもぼんやりと薄暗く、物の形はようやくわかるが細部はどれだけ眼を近づけても見えなかった。

薄闇《うすやみ》の世界に突き落とされ、久礼は毎日泣き暮らした。山々にたなびく乳のような雲海も、肌を焼くほどの眩《まぶ》しい陽光も、漆箱《うるしばこ》に撒《ま》いた砂子《いさご》のような夜の星も、朝露に濡れた瑞々《みずみず》しい石楠花の花の群れも、杉木立《こだち》の中に佇《たたず》む鹿の斑模様《まだらもよう》も、お不動様の背負《せお》った火のような紅葉《もみじ》も、あまりにも白すぎて青みを帯びた雪も、もう二度と見ることができないのだ。

そんな久礼を慰めたのが鶴子だ。この一帯を束ねる土豪、竹原八郎入道《たけはらはちろうにゅうどう》の娘だった。二つ上の従姉で、久礼は以前から姉様と言って慕っていた。鶴子は利発で芯の強い性質《たち》だった。一見、控えめでなよなよとして見えるが、そのはっきりした意思の宿る眼には力がある。姫の才気はみなが認めるところだった。

まだ十二の鶴子は泣きじゃくる久礼にきっぱりとこう言ったのだ。

「久礼、おまえの眼が見えなくなってしまったのは運命でしょう。神仏のお決めになったこと、いつまでも泣いて暮らしても仕方がありません」

「ですが、姉上。久礼はこのような眼ではもうなにもできませぬ。それが悔しいのです」

「いいえ、久礼。おまえはなんでもできます。おまえは誰よりも上手《じょうず》に山を歩きました。おまえには人よりもいろいろなものが感じられるはず。すこし眼が悪くなったくらい、たいしたことではありません。おまえには耳も鼻もある。水の音も獣の声も、花の匂いも雨の匂いもみな感じることができます。大丈夫、おまえはなんでもできる」

鶴子の言葉は久礼を打った。泣き暮らした薄闇の世のずっと先に小さな扉を見つけたような気がした。

「姉様、そんなことが本当にできるでしょうか。到底信じられぬのです」

「できます。無論、人の力だけでは叶《かな》わないこともあるでしょう。さあ、久礼。一緒に吉野の権現様にご加護をお頼みしましょう」

「わかりました。姉様」

鶴子が吉野山金峯山寺《よしのやまきんぷせんじ》の御堂の方角に向かって手を合わせ、久礼も倣《なら》って一心に祈った。

久礼はその日からまた山へ入るようになった。かすんだ眼で細道を伝い歩き、川を越えた。足を踏み外して転げ落ちたことも、深みにはまって頭の先から足の先まで濡れたこともある。館の人間はみな止めたが、久礼は聞かなかった。

久礼はまるで憑《つ》かれたように山を歩いた。傷だらけになっても山を彷徨うことが日課となった。久礼はこんなふうに感じていた。今、足を止めたら二度と歩けなくなってしまう、と。

そんな久礼を見てみなは物狂いだと噂《うわさ》した。飽きもせず山に入る娘を見て、父、戸野兵衛はこう言った。

「命は助かったが、眼は見えず物狂いでは仕方がない。せっかく美しゅう生まれついてもあれではな」

「伯父上。久礼は物狂いなどではありませぬ。見えぬ眼で懸命に山を歩いております。並の者にできることではありませぬ」

鶴子は久礼のたった一人の味方だった。みなが山を彷徨う久礼のことを呆れて誹《そし》ったときも、ただ一人庇《かば》ってくれた。久礼にとって鶴子は自慢の姉様であり、恩人でもあった。

「並の者ではないと申したな。それが物狂いということじゃ」

鶴子の言葉は届かなかった。みな、久礼を物狂いとして扱った。久礼は滅多に人とは口をきかず、ただ一人で山を彷徨い続けたのだった。

久礼が十津川で山を彷徨っている間、世は乱れに乱れていた。朝廷は大覚寺統《だいかくじとう》と持明院統《じみょういんとう》に分かれて不和が続いていた。また、鎌倉でも田楽《でんがく》と闘犬にうつつを抜かす徳宗北条高時《とくそうほうじょうたかとき》に武士たちの不満が高まっていた。帝は幕府を倒して政《まつりごと》の実権を取り戻そうとされたがうまく行かなかった。そして、とうとう動座《どうざ》を決意された。

大和の山々は血みどろの戦場になった。久礼は大人たちが騒ぐ様子をぼんやりと聞いていた。楠木正成《くすのきまさしげ》公が金剛山《こんごうさん》で戦ったこと、帝が隠岐島《おきのしま》に流されたこと、大塔宮様が姿を隠されてみなが血眼《ちまなこ》で捜していること、などなどだ。

久礼の伯父、つまり鶴子の父も兵を挙げ、幕府守護を襲ったという。姉様は大丈夫だろうか、と久礼は独り山を歩きながら心を痛めていた。

あるとき、久礼の母が病に臥《ふ》した。手を尽くしたが一向によくなる気配もない。さては物《もの》の怪《け》でも憑いたか、と家中が騒然とした。

尊い行者様を探していたとき、ちょうど熊野詣《くまのもう》でに向かう山伏の一行が通りかかった。山伏たちは全部で十名、みな柿色の衣に笈《おい》を背負い頭巾《ずきん》を深くかぶっている。一行はすぐに招き入れられた。

病人の寝所《しんじょ》に立ち入ることを禁じられていた久礼は戸の隙間からそっとのぞき見た。ぼんやりとした影が並んでいる。だが、中に一人抜きん出て輝く影があった。薄闇を切り裂いて際立つ影は恐ろしいほど鋭い宝剣のようだった。

ふいに眼の前の薄闇が深紅の闇に変わった。久礼は身体が震え昏倒《こんとう》しそうになった。叫び出したいのを堪《こら》えるので精一杯だった。

やがて、戸の向こうでは加持《かじ》祈禱がはじまった。久礼は夢現《ゆめうつつ》に輝く者が高らかに唱える千《せん》手陀羅尼《じゅだらに》を、数珠《じゅず》を揉《も》みしだく力強い音を聞いた。

久礼がようやく人心地《ひとごこち》がついたときには、母に憑いた物の怪は失《う》せていた。すっかり元気になった母を見て父は喜び、山伏たちを館に留《とど》めて歓待した。

やがて、一行の正体が明らかになった。あの厳《おごそ》かに光り輝く男はなんと大塔宮様で元の比《ひ》叡山延暦《えいざんえんりやく》寺《じ》貫首《かんしゅ》、天台座主《てんだいざす》尊雲法親王《そんうんほっしんのう》だった。残りの者は赤松則祐《あかまつそくゆう》、村上義光《むらかみよしてる》といった宮様に付き従う忠臣だった。

大塔宮は帝の第三皇子で父帝《ちちみかど》と共に挙兵され、笠置山《かさぎやま》で鎌倉方《がた》と戦われた。戦に敗れて父帝が隠岐島に流されてからは、あちこちを転々としながら身をお隠しになっておられたのだ。

山伏に身をやつして熊野へ向かう途中、お告げがあって十津川に来られたのだという。久礼の父、戸野兵衛は宮様をかくまうために早速黒木御所《くろきのごしょ》を建てた。黒木御所というのは大急ぎで建てた仮の御所のことで、樹皮を削っていない黒いままの柱を用いたことからその名がある。宮様と九名の山伏の一行は早速御所にお入りになった。

久礼は決して御所には近づかなかった。宮様が恐ろしくてならなかったからだ。戸の隙間からはじめてお姿をのぞき見た瞬間、気が遠くなり白昼の夢を見た。宮様の凄まじいお姿がまざまざと浮かんだのだ。

宮様は首だけのお姿だった。かっと眼を見開きこちらを睨《ね》めつけている。口には折れた刀の先を咥《くわ》えておられた。噴き出す血は龍の形をした炎で、見開いた眼は紅い金剛石のようだった。

まさか宮様の御首が落ちる夢を見たなど口が裂けても言えない。久礼はその恐ろしい宮様のお姿を胸の内にしまい込んだのだった。


やがて、宮様は黒木御所を出られて久礼の伯父、竹原八郎入道の館に身を寄せられ、そこで還俗《げんぞく》された。大塔宮護良親王となられたのだ。

あるとき、久礼は伯父に呼ばれて館にうかがった。入道の言うところには、鶴子は宮様の御身の回りの世話をするために付き従っているという。

「宮様はな、たいそう鶴子のことをお気に召して、最近では雛鶴《ひなづる》とお呼びになるのだ。……鶴は鶴でも雛のように稚《いとけな》くて愛らしい、と」

宮様の御手《おて》のついた鶴子の支度を口の軽い女どもにさせるわけにはいかない。そこで入道は思いついた。戸野兵衛の娘、久礼がよいだろう。物狂いだが鶴子とは仲がいい。眼はよく見えぬが身の回りのことはできる。無口だから軽々しく喋《しゃべ》ったりはしないだろう、と。

そうやって、久礼はしばらくの間館に留まって鶴子の手助けをすることになった。

鶴子には宮様の御首の恐ろしいご様子を見たことを告げていない。あれはたった一度きりの幻だった。きっとあのとき母に憑いていた物の怪の仕業に違いない。宮様に祓《はら》われた今際《いまわ》の際《きわ》のあがきのようなものだ。なにも恐れることはない、と久礼は己を納得させた。

だが、それでもやはり思い出すと身体が震えてくる。久礼は鶴子の支度を手伝いながらも、決して宮様のおそばには近づかぬようにしていた。

宮様は元は比叡《ひえい》の御山の座主とは思えないほどの剛毅なお方で、毎日刀を振ったり槍で突いたり熱心に稽古をなさっている。兵法書を完全に会得なさって並外れた腕前をお持ちだった。遠くからでも宮様の振る長刀が風を切る音が聞こえてくる。その烈しい唸りに久礼はまるで己の身も心もずたずたに切り刻まれるような心地がした。

宮様が鍛錬なさっておられる間、鶴子がいつもそばに控えていた。汗をかかれた背を水で拭《ぬぐ》ったり汚れた足を濯《すす》いだり、と甲斐甲斐《かいがい》しく世話をする。また、宮様のお気持ちが動けば昼から寝所にこもったりする。二人はまるで仲睦まじい番《つが》い鳥のようだった。

「姉様はこのところとみに美しゅうなられました。まさに雛鶴姫でございます」

「そうだろうか」

鶴子が眼を伏せた。恥じらう様子はなんとも言えず愛らしかった。

「姉様と宮様を見ていると久礼は寂《さび》しゅうなってまいります」

ほんの戯《ざ》れ言《ごと》のつもりで言ったのに口に出すとやたらと哀れに聞こえた。

「久礼。心配することはない。きっとそなたにもよいお方が現れるから」

久礼は返事ができなかった。物狂いと呼ばれ、まともに眼の見えぬ己を欲する男がいるのだろうか。

だが、そんな心配をしても仕方がない。久礼はただの「物」だ。出来損《できそこ》ないの「物」にすぎず、いずれ父の決めた適当な相手に押しつけられるだろう。出来損ないでも文句の言えぬような気の毒な立場の男にあてがわれ、子を産み、そして死ぬ。

「久礼は独りでかまいませぬ」

薄闇の世に現れる男などいるはずもなかった。

*

笠置山の戦に敗れた帝が隠岐島に流されて以来、望月四郎《しろう》は帝と宮様との連絡役を務めていた。

望月は卑《いや》しい生まれながら生真面目《きまじめ》で控えめな性質だったので、みなに重宝がられた。他の者がやらぬような半端な雑用やらを引き受けるうちに、宮様に気に入られ眼を掛けてもらえるようになった。

宮様は歳の近い望月のことをまるで自分の弟のようにかわいがられた。だが、二人の気性は水と油、まるで正反対であった。幼い頃から聡明だったが気性が激しく武芸を好む宮様に対し、望月は物静かでいつも穏やかだった。

望月は宮様が竹原八郎入道の館に身を寄せたと聞き、すぐさま十津川を目指して山へ踏み入った。

十津川に着いてみると、宮様は還俗されて傍らに美しい姫を置いていた。八郎の娘、鶴子はこのような山奥には似つかわしくない聡《さと》く優しげな姫だった。

「四郎、来たな」

ねぎらいはたったこれだけだった。だが、四郎、と気持ちのよい声で宮様に名を呼ばれただけで長旅の疲れも癒《い》えるような気がした。宮様はひとしきり父帝や都の様子を訊《き》くと、傍らの姫を抱き寄せ、まるで子供のような笑みを浮かべられた。

「どうだ、俺の姫は。俺はこの雛鶴に狂わんばかりなのだ。もう二度と髪を下ろすことなど御免だ」

宮様の軽口に望月は一瞬戸惑ったがすぐに真意に気付いた。宮様は帝が流された後も、楠木正成公と一緒に下赤坂城《しもあかさかじよう》にこもって懸命に戦っておられた。二度と僧籍には戻らぬ、父帝のために戦い続けるというお覚悟を示されたのだ。

「もちろんでございます。宮様の片方の御手には姫様、もう片方の御手には長刀が似合うかと」

「いや、違うぞ。姫に刀に弓に手綱。俺の手はいくらあっても足らぬのだ。いっそ阿修羅《あしゆら》になりたいくらいだ」

宮様は抜きん出た武の才と智略の両方をお持ちだ。己のことを俺と言い捨てる子供じみた荒々しさが目立つときもあれば、皇子として持って生まれた繊細で優美な立ち居振る舞いに思わず息を呑むこともある。そう、宮様には誰もが魅了されるのだ。

「頼もしい限りでございます」

おう、とひとしきり宮様は笑い、それからふいに真顔になられた。

「熊野別当の定遍《じょうへん》が俺の首に報賞を懸けた。いつまでもここにいるわけにはいかぬのだ。まずは高野山を頼ろうと思う。四郎、着いたばかりで悪いが使いを頼まれてくれ」

「承知いたしました」

「この辺りは熊野別当やら六波羅やらの眼が厳しいのだ。四郎は一人で歩くと怪しまれるな。俺と違って小綺麗《こぎれい》にすぎる。……のう、そう思わぬか、雛鶴」

宮様が姫に話しかけた。すると、姫はすこしもひるんだりせず堂々と返事をなさった。

「宮様も隠しようのないほどにお綺麗でございます。たとえ般若寺《はんにゃじ》で唐櫃《からびつ》におこもりになろうと、柿の衣に身をやつそうとも鶴なら決して欺《だま》されませせぬ」

「俺は綺麗か。むう、たしかに」

声を立てて宮様が笑った。あたりの空気がぱっと澄むような気持ちのいい笑い声だった。

「だが、どうしたものか」

宮様が首を捻《ひね》って困っていると、姫が口を開いた。

「宮様、差し出口を失礼いたします。女子《おなご》を連れていけばよろしいかと。夫婦《めおと》で願掛けだと言えば熊野でも高野山でも珍しくもありませぬ」

「なるほど。では、だれか適当な者はいるか」

「戸野兵衛様の娘に久礼という者がおります。幼い頃から妹のようにかわいがってまいりました。今、ちょうどこちらへ来ております。山歩きが好きで足は強く、また無口で我慢強い性質です」

鶴姫が言うと、姫の横に控えていた八郎入道が血相を変えた。

「なにをたわけたことを。あれは眼が見えぬ上に物狂いじゃ。宮様の御用事など……」

「父上。久礼は物狂いなどではありませぬ。それに並の者よりもずっと上手に山を歩きます」

話を聞いていた宮様は興味を引かれたようだ。

「なに、その娘は眼が見えぬのに山を歩くとな？」

「まるで見えぬというわけではありませぬ。光と物のぼんやりとした形なら見えまする。そして、常人には聞こえぬ音を聞き嗅ぎ取れぬ匂いを嗅ぎ、山を歩くのです」

「なるほど。だが、物狂いとは穏やかではないな。俺は会うてみたい。その者、ここへ連れて参れ」

宮様に命じられ、入道は慌てて平伏して奥へ叫んだ。

「誰か。至急、久礼を呼んでまいれ」

話を聞いていた望月は面倒なことになった、と思った。きっと宮様は面白がっておられるのだろう。だが、もしその娘が本当に物狂いであったら宮様の御用も難しくなるかもしれない。うまく断る方法はないだろうか。

しばらくすると、一人の女子が庭から姿を見せた。年の頃は十五、六というところか。白の紗綾形《さやがた》の小袖に薄紅の裳袴《もばかま》を着けている。

山歩きが好きと聞いたが、その顔は抜けるように色白で、それでいて頬と唇が血のように赤い。人の手の入らぬ深山《みやま》を真《ま》っ赤《か》な長い尾を曳いて飛ぶ山鳥《やまどり》のようだった。

どこへ出しても恥ずかしくない鶴姫の美しさとはまったく違う。鶴姫が御所の庭に咲く一輪の白梅、朱塗りの欄干《らんかん》に降りかかるはじめての雪ならば、久礼姫は柔らかな青草を食《は》む野育ちの仔馬、山深い木立の向こうに見え隠れする白鹿のようだ。

到底物狂いには見えない。しばらく望月は久礼に見とれていた。

鶴姫がつと立ち上がって庭先に手を差し伸べた。

「久礼、こちらの方は望月四郎殿。宮様の御用事をなさっておられます。おまえ、この方を案内して高野山まで行ってもらえまいか」

久礼と呼ばれた娘がこちらを見た。よく見えぬという眼で望月を見つめている。望月はその不躾《ぶしつけ》な視線に当惑し、居心地が悪くなった。なんという眼で俺を見るのだろう。まるで炭ではないか。一見真っ黒に見えるがその中は真っ赤に燃えている。

望月は自分の心臓が早鐘のように打っているのに気付いた。なぜ俺をじっと見るのだろう。いつまで俺を見続ける気だろう。あの娘はやはり物狂いなのか。あのくれないに輝く眼に見つめられると、こちらまでわけがわからなくなりそうだ。

次の瞬間、娘の身体が傾《かし》いだかと思うと、声も立てずに土の上に崩れ落ちた。望月は庭に飛び降りると、娘を抱き起こした。

「どうした、しっかりされよ」

娘の返事はない。完全に気を失っているようだ。望月は娘を抱き上げると館に運び込んだ。

「誰か、誰か」

鶴姫が大声で呼ばわって、辺りは騒然とした。

*

久礼は夢の中にいた。

夢の中で風がびゅうびゅう吹いていた。山の中ではない。開けた草原だ。乾いた冷たい風が全身を打つ。久礼は血だらけの足でのろのろと進み続けている。苦しくてたまらない。

「久礼、久礼」

姉様の呼ぶ声で目が覚めた。久礼は広縁《ひろえん》に寝かされていた。

「姉様、久礼は一体どうしたのですか」

「そなたは庭先で突然倒れたのです。みな驚いてとりあえず寝かせました」

まだ頭がぼんやりしている。なぜここにいるのだろう。みなとは誰だろうか。まだ息が乱れている。久礼は懸命に落ち着こうとした。

そのとき、遠くで鋭く輝く声がした。

「その者は大丈夫か」

瞬間、眼の前に火花が散って身体に震えが走った。久礼は先程見た幻を思い出した。あまりの恐ろしさに気を失ったのだ。

「ええ、もう大丈夫なようです。宮様、妹がお見苦しい真似《まね》をいたしまして申し訳ありませぬ」

「いや、無事なら良い」

はっと気付いた。そうだ、宮様がいらっしゃるのだ。久礼は慌てて身を起こして居住まいを正すと、指を突いて深く頭を下げた。

「久礼姫とやら、一体どうした」

「田舎育ちゆえ宮様があまりに畏《おそ》れ多く、魂が抜けてしまいました」

震える声で申し上げると、宮様がからからと笑った。

「俺は鬼でも天狗でも阿修羅でもないぞ。恐れずともよい。顔を上げろ。実はその方に頼みたいことがある。ここに控える望月と高野山へ行ってもらいたい。道中、敵の目を欺《あざむ》くために夫婦のなりで旅をしてほしいのだ」

久礼は思わず顔を上げた。光り輝く影の横に小さな影が見えた。

「すまぬがよろしく頼む」

望月という男の生真面目な口調からは隠しきれない困惑と含羞《がんしゅう》が感じられた。久礼はぼんやりとしか見えぬ男の顔に見入った。この男のはにかんだ影はなんとも好もしく思えた。

「はい」

久礼はまた頭を下げた。薄闇の中で宮様の影はあたりを薙《な》ぎ払うほど燦然《さんぜん》と光り輝いている。それに比べると、望月という男の影はあまりに控えめで弱い。だが、その芯には冬の朝に飲む白湯《さゆ》のような柔らかな温かみがあった。

宮様が鶴子にお訊ねになった。

「雛鶴姫よ。妹姫はこのように倒れたりして旅に問題はないか」

「問題などありませぬ。久礼は身体頑健でございます。きっと今日は陽に当たり過ぎたのでしょう。ねえ、久礼」

「宮様のお召しと聞き、慌てて駆け過ぎました」

「はは、それは良い。では、久礼姫よ、望月をその方に預ける。好きにしてかまわぬぞ」

「宮様」

鶴子が宮様をたしなめ申し上げると、また宮様が笑われた。光る影が弾けるように揺れた。

久礼は頭を下げたままじっとしていた。息が止まりそうだった。先程の幻をまた思い出した。びゅうびゅうと風の吹きすさぶ草原に眼を見開いて刀の先を咥えた宮様の御首が浮かんでいる。宮様の御首は見る間に巨大な獅子頭《ししがしら》となり望月の影を呑み込んでしまったのだった。

翌日、久礼と望月は旅支度をして館を出た。

久礼は市女笠に虫の垂衣《たれぎぬ》で顔を隠し、望月は懐に短刀を忍ばせ木の櫃《ひつ》を背負って連雀《れんじゃく》商人のなりをした。

高野山への道のりは易しいものではなかった。いくら夫婦のなりをしていると言っても、油断は禁物だ。四六時中気を張っているので疲れはたまる一方だった。望月は久礼の身体を心配してくれた。

「久礼姫殿、ご無理はされておらぬか」

「いいえ、大丈夫です。十津川の山や谷に比べればこのような街道なぞ」

「久礼姫殿は頼もしい」

ある夜、山の中の小さな祠《ほこら》の脇に休むことになった。その夜は空には雲ひとつなく星も見えないほど明るい月が輝いていた。あたりは高い杉の木が並んで、まるで天狗でも出そうな恐ろしい処《ところ》だった。

枯れ枝を集めて火を熾《おこ》し、餅を炙《あぶ》って食べた。六月とはいえ、山の夜は身を切るような寒さですこしも寝付けなかった。震えていると、望月が自分の小袖を脱いで掛けてくれた。

「いえ、久礼は山の寒さなど慣れております。望月様がお召しになってくださいませ」

「そうはいかん。久礼姫殿になにかあったら宮様にも鶴姫様にも合わす顔がない。さあ」

これ以上は断り切れない。久礼は礼を言って望月の小袖をかぶった。望月の温《ぬく》もりの残った着物は生々しい男の熱を感じさせ、久礼はなぜか息苦しくなった。

「しかし、久礼姫殿は凄《すご》い。十津川を発《た》って以来ずっと感服しておるのだ。眼が見えぬのにこれほど山を歩けるとは」

「いえ、それほどでは」すこし考えてから久礼は再び口を開いた。「眼が見えぬようになったときは毎日泣き暮らしておりました。その様子を見て姉様が叱ったのです。……おまえには耳も鼻もある。大丈夫、なんでもできる、と。その言葉に励まされ、一人で山を歩く稽古をしました。今の久礼があるのは姉様のおかげです」

「なるほど、俺と同じだな。今の俺があるのは宮様のおかげなのだ。……さあ、俺が火の番をするから久礼姫殿はもう寝《やす》まれよ。明日もまた歩かねばならぬ」

望月が火に枝を足した。ぱちぱちと枝葉が爆《は》ぜ、新しい薪《まき》の匂いが立った。

「望月様もどうぞお気を付けて。こんなに空気の高く澄んだ夜は冷えまする。明け方には凍えるでしょう」

「かたじけない」

望月の生真面目な笑顔が見えるようだった。

夜明け前、久礼は寒さで眼を覚ました。火は小さくなって望月は寝息を立てていた。久礼は望月の小袖を掛けてやり、杉の葉をくべて火を大きくした。望月は疲れ切っているのか眼を覚まさなかった。

翌日、朝から街道を進んでいると、峠に騎馬が三騎、道を塞《ふさ》ぐようにして休んでいた。甲《かっ》冑を着け戦支度である。　六波羅の者のようだった。　素知らぬふりで脇を通り過ぎようとしたが、止められた。

「待て。おまえたちはなんだ。どこへ行く」

「我は伊勢《いせ》の商人でございます。商いがてら願掛けに熊野詣でをと」

男たちがじっと望月を見た。左右の男たちがそれぞれに言う。

「大塔宮様と同じくらいの年恰好《かっこう》だな」

「いや、宮様は雷のように鋭く、大鎧《おおよろい》のように輝いておられると言うぞ」

三人目が久礼に問いかけた。

「女、いくつだ」

「十六になりまする」

「熊野様になんの願掛けだ」

「幼い頃流行病《はやりやまい》で眼を悪くいたしました。熊野の観音様に治してもらおうと……」

「そうかそうか。だが、夫婦なら子授けの願掛けのほうが良いのではないか」

「いや、この娘は願掛けなどせずともいくらでも産めそうな腰をしているように見える」

騎馬三人がどっと笑った。ずいぶんとたちの悪いなぶり方だった。

「ならば、熊野詣などせず、いっそこのあたりでまぐわったほうが良いのではないか。ちゃんと子作りができておるか、我らが見ておいてやるぞ」

草むらを指差して言う。また、みな野卑《やひ》な笑い声を上げた。

「はい。ありがとうございます。ですが、先を急ぎますので」

望月が久礼の手を摑んで引いた。瞬間、全身に震えが走って目の前が暗くなった。また宮様の御首が獅子頭になって望月を呑み込むところが見えたからだ。久礼は思わず手を払い除《の》けそうになったが懸命に堪えた。

「それでは失礼いたします」

望月が頭を下げ、馬の横を通り抜けた。久礼もその後に続いた。心の臓が割れそうに速く打っていた。怪しまれなかっただろうか。本当の夫婦ではないと疑われなかっただろうか。

駆け出したいのを堪え、何事もないように歩く。峠を越えて男たちの声も馬のいななきも聞こえなくなって、ようやくほっと息をついた。

「久礼姫殿。軽口申し訳なかった。お気を悪くされたなら謝る」

「いえ。お心遣い申し訳のうございます」

「下赤坂城を出て以来、宮様の行方が杳《よう》として知れぬので六波羅どもは焦っておる。我らでその憂《う》さを晴らしているのだろう」

それきり黙って歩き続けた。先程、手を振り払いそうになったこと、望月にはわかっているはずだ。だが、なにも言わない。もし、あのとき本当に振り払っていたら、夫婦ではないと知れて捕らえられてしまったかもしれない。

そのとき、遠くからかすかに蹄《ひづめ》の音が聞こえた。

「望月様、蹄の音が」

「なに？　俺にはなにも聞こえぬが」

「ずっと遠くで。でも、近づいてまいります」

山の間の狭い街道だ。身を隠す場所などない。どうすればいい。久礼は途方に暮れた。

「姫、御免」

いきなり望月に抱きかかえられた。一瞬身体が宙に浮いて、それから落ちた。崖を滑っていくのがわかる。ばさばさ、ばきばきと草と枝の折れる音がして、石楠花の匂いがした。口を開けたら舌を噛《か》みそうだ。久礼は懸命に歯を食いしばり、身を丸めた。

どれだけ滑り落ちただろう。気がつくと久礼は望月に抱かれたまま青草の中にいた。どうやら崖下にいるようだった。

「久礼姫殿、お怪我は」

「大丈夫です。望月様は……血の匂いが」

「すこし頬を切ったがたいしたことはない」

久礼は望月に手を引かれて石楠花の群生の陰に身を隠した。どんどん蹄の音が近づいてくる。息を殺してじっとしていると、やがて通り過ぎていった。

望月がほっと息を吐いた。

「行ったようだな。だが、我らの姿が見えないことに気づいて引き返してくるやもしれぬ」

「この先には七つ辻があります。どちらへ行ったか、と迷うでしょう。ここまで引き返してはこないかもしれませせぬ」

「そうか。だとしてもこのまま進むことはできない。一旦、山の中に入って別の道を探そう」

久礼と望月は崖を降り切った谷の底に流れる川を遡《さかのぼ》って進むことにした。

梅雨の雨が降り続く中、旅は一層難渋した。川はどんどん細くなり山の奥へと向かっていた。雨のせいで勢いを増した川を見ながら歩き続けて半日、川のほとりに建つ小屋を見つけた。杣工の小屋だろうか。荒れてはいたが中には炉の跡がある。早速火を熾して休むことにした。

粗朶は湿ってなかなか火が点かなかったが、杉の落ち葉をくべると燻《くすぶ》ってからようやく燃え出した。

「久礼姫殿。俺は後ろを向いている。濡れた着物を脱いで乾かされよ」

望月に言われて久礼は着物を脱いで単《ひとえ》になると、濡れた着物を火の前で広げて乾かしながら冷え切って感覚のない足を炙った。

「望月様。どうぞこちらを向いてください。久礼にはどうせ見えませぬ」

「では、遠慮なく」

望月が上衣《うわぎぬ》を脱いだ。久礼は粗朶をくべ、火を大きくした。

火に当たりながらしばらく黙っていた望月がふいに訊ねた。

「無礼を承知で申し上げるが、久礼姫殿が物狂いとは到底思えぬのだが」

「眼が見えぬのに山に入るからでしょう。琴や物語よりも山を歩いて鳥の声を聞いたり花を楽しんだりするほうが好きなのです。それをみな物狂いだと」

「言いたい者には言わせておけばいい」そこで望月がわずかに迷ってから笑った。「俺も本当は寺にでもこもって書を読んで暮らしたいのだ。だが、宮様があの御気性でな。否応《いやおう》なしに戦に駆り出される」

否応なしに、という言葉とは裏腹に望月の声にはなんとも言えぬ喜びが感じられた。

「皆様もそうですが、特に望月様は宮様をお慕いなさっているように見えます」

「もちろんだ」

しばらくためらってから、望月は口を開いた。

「俺の母は宮様のお母君である北畠師親《もろちか》様の姫、資子《すけこ》さまにお仕えしていた身分の低い女だ。あるとき父親のわからぬ子を産んで産褥《さんじよく》で死んだ。哀れに思った姫が俺を館に留めて大きくしてくださった。宮様の御用事をするうちにお目を掛けてくださるようになったのだ。望月四郎という名も宮様にいただいたものだ」

——俺の望みがすべて叶うように望月という名を、そして、俺は第三皇子だからおぬしはその次、四郎だ。

望月の声は温かく心からの思慕に満ちながら真摯《しんし》であった。久礼は己の心の中で嫉妬《しつと》という浅ましい小さな虫が蠢《うごめ》くのを感じた。

「本来ならば俺は宮様に拝顔など到底叶わぬ卑しい者なのだ。それを宮様はあの御気性ゆえ隔てなく御声《おこえ》を掛けてくださった。宮様が御山に入られ、やがて二十歳で天台座主になられたときもずっとおそばでお仕えした。宮様は俺に嫉妬する朋輩《ほうばい》どもを叱責して守ってくださった。わかるか、帝の皇子様が俺のような下々の者を助けてくださったのだぞ。これは本当に途方もないことなのだ」

「望月様は宮様にそんなご恩があったのですか」

「そうだ。俺は宮様に忠義を尽くし一生を捧げると誓ったのだ」

望月は高らかに誇らしげに言い切った。久礼の薄闇の世で望月の影が夕空の一番星のようにきらきらと輝いた。なんとこの男は美しいのだろう。久礼はふとめまいを感じた。先程感じた虫はもういなかった。虫など育つ余地はない。真っ直《ます》ぐで正しい美しさは久礼の中の醜い虫を叩き潰してしまった。

「宮様はお寂しいのよ」

「あの宮様がお寂しいのですか」

「今、帝がご寵愛《ちょうあい》なさっているのは阿野廉子《あのれんし》様だ。そのお方様は宮様を疎《うと》んじているという。自然、帝も宮様をさんざん頼りになさっても情愛をあまりお見せにならない」

望月の声の調子にはやりきれなさがある。だが、その底にある温かさはかえって増したように思えた。

「望月様は宮様のことを本当に大切に思っておられるのですね」

「当たり前だ。宮様のためなら命を投げ出して戦うつもりだ」

「ですが、望月様は宮様とは違って戦に向いているようには見えませぬ」

「わかっている。だが、俺は宮様のために戦う。俺の命は宮様のためにあるのだ」

望月がきっぱりと言い切った。薄闇の中で影が一瞬燃え上がったように見えた。久礼は倒れそうになった。宮様に忠義を尽くすと宣言した望月は息が止まるほど美しかった。だが、その美しさは正しすぎるが故に間違っているとも感じた。

ぱちぱちと粗朶が音を立てる。火が揺らめいて望月の影がぐにゃぐにゃと歪《ゆが》んだ。

「久礼姫殿。昼間、俺が手を引いたとき、はっきりと驚いた。そして、振り払おうとしたな」

久礼は唇を噛んだ。まさか宮様の御首のこと、そしてその御首が獅子頭と化して望月を呑んだことを口にすることはできなかった。

「久礼は男の方に触れられたことなどありませぬ。ですから、驚いて、恐ろしゅうてたまらず……」

嘘《うそ》の言い訳をすると、はっと望月が息を呑んで狼狽《うろた》えた。

「それは申し訳ないことをした。もっと気遣いをするべきだった。すまぬ」

望月の真摯な声を聞くと久礼はたまらなくなった。これほど温かな声、温かな影の男は知らない。そう、この男は温石《おんじゃく》だ。固い石の塊ながら腹の底から久礼を温めてくれる。

嘘をついた自分が恥ずかしくてたまらず、だが、それでも本当のことは言えなかった。

「いえ、悪いのは久礼でございます。もうすこしで宮様の大願を台無しにしてしまうところでした」

「いや、俺が悪い。女子《おなご》が相手だと気が回らぬ、不調法の木石《ぼくせき》だ、といつも宮様に笑われるのだ」望月が苦笑し、ぶるっと身を震わせた。「さあ、とにかくもう寝まれよ。俺は火の番をしよう」

久礼は礼を言って身体を横たえた。

明け方、寒さで目が覚めた。見ると炉の火が消えかかっている。望月は壁にもたれてすっかり眠っていた。久礼は慌てて粗朶をくべて火を大きくした。望月は目を覚まさない。

久礼は小屋の外に出た。遠くからどうどうと水の音がする。しばらく久礼は耳を澄ませていた。この先に滝があるようだ。

滝の音を聞いていると高揚するような、胸が騒ぐような、どこか危なっかしい心持ちになった。

「久礼姫殿。どうされた」

後ろで望月の声がした。久礼はどきりとして振り向いた。

「望月様。起こしてしまったのですね。申し訳ありません」

「いや、もう夜明けで起きねばならぬ頃だ。それよりどうかされたか」

「いえ。遠くで滝の音がします。滝を越える道があればいいのですが」

身支度を終え小屋を出た。山を登る細道をたどると、やがて笹の生い茂る原に出た。どんどん滝の音が近づいてくる。朝露に濡れた笹原を抜けると、ふいに望月が足を止めた。

「おお、これは見事な」

腹に響く水音がした。久礼は見えぬ眼を音のするほうに向けた。細かな水飛沫《みずしぶき》で顔が濡れた。

「久礼姫殿。先は崖だ。それ以上進んではならぬ」

「良い滝でございますか」

「ああ。良い滝だ。今、陽の光が射《さ》して滝がくれないに染まっておる。……おお、虹も架かっておるな。これほど美しい滝は見たことがない」

感極まったふうに望月が口にしたが、そこではっと口をつぐんだ。

「……これはすまぬ。久礼姫殿の眼のことも思い遣らず」

「いえ、お気遣いをさせて申し訳ないのは久礼のほうでございます」

すこし声が震えた。どうしたのだろう。胸が痛い。温かいはずの望月の影が苦しい。なのにもっともっと近くで感じたい。

「……望月様、久礼を崖の一番先まで連れて行ってはもらえませぬか。もっともっと近くで滝を感じてみたいのです」

「わかった。ではお手を失礼」

望月が久礼の手を引いて歩き出した。大きくて熱い手だった。久礼は心の臓が速くなって暴れ回っているのがわかった。今にもあばらを突き破って飛び出しそうだ。

「姫、これ以上は一歩も動いてはならぬぞ」

望月がしっかりと久礼の手を握りしめた。久礼は見えぬ眼を凝らした。薄闇の向こうにくれないに輝く光が飛び回っているのが見えた。轟々《ごうごう》という凄まじい水音に耳も腹も痺《しび》れるようだ。

「滝は途中で弓のように曲がっておる。水の量も多く滝壺はずっと崖の下だ。崖にはほんの小さなもみじの木が生えておる。これが大きくなればさぞかし秋には美しかろう」

望月が滝の様子を教えてくれた。久礼は薄闇の向こうに見える滝を思い描いた。朝陽が射してくれないに輝く滝だ。虹も架かっている。手前の崖には小さなかわいらしいもみじ。ああ、なんと美しい……。

久礼と望月はしっかりと手を繋《つな》ぎ寄り添って滝を見ていた。滝の轟音で身も心も揺さぶられておかしくなってしまいそうだった。

「望月様」

「なんだ」

「望月様はこの先ずっと宮様のおそばでお仕えするのですか」

「ああ。無論だ」

「この先はきっと長い戦になりましょう。望月様もきっと……」

「わかっておる。だが、宮様は父帝を支え、公家の手に政を取り戻さんと戦っておられるのだ。北条を、鎌倉を、武家を討ち滅ぼすまで俺は宮様の手足となるつもりだ」

「ですが……」

「久礼姫殿。もう言うな」

望月はそれきり口を閉ざした。久礼はふいにたまらなくなった。宮様の御首と獅子頭に呑まれる望月の様子が頭を離れない。思わず口を突いた。

「……獅子頭が」

「獅子頭？　鶴姫様がおっしゃったのか？」

「え？」

「宮様は御出陣の際は獅子頭の御守を身に着けておられるのだ」

やはりあの獅子頭は宮様そのものだった。宮様は望月を呑み込んでしまわれるということか。この先、一体なにが起こるというのだろう。

「望月様」

久礼は見えぬ眼を懸命に望月に向けた。薄闇の奥で望月の影が困惑げに揺れていた。

「どうぞ御身を大切になさってくださいませ。いくら宮様の御《おん》ためとはいっても、どうかお大事に……」

久礼の眼に涙が溢《あふ》れ、ぼんやりとしか見えぬ望月の影が余計に滲んだ。

「お願いでございますから……どうぞお気を付けて……」

「……久礼姫殿」

望月の影が燃え上がって久礼を抱きしめた。久礼は望月にしがみついた。望月はもう温かくない。熱い。熱の塊だ。焼かれて焦げてしまいそうだ、と久礼は思わず悲鳴を上げた。

「俺はそなたにはじめて見つめられたとき、すっかり度を失ってしまった。わけもわからぬ怯《おび》えた赤子のような心持ちになった」

望月が激しく久礼の唇を吸った。まるで舌が抜けそうなほどに吸われて久礼は身を捩《よじ》った。

「俺は今、なんの道理もなくなってしまった……」

とっくに道理など失っております、そう言おうとしたが再び望月に唇を塞がれ言葉にはならなかった。

川のほとりの小屋に戻ると人の気配があった。

「おぬしら、ひとの杣小屋でなにをしている」

老いた杣工だ。怪しんでいる様子が声に表れている。

「すまぬ。道に迷うて一晩ここで宿を借りた」

「おぬしらは夫婦か」

「そうだ。眼を治してもらおうと熊野様を目指しておるところだ」

「熊野様ならまるで方角違いだが」

老人の声がまだ険しい。仕方なしに久礼が言葉を継いだ。

「この奥にたいそう見事な滝がございますね。あれはなんという滝でしょうか」

滝の話をすると、老人の顔が見る間に緩んだ。

「そうだろう。あれは那智《なち》の御滝《おたき》にも引けを取らぬ美しい滝だ。くれない滝という。わしらはくれ滝とも呼んでいる」

「くれ滝ですか」久礼は驚いて問い返した。

「そうだ。あの滝は寒さの厳しい頃凍るのだ。水の一滴も流れぬほど固く固く凍り付いてしまう。そこへ、朝の陽が射し込む。すると、七色に輝くのだ。陽の角度によってはまるで真っ赤な石楠花の花が咲いたような、くれないに輝く。だから、くれない滝、くれ滝という」

「そんなに見事なのか。では凍ったところを是非見てみたいものだ」

「ここらの者でも滅多に見れぬ。もし見ることができたらそれは余程の果報者よ」

すっかり機嫌のよくなった杣の老人に礼を言い、二人は小屋を出た。

「くれという滝でそなたと結ばれた。我らの間には余程の縁があるのだろうな」

「望月様、いつか久礼は滝が凍るのをそばで見とうございます」

「ああ、俺も見たい。いつか」望月が山を仰いだ。「いつか、きっと必ず、そなたと見たいものだ」

「ええ、いつかきっと」

久礼もうなずいた。いつかきっと望月様と滝を見たい。影ではない望月様の顔が見られればよいのに、と久礼は思った。

*

大塔宮様は幕府打倒の令旨《りょうじ》を発しながら、十津川を出た後は吉野で兵を挙げられた。楠木正成公は千早《ちはや》・赤阪で、新田義貞《にったよしさだ》公は武蔵国《むさしのくに》で兵を挙げ、各地で幕府方と激しい戦が繰り広げられた。

やがて、激しい戦の末に六波羅探題《たんだい》は落ち、鎌倉幕府はとうとう倒れた。後醍醐帝は京に入られ、新しく政を執《と》るようになられた。だが、宮様は足利《あしかが》殿の野心を警戒され笠置山に陣を敷いたままであった。帝はそれをよしとされず宮様にこう命じられた。世が鎮まったのだから再び僧形《そうぎょう》となり御山に戻って仏道に励め、と。無論、宮様が納得されるわけがない。やむなく帝は宮様に征夷大将軍の宣旨《せんじ》を下されたのだ。

　十津川を出て一年が経った六月、宮様は二十六歳で征夷大将軍を拝命された。赤松入道《にゅうどう》、殿法印良忠《とののほういんりょうちゅう》、四条少将、千種頭中将《ちくさとうのちゅうじょう》など大軍を率いて入洛《じゅらく》された。その行列はまさに壮観で、真っ赤な金襴の直垂《ひたたれ》に緋縅《ひおどし》の鎧、白瓦毛《しろかわらげ》の馬に乗った宮様は際立って輝いておられた。望月は我がことのように興奮し胸が高鳴った。

　京に入った日、宴の最中に宮様がおっしゃった。

「四郎、俺は雛鶴姫のことが忘れられぬ。こちらに呼び寄せたいと思う」

「それはそれは。さぞ姫様もお喜びでございましょう」

　十津川の地で世話になったのはちょうど一年前のことだ。宮様にはすでに北畠親房《ちかふさ》の娘である北の方がおられて御子もあった。だが、宮様の真のお気持ちは鶴姫のところにあった。都に呼ばれた鶴姫は藤原保藤《やすふじ》の養女となり南の方と呼ばれるようになった。

　あるとき、酒の入った宮様がこんな戯《たわむ》れをおっしゃられたことがある。

「四郎、その方はどうする。このまま独り身のつもりか。まさか比叡の御山へ帰るつもりではあるまいな」

「まさか。我は宮様のおそばを離れるつもりはございませぬ」

「雛鶴の妹姫はどうだ。一度は夫婦になった間柄ではないか」

「お戯れを。あれはただ敵の眼を欺くため……」

望月はそこで絶句した。ふいに滝の音が聞こえたような気がした。

一年前、あの滝で望月は久礼と激しく情を交わした。久礼はすすり泣きながら望月の名を呼び歓喜に身を震わせた。望月は滝の音に呼ばれ急《せ》き立てられるかのように身が昂《たかぶ》ったのだ。

久礼は涙をこぼして望月の身を案じ続けた。その涙はまさに慈雨だった。己のことをこれほどまでに思ってくれる者がいただろうか。望月は胸が潰れるほど感じ入ったのだ。

宮様は面白そうな顔で杯を傾けておられたが、それ以上はなにもおっしゃらなかった。望月も黙って酒を飲んだ。

久礼は今頃どうしているのだろう。鶴姫様に訊ねたかったが、南《みなみ》の方《かた》となられた今はもう十津川の館でのように気安くはできない。望月は久礼への思いを胸にしまい込み、毎夜悶々《もんもん》とした。

世は平らかどころかいつまで経ってもきな臭い。帝の新政はあまりうまく行かず、公家方にも武家方にも不満を持つ者が多かった。

宮様と父帝の間には不和が続いておられる。征夷大将軍となられて安堵《あんど》したのもつかの間、たった三月で宮様はその位を解かれてしまった。一方で、帝は足利高氏《たかうじ》に御諱《おんいみな》から一字をお与えになり尊氏《たかうじ》とされた。どれだけ宮様がご不快に思われたかは想像に難くない。帝にもう用済みだと言われたのに等しいからだ。

また、足利殿と宮様の確執には殿法印良忠にも原因がある。去年の五月、六波羅を攻め落とした際、殿法印の手の者が土倉《どそう》を襲って狼藉《ろうぜき》を働いた。それを都の警備を任されていた足利殿が捕らえて処刑したのだが、わざわざ「大塔宮に仕える者」と宮様の名を出して辱《はずかし》めたのだ。宮様はこれに激怒され性急に兵を集めた。その中にはやはり素行の悪い者がいて都で盗みや辻斬りを行ったというのだ。

その年の暮れ、宮様が南禅寺《なんぜんじ》に参詣された折のことだ。

「四郎。俺にはわかる。足利は決して信用してはならない。必ず我ら公家の敵に回る。公家一統の政を望まれる帝の御ために必ず除かねばならない。父はあの男をうまく利用するおつもりのようだが、それは危険だ」

宮様は足利への敵意を隠すおつもりはなかった。そんな裏表のない気持ちの良い人柄は隙だらけで、恰好の的になる。足利尊氏という抜け目のない武家の棟梁《とうりょう》には、帝の皇子として生まれた宮様の甘さが手に取るようにわかるのだろう。

宮様が京に戻られて一年経った頃、望月にこう命じられた。

「雛鶴が十津川の母御《ははご》に届け物をしたいと言うておる。俺もよいようにしてやりたい。悪いが頼まれてはくれぬか。すこしゆっくりしてきてもかまわぬぞ」

「いえ、用件が済みましたらじきに戻って参ります」

「いやいや。俺の名で行くのだ。とんぼ返りでは入道に失礼であろう。しばらく世話を掛けてこい」

宮様の眼がほんの一瞬鋭くなった。望月は頭を下げた。もしまた戦になったときは竹原八郎入道を筆頭に大和や河内《かわち》の豪族の力が欲しい。入道殿にはそのとりまとめ役になってもらわねば困る。だが、表だって使者を立てると人目に立つ。なんの身分もない望月が重宝されるのはこういう理由だ。

「それから、雛鶴が妹姫のことを気にしてな、ご機嫌伺いを頼むぞ」

宮様がいたずらっぽく笑った。もうひとつの宮様の真意がわかった。こうなっては従うしかない。望月の胸は激しく高鳴り、それからぎりぎりと締め付けられたのだった。

「それではしばらく世話になって参ります」

「よし、それでよい」

望月は南の方が用意した反物《たんもの》やら香やら気の利いた絵巻物やらを十津川に届けることになった。

夏の盛りに都を出立《しゅったつ》し、懐かしい十津川の館を訪れた。望月は想像以上の歓待を受けた。わけがわからず固辞するとこう言われた。宮様からの書状には「この者、吾《われ》の弟と思うて遇すべし」とあった、と。望月は宮様の心遣いに涙を堪えるのがやっとだった。

鶴姫からの贈り物には久礼へ宛てた物もあった。久礼は戸野兵衛の館に戻っていたが、すぐに呼び寄せられた。望月は久礼が現れると居ても立ってもおられぬくらいに心が乱れた。

「鶴姫様、今は南のお方さまが……久礼姫殿はどうお過ごしかと案じておられました」

「姉様にはお気遣いかたじけのう、とお伝えくださいませ」

久礼が顔を上げ真っ直ぐにこちらを見た。十八になった久礼は堂々たる夏の山の花のようだった。しばらく望月は久礼に見とれていた。肌の白さ、くれないの頬と唇はどこか人を寄せ付けない清浄さと野生の険しさを思わせた。その二つが相まってなんとも艶《なま》めかしい。深山に咲く馥郁たる石楠花そのものだった。

「まだ山を歩いておられますか」

途端に久礼の頬の血が濃くなった。真っ白だった石楠花の花の芯がくれないに染まったようだ。二年前とは違う香りがして望月は息ができなくなった。

「ええ。相変わらず物狂いでございます」

「それはよかった」

二人はすこしの間黙って見つめ合った。物のぼんやりした影と光は見えると言っていた。この娘の眼には、と望月は思った。己はどんなふうに見えているのだろう。

「まだ俺を案じておられますか」

「……案じぬ夜はありませなんだ」

それだけ言うと久礼は裾を翻して行ってしまった。

その夜も更けた頃、簀子縁《すのこえん》の鳴る音がした。望月は身を起こし枕元の刀を摑んだ。

「誰ぞ」

星明かりの夜だった。返事のないまますると影が入ってきた。匂いでわかった。久礼が立ったまま望月を見下ろしていた。

「望月様をお慰めしろ、と申しつかりました。ですが、はっきりさせておきとうございます。

久礼がここへ来たのは己の意思でございます」

「久礼姫殿のご意思か」

望月は半身を起こしたまま影の中の久礼を見上げた。

「ええ」

その返事を聞いた途端、望月はいきなり久礼の手を引いて己の身体の上へ引き倒した。

「ならば、そなたが上になるのだ」

久礼が黙って肩から薄衣《うすぎぬ》を滑らせると帯を解いた。

「あちこちに傷が増えられました。ほら、こんなに引き攣《つ》れ抉《えぐ》れております」

まるで確かめるかのように望月の傷一つ一つに丁寧に唇を寄せた。望月は黙ってされるがままになっていた。

「吉野の戦は酷《ひど》かった。俺も宮様の傍らで一緒に腹を切るつもりであった」

はっと久礼が顔を上げた。望月は久礼の唇を感じながら言葉を続けた。

「昼夜を分かたず七日の間戦った。当初は我らが優勢であった。だが、幕府方に吉野の地に詳しい岩菊《いわぎく》という者がおって背後の険しい谷から攻められたのよ。万という兵が三方から押し寄せ、あちこちから火の手が上がり、討ち死にした者で堀が埋まって平らになるくらいの戦であった」

血の臭い、大小の塔頭《たっちゅう》が焼け落ちる臭いを思い出し、望月は肌を粟立《あわだ》たせた。

「ついに兵どもは宮様が陣を敷かれた蔵王堂《ざおうどう》まで押し寄せてきた。覚悟を決めた宮様は凄まじく美しかった。錦の直垂《ひたたれ》、緋縅の鎧に龍頭《りゅうず》の冑《かぶと》、脛当《すねあ》ては金箔に漆を塗った白金色に輝く白檀磨きだ。宮様は黒煙を切って駆け回り、長刀を振るって四方の敵を追い払われた。そして、最後の酒盛りをされたのだ。宮様の鎧には七本もの矢が突き立ったまま、頬と腕からは血が溢れておられた」

蔵王堂前の陣は異様な雰囲気だった。みな高揚していた。舞を舞う者もいた。宮様は立ったまま大杯を三度干された。その様は阿修羅よりもずっと神々《こうごう》しく、まさに天帝、帝釈天《たいしゃくてん》のようであった。

「宮様がお覚悟をなさったとき、村上義光様が申し上げたのだ。自分が宮様の代わりになって敵の目を欺くゆえ宮様は落ち延びてくださいませ、と。無論、宮様は否と仰せになったが、村上様が天下の大事を説かれ、とうとうお心を決された。村上様は宮様の直垂、鎧冑を身に着け二天門《にてんもん》に上られた。そして、我こそは大塔宮であると名乗りを上げて敵の前で腹を召されたのだ。その間に宮様はほんのわずかな者を引き連れ、落ち延びられた。俺は……」

望月はしばらく言い淀《よど》んだ。今でも胸が痛む。身を内から蝕《むしば》む悔いだ。

「あのとき、どうして俺は宮様の代わりをお務めしなかったのだろう。今までのご恩を思えば俺こそが命を捨てるべきだったのに」

ふいに熱いものを腹に感じた。見れば、久礼が泣いていた。

「捨てるなど……。久礼は望月様がご無事で嬉しゅうございます」

久礼の影が苦しげに歪んだ。望月の上で身をよじり、慟哭《どうこく》する。

「久礼、俺の無事を喜んでくれるか」

「ええ、ええ。こんなに嬉しいことはございませぬ……」

久礼が泣きながらゆっくりと動きはじめた。二人の間から滝の音が聞こえるような気がした。

望月は精力的に十津川、吉野、それから河内の名だたる者を訪ねて回った。そうするうちにふた月ほどはあっという間に過ぎた。

山の秋は早い。木々が色づきはじめた十月、都から急な報《しら》せがもたらされた。宮様が捕らえられたというのだ。竹原入道の館は騒然とした。

「姉様はどうなったのでしょう」

「わからぬ。とにかく一刻も早く戻らねば」

「久礼も後から参ります」

望月は慌てて都へ発った。だが、一足遅く、宮様は鎌倉へ送られた後だった。

宮様は足利直義に引き渡され、数百の軍勢が道中を警戒する中、鎌倉二階堂《にかいどう》まで下って行かれた。付き従うことが許されたのは身の回りの世話をする者一人だけだった。無論、南の御方《おんかた》、鶴姫様が一緒に下られたのだ。

この一件は宮様と足利尊氏の確執に拠《よ》るものだった。宮様は足利が次の北条になることを恐れた。足利がいる限り公家の世は成し得ない、と何度も尊氏を除こうとされた。だが、叶わなかった。

尊氏は帝の寵愛を受ける阿野廉子にこう言った。……宮様には謀反《むほん》の心がおありです。帝の位を奪うおつもりで兵を集めております、と。廉子は以前から自分の産んだ皇子を次の帝にと願っていたので、これ幸いとそのことを帝に訴えた。帝は激怒なさって宮様を捕らえて鎌倉へ流すことをお決めになったのだという。

望月はわずかに残った者からことの仔細《しさい》を聞いた。

宮様は帝から清涼殿《せいりようでん》の管絃の御会《ぎよかい》に呼ばれてなにも知らずに参内《さんだい》なさったところを召し捕られたという。その際、宮様に付き従っていた臣、三十余名はみな首を刎《は》ねられた。中には宮様の執事、殿法印良忠もいた。まさか自分の御《おん》父帝に捕らえられるとはご想像もしなかったであろう。宮様の悲嘆と絶望を思うと望月は胸が張り裂けそうだった。

その頃、かつて千早城で宮様と一緒に戦った楠木正成公は北条の残党鎮圧を命じられ紀州《きしゆう》飯盛山《いいもりやま》にいた。これは意図的に宮様から遠ざけられたに違いない。同時に、宮様が頼みとされている赤松殿は播磨《はりま》守護職を解かれたという。なにもかも仕組まれたことだった。

これまで宮様がどれだけ命を賭して戦ってこられたか。なにもかも帝の御ためではないか。公家一統を掲げる帝の御ために宮様は何度も死地をくぐり、またそんな宮様のために数多《あまた》の武士が死んで行った。今日、帝が都に御座なさるのはその方々が己の命と引き換えに戦ったからではないか。なのに、今さら掌《てのひら》を返したような帝のなさりようは酷すぎる。

望月はすぐに鎌倉へ発つ用意をした。宮様は帝のご沙汰で流されたのだ。なにができるわけでもなかったが、とにかくおそばにいなければと思った。

数日遅れて久礼が都に到着した。姉姫が宮様と共に鎌倉に下られたことを聞くと、即座に言った。

「望月様、久礼も一緒に参ります。姉様一人でどれだけ心細いことでしょう」

二人は宮様の獄があるという鎌倉二階堂を指して急いだ。

都を発った望月と久礼が鎌倉に着いたのは冬が始まる頃だった。

宮様は鎌倉二階堂にある塔頭の一つにおられた。まるで室《むろ》のような粗末な土壁の小部屋に籠《こ》められ、監視役は藤原宗忠、馬場小太郎という足利直義の配下の者だった。狭く薄暗い部屋でただ一人、どれだけお辛いであろう。望月は宮様のお心うちを思い呻吟《しんぎん》した。

昼も夜も監視の目がある。宮様に近づくことができるのは鶴姫だけだった。

「宮様は暗いお部屋の中で灯りを頼りに静かに経を読んでおられます。生来気《せいらい》の猛《たけ》るお方ですからいつも御心《おこころ》が平らかというわけではありませぬが、それでも父帝を怨むまいと、信じて赦《ゆる》されるのを待っておいでです」

「望月がそばにおるとお伝えください。宮様が赦されるその日まで決してここを離れませぬ、と」

望月と久礼は鎌倉に留まった。直義の目がある。表立ったことはできない。望月は僧形となり小さな庵室に住まい、久礼は鶴姫の下女となり見えぬ眼で懸命に水汲《く》みから煮炊きまで下働きをした。

宮様が鎌倉に流されてから八ヶ月が経った。

いまだ帝のお許しは出ず都へ帰る目処《めど》は立っていない。宮様は相変わらず暗い室に籠められたままだった。だが、直接の監視役である藤原宗忠、馬場小太郎の二人は宮様の徳に触れるうち、すっかり身内のようになってしまった。なにくれと便宜を図って差し上げるようになったので、宮様もずいぶんと過ごしやすくなられた。いつの間にか鶴姫には宮様の御子が宿っておられたのだ。

そんな日々を脅かす一大事が起きた。

信濃《しなの》で徳宗北条高時の遺児時行《ときゆき》が兵を挙げ、激しく執権足利直義と争った。宮様が北条方に利用されることを恐れた直義は、淵辺甲斐守《ふちのべかいのかみ》に宮様を襲わせた。宮様は御首を掻き切ろうとする淵辺の刀を歯で嚙み切り懸命に抗《あらが》われた。だが、長く籠められた身は思うようには動かず、脇差しで二突きされとうとう御首を掻き落とされてしまわれた。

落とした御首を確かめた淵辺はそのあまりの凄まじさに藪の中に投げ捨てた。駆けつけた望月と久礼が見たのは、藪の前で宮様の御首を掻き抱いて泣き叫ぶ鶴姫の姿であった。

「これは夢でありましょうか。夢ならば覚めて欲しい……」

宮様は嚙み切った刀の先を咥えたまま、かっと眼を見開いておられた。御首はまだ温かくまるで生きておられるようだった。どれほどかご無念であったろう。望月は号泣した。

だが、嘆いている暇はなかった。宮様の御子がお腹にいると知れたら姫の身が危ない。望月と久礼は宮様の御首と一緒に鎌倉を出た。藤原宗忠、馬場小太郎も一緒だった。

だが、途中、直義の追っ手に討たれ、二人は命を落とした。残ったのは鶴姫と望月、そして久礼の三人だけだった。産み月の近い姫を連れての旅は難渋した。だが、一行の歩みが遅いのは鶴姫のせいだけではなかった。そのとき、久礼の腹にも子がいたのだ。鶴姫ほどではないがはっきりと膨らみがわかる月になっていた。

＊

三人がたどり着いた小屋の裏には大きな楢《なら》の木があった。

葉は半分ほど落ちているが、色の変わった残りの葉が枝にしがみつくようにして風に鳴っていた。

「姉様、しっかり、さあ、久礼の手に摑まってくださいまし」

久礼は懸命に鶴子を励ました。

小屋にたどり着くなり鶴子は悲鳴を上げて苦しみだした。久礼も望月も赤ん坊を取り上げた経験などない。ただ鶴子の手を握って励ますことしかできなかった。

丸一晩苦しんで、夜明け前、とうとう鶴子は宮様の御子を産んだ。都から遠い破れ屋で生まれた赤子はそれでも元気な声を上げげた。

「世が世なれば……」望月が悔し涙を流して宮様の御首に若宮様の誕生をご報告した。「宮様、無事に宮様の御子が生まれましたぞ。立派な男子でございます。宮様に似てきっと賢く勇ましい男子になられましょう」

鶴子は赤子を産むと死んだように眠ってしまった。眼が覚めたときにはずいぶん身体に力が戻ったようで、やつれ果ててはいたが満ち足りて声に張りがあった。久礼は鶴子が赤子に乳をやるのを手伝った。

だが、不眠不休で鶴子の世話を続けた久礼も疲れ切っていた。自分の腹も張って苦しいのだ。だが、顔には出さず懸命に鶴子と赤子の面倒を見た。

三日もすると、鶴子は自分で身を起こして乳をやれるようになった。

望月が炉の火で餅をあぶり、みなに手渡した。鶴子があまり進まないようだったので、久礼は促した。

「姉様、餅は乳の出に良いと聞きます。無理にでも召し上がらねば。御子のためです」

「その通りですね。若宮様のために無理をしてでも食べなければ」

うなずいて鶴子が餅を口にしたので久礼はほっとした。自分も食べようとしたが食欲がなかった。なんとか口に押し込んだがまるで味がわからなかった。

「久礼、そなたも餅を食ったらすこし休め。顔が土のようだ」

「ええ、そうします。望月様も……」

それ以上言葉が続かなかった。久礼は胸を押さえた。喉が詰まってすこしの間息ができなかった。

望月が久礼を横たえた。久礼は眼を閉じると同時に眠りに落ちた。


「久礼、どうした」

「大丈夫。すこし胸が苦しくなっただけです」

久礼はなんとか笑ってみせた。だが、それはうまくいかなかった。

大和国、十津川を出て鎌倉へ。そして今は甲斐国の寂しい野にいる。長い旅だったが、そろそろ終わりが近づいてきたことに久礼は気付いていた。


野の小屋で宮様の御子を産み落としてから十日、鶴子の顔にはすっかり赤みが戻り、そろそろとだが動けるようになった。

だが、久礼は数日前より全く起き上がることができなくなっていた。鶴子を庇って無理をしすぎたらしい。身体中が青黒くむくみ、水を飲んでも吐いてしまうようになった。腹の子の動きも小さくなっている。今ではかすかにしか動かない。もう、誰の眼にも旅を続けることが難しいことがわかった。

「久礼、具合はどうだ」

望月が久礼の顔をのぞき込んだ。望月の顔も凄まじく、やつれて髭《ひげ》の伸びた荒法師のような顔だ。

「ええ、もうすっかり」

口ではそう言ったものの久礼は身を起こすことができなかった。諦《あきら》めて土の上に頭を落とし、息をついた。

「先程、おかしな夢を見ました。久礼は望月様と過ごしております。そこでは久礼の眼ははっきり見えるのです……」

久礼はそこで口を閉ざした。長く話し続けるだけの力はもう残されていなかった。それでも、久礼は薄闇の向こうの望月に向かって懸命に声を絞った。

「久礼は着物を着ているときもあれば素裸《すはだか》のときもあります。川の音を聞きながら、湿った畳の上で望月様と抱き合ったり、また、見たこともない、使い方もわからない調度に囲まれ、柔らかで奇妙な寝台の上で抱き合ったり……藤蔓《ふじづる》で編んだような曲彔《きょくろく》に腰掛けて抱かれたり……」

久礼は大きく深呼吸をした。だが、すこしも息苦しさは治まらなかった。

「久礼、俺は……」

望月はそれ以上言わなかった。だが、久礼には聞かずともその続きがわかった。

火の向こうで鶴子が赤子に乳を咥えさせた。久礼は無心に吸い付く赤子を見ていたが、思い切って声を掛けた。

「姉様、いつまでもここに留まっていては危のうございます。出立のお覚悟をなさいませ」

「でも、久礼、そなたは……」

鶴子が久礼を見て痛ましげな顔をした。

「姉様、望月様と行ってください。久礼はもうすこしここで休んでから参ります」

「久礼……」

鶴子の眼に涙が浮かんだ。久礼は懸命に声を絞った。

「大丈夫、すぐに追いつきます。姉様は望月様と先を急いでくださいまし」

望月が久礼のそばに膝を突いた。

「久礼、すまぬ。俺は宮様のご無念を晴らさねばならぬ。姫様を都へお連れ申し上げ、帝に今回の無残な仕打ちを、宮様のお心うちの真《まこと》を知っていただかねばならぬ」

かつて宮様は己の嫌疑を晴らそうと父帝に文を送られた。だが、それは途中で握り潰され帝のお手許には届かなかった。そのことを知らない宮様は父帝に見放されたと嘆かれたのだ。

「わかっております」

「すまぬ、久礼。俺は宮様に忠義を尽くさねばならぬのだ」

久礼は懸命にうなずいた。だが、滝壺に放り込まれたように身も心もぐるぐると渦巻いていた。忠義とはなんだ。忠義とはそれほど偉いものなのか。己の妻、己の子を見殺しにしてでも通さねばならないものなのか。果たしてそれが本当に正しい道なのか。

この男だけではない。戦のたびに数多死んで行く男たちの唱える忠義がどれだけの命を奪ってきたか。敵の命だけではない。忠義という題目のために己の一番大切な者の命をぞんざいにする。なぜそんな酷《むご》たらしい真似ができるのだろう。それほどまでに忠義とは尊く正しいものだというのか。

だが、宮様に忠節を誓い、久礼とその腹の子を見殺しにする望月の中には強くて哀しいなにかがあった。そして、久礼はそれを美しいと感じてしまったのだ。強くて哀しくて酷たらしいのに、それでも美しいなにか。それは人の心を狂わせる恐ろしいなにかだ。

「久礼、すまぬ。俺はそなたと、そなたの腹の中の俺の子を捨てる。俺は人の道を外れるのだ」

望月が涙を堪えながら鬼のような形相《ぎょうそう》で久礼の頬を撫でた。

「いえ、望月様のお心はきっと美しいのでしょう。ですが、腹に子を抱えた久礼には言えませぬ。決して言ってはいけないのです。望月様のお心を美しいと言ってしまうのは、とても恐ろしいことなのです」

「久礼、そなた一体なにを……」

「ですが、久礼も同罪です。望月様の忠義に加担するのですから。だから、罰を受けるのです」

するとと、望月の顔がはっきりと歪んだ。絶望に満ちた声を絞った。

「すまぬ。すまぬ、久礼」

望月が跪き久礼の手を取った。久礼は首を横に振り、なんとか笑おうとした。

「望月様、詫びてはなりませぬ。久礼も、久礼のお腹の子も望月様のお役に立てるなら本望です」

「くだらぬことを言うな。そなたと子を死なせてなにが本望だ。俺は悔やんでいる。心の底からおまえを死なせることを悔やんでいる」

「悔やんではいけませぬ。望月様は行かねばなりませぬ。姉様と若宮様をお守りせねば。大塔宮様の御子なのです。望月様がお守りせねば……」

「すまぬ、すまぬ……」

「詫びてはなりませぬ。さあ、堂々と行かれませ」

ああ、と望月が身を折り曲げ呻いた。その苦悶に嘘はない。それは久礼が一番よく知っていた。

この先、どうすればよいかはいつか望月が話してくれた。吉野での戦の際、村上義光様がなさったようにするのだ。

「さあ、姉様。そのお召し物を脱がれませ。久礼のものと取り替えればみなが久礼のことを雛鶴姫だと思うでしょう」

鶴子は泣きながら小袖と袴を脱いだ。そして、久礼の着物を脱がせて己のものと取り替えた。

久礼はただされるがままになっていたのだが、それだけでも頭がくらくらして気が遠くなりかけた。

遠くにどうどうと落ちる滝が見えた。久礼は大きく息を吐いて枯草の上に頭を落とした。

「姉様、宮様の御首は置いて行かれませ」

「久礼、なんと言うことを。そのようなことできるわけがなかろう」

鶴子が驚いて声を上げた。その腕の中で赤子がひぃひぃと声を上げた。

「姉様が為すべきことは若宮様を無事に大きゅうすること。そのためには追っ手の眼を欺かねばなりませぬ。雛鶴姫と若宮様はこの野で果てた、と思わせねばなりませぬ。そのための証《あかし》が要るのです。さあ、はやく御首を置いてここを発たれませ。さあ、早く」

久礼は懸命に説いた。渋っていた鶴子もすすり泣きながら立ち上がった。

久礼は横たわったまま望月を見上げた。愛《いと》しい男の影はもうすこしも温かくない。野の枯草よりもずっと乾いて冷え切っていた。

「久礼、そなたの言う通り、もう二度と俺はそなたに詫びぬ」

「わかってくださいましたか」

久礼はほっと息をついた。微笑《ほほえ》もうとしたが、望月の影を見てぎょっとした。望月はもはや人の形をしていなかった。

「俺はそなたの望みを叶える。代わりに、そなたも俺の望みを聞き入れるのだ」

「望みとはなんでしょうか」

「そなたは俺を怨むのだ。全身全霊でもって俺を怨まねばならぬ。道理のわかった振りをするな。忠義というもののためにそなたたちを捨てていく俺を怨め。愚かで下衆《げす》な俺を怨め、そなたの爪の先、髪の一筋、血の一滴まで余さず使って俺を怨みきれ。いや、そなたの身体が朽ちても、骨になっても、灰になっても怨むのだ」

人の形を失った望月の影はすっかり凍り付き慚愧《ざんき》と慟哭の塊となった。闇の中で蠢く異形の化け物のようだった。

だが、久礼は気付いた。望月の影の奥の奥、闇の中に針の先で突いたほどの小さな閃《ひらめ》きが見える。それは決して消えない火、かつて久礼を温めた望月という男の真芯にある火だった。

「わかりました。では、久礼は望月様のことをお怨み申し上げます。神明に懸けて誓います」

「頼むぞ、久礼」

久礼はそこで一つ息をついた。そして、ゆっくりと、まるで歌うように言った。

「この身が朽ちて骨になって灰になっても怨み続けます。生まれ変わっても怨みます。そう、幾度生まれ変わろうとお怨み申し上げます」

「そうだ、それでいい」

「では、もうひとつだけ久礼の願いをお聞き届けくださいませ」

「ああ、もちろんだ」

「久礼は全身全霊を掛けて望月様を懸けてお怨みいたします。ですが、いつかきっと望月様をお赦しいたします。遠い遠い世の、遠い遠いどこかで……もう生まれ変わることもできなくなって、この世に己の身体がなくなってしまっても、塵《ちり》の一粒にすらなれなくなっても、いつかきっと望月様を赦すでしょう」

「久礼……」

望月の声が震えた。久礼の上にぽたぽたと熱いものが落ちた。

「望月様、そのときはきっと赦されてくださいませ」

「……わかった。久礼。そのときが来たら必ず俺はそなたに赦されよう」

「ええ、そのときはきっと二人で滝を見に行くのです。凍てつき、くれないに輝く滝を」

「ああ、きっときっとだ」

「望月様がどこにいらしても、きっとそのときを報せます。どのようなお姿になられようと久礼にはわかります。そのときはきっと久礼の眼にも望月様のお顔がはっきりと見えるでしょう。たがいにどんな姿になろうと、いえ、姿さえ失ってしまっても、必ず滝の前で互いを見るのです。きっときっと……」

「そうだ、久礼。そのとき、滝の前で俺はそなたを見て、そなたは俺を見るのだ」

「ええ。今から望月様はただ静かにそのときを待つのです。滝が凍って、くれないに染まる報せが届くのをお待ちくださいませ」

「ああ、俺は待つ」望月がうなずいた。

「さあ、もう発たれませ」

赤子を抱いた鶴子と望月が破れ屋を出て行った。

久礼は眼を閉じた。風の音が小さくなって、代わりにどうどうという音が聞こえる。暗い眼の奥底に遥か遠い滝が見えた。

怨まねばならない。望月様を怨まねばならない。いつか赦すその日が来るまで。滝がくれないに輝くその日まで、幾度でも生まれ変わって愛しい男を怨み続けねばならないのだ。

*

一夜の宿の礼を言うと、望月は再び滝へ戻った。

梅雨の晴れ間か、からりと晴れた空の下、滝はやはりどうどうと音を立てて落ちていた。眩しい陽射しに深緑の青もみじがいよいよ濃くなり、まだ濡れた下草の上に葉末の影が揺れていた。

美しい朝だった。

望月は笠を脱いだ。滝を見下ろし、すこしの間じっとしていた。滝から上がってくる霧のような飛沫で頰が濡れた。

「そうだ、ここに祠を建てよう。ほんの小さなものでよい。そうすれば、みながそなたの祠に手を合わせ、そなたの怨みと哀しみに祈りを捧げるだろう」

どこかで鳥が鳴いた。赤い尾の山鳥かもしれなかった。望月はただ独り、じっと滝を見つめていた。

ふいにごうっと風が吹いた。六月とは思えないほど冷たく乾いた風だった。滝の飛沫が渦を巻いて舞い上がる。風の冷たさとは裏腹に、まるで馥郁《ふくいく》たる石楠花の花のように、約束の慈雨のように望月に降り注いだ。

久礼よ、俺を怨め。幾度でも生まれ変わって俺を怨め。

そして、滝が凍ってくれないに輝くその日、きっと俺を赦すのだ。

初出　※いずれも『小説宝石』掲載。

ファウストの苔玉（「滝のファウスト」改題）　二〇二一年一・二月合併号
アーム式自動閉塞信号機の夜　二〇二三年一一月号
犬追物　二〇二一年一二月号
緋縮緬のおかげ参り　二〇二二年五月号
宮様の御首　二〇二三年五・六月合併号

遠田潤子（とおだ・じゅんこ）

1966年大阪府生まれ。関西大学文学部独逸文学科卒。2009年『月桃夜』で第21回日本ファンタジーノベル大賞を受賞しデビュー。
'16年、『雪の鉄樹』が「本の雑誌が選ぶ2016年度文庫ベストテン」第1位、'17年、『オブリヴィオン』が「本の雑誌が選ぶ2017年度ベスト10」第1位、『冬雷』が第1回未来屋小説大賞に。'20年、『銀花の蔵』が第163回直木三十五賞候補になるなど、目の離せない作品を生み続けている。他に『アンチェルの蝶』『雨の中の涙のように』『ドライブインまほろば』『緑陰深きところ』『紅蓮の雪』『人でなしの櫻』『イオカステの揺籃』など。

邂逅《わくらば》の滝《たき》

2023年9月30日　初版1刷発行

著　者　遠田潤子《とおだじゅんこ》
発行者　三宅貴久
発行所　株式会社 光文社
〒112-8011　東京都文京区音羽1-16-6
電話　編　集　部　03-5395-8254
書籍販売部　03-5395-8116
業　務　部　03-5395-8125
URL　光　文　社　https://www.kobunsha.com/

組　版　萩原印刷
印刷所　萩原印刷
製本所　ナショナル製本

ISBN978-4-334-10053-7